CATHERINE SHEPHERD

MOORES SCHWÄRZE

Thriller

1. Auflage 2016

Korrektorat: SW Korrekturen e.U. /
Franziska Gräfe
Lektorat: Gisa Marehn

Covergestaltung: © ZERO Werbeagentur GmbH,
München
Covermotiv: © Lario Tus / Fotolia.com

www.catherine-shepherd.com
kontakt@catherine-shepherd.com

ISBN 978-3-944676-06-7

Weitere Titel von Catherine Shepherd:

DER PUZZLEMÖRDER VON ZONS
Der erste Zons-Thriller; Kafel Verlag; April 2012

ERNTEZEIT
Der zweite Zons-Thriller; Kafel Verlag; März 2013

KALTER ZWILLING
Der dritte Zons-Thriller; Kafel Verlag; Dezember 2013

AUF DEN FLÜGELN DER ANGST
Der vierte Zons-Thriller; Kafel Verlag; August 2014

TIEFSCHWARZE MELODIE
Der fünfte Zons-Thriller; Kafel Verlag; Mai 2015

SEELENBLIND
Der sechste Zons-Thriller; Kafel Verlag; April 2016

KRÄHENMUTTER
Laura Kern-Thriller; Piper Verlag; Oktober 2015

FATAL PUZZLE - Zons Crime (Book 1)
Titel der deutschen Originalausgabe: Der Puzzlemörder von Zons
AmazonCrossing; Januar 2015

THE REAPER OF ZONS - Zons Crime (Book 2)
Titel der deutschen Originalausgabe: Erntezeit
AmazonCrossing; Februar 2016

Der See

Tief, finster und kalt ist dieser See. Finster und kalt wie die Seele eines bösen Menschen. Wenn die Sonne aber ihre Strahlen auf den See wirft, wirkt er hell und freundlich, wie die Seele des bösen Menschen durch ein Lächeln sich erhellt, doch beides täuscht. Die Sonne versinkt, das Lächeln erlischt, der See und die Seele sind finster, unheimlich und kalt wie zuvor.

Katharina Eisenlöffel

Prolog

Der Himmel strahlt so blau und wolkenlos, dass ich mich darin verlieren könnte. Ich atme den Duft des Grases ein. Es riecht trocken, fast wie Heu. Ich mag diesen Geruch. Er erinnert mich an meine Kindheit, an die Zeit auf dem Bauernhof meiner Großeltern, als ich mich im Heu versteckt habe, um nicht ins Haus zu müssen. Ich wollte nie hineingehen in die kleine Hütte, die winzige Fenster hatte und in der es nicht nur stickig, sondern auch dunkel war, selbst im Sommer.

Ich lasse die Augen über die ausgedörrte Wiese schweifen. Die Blumen sind in der Hitze alle verdurstet. Nur Halme, vertrocknete Blätter und hängende Köpfe sind übrig geblieben. Die Farben sind verblasst und das Leben ist längst aus ihren verblichenen Fasern gewichen. Ich bedaure, dass die Blumen gestorben sind. Gleichzeitig wünsche ich mir einen ähnlichen Tod. Was könnte schöner sein, als im Hochsommer auf einer wunderschönen Wiese unter strahlend blauem Himmel zu sterben? Gibt es einen anderen Ort, an dem man Gott noch näher sein könnte? Ich schüttele den Kopf und beantworte mir damit meine Frage selbst. Trotzdem schlägt mein Herz viel schneller als sonst. Nicht, weil ich Endorphine im Blut habe, die mich mit einem Hochgefühl über das Gras schweben lassen. Nein. Es ist die Angst, die mein Herz so wild antreibt. Ich spüre sie überall auf meiner Haut, die sich trotz der Hitze zusammenzieht und mich wie Espenlaub zittern lässt.

Die Blätter einer Birke rauschen im Wind. Ich betrachte die zarten hellgrünen Gebilde, die wie Schmetterlinge flattern und mir ein wenig Trost spenden. Der knorrige Stamm erhebt sich wie ein gekrümmter Zeigefinger und deutet mahnend in die Richtung, die mir bestimmt ist. Ich würde lieber auf der ausgedörrten Wiese bleiben und mich zu den Grillen legen, die zwischen den Grashalmen zirpen und mir ein Abschiedslied spielen. Wie gerne würde ich mit ihrem sanften Reiben in den Ohren sterben. Doch mein letzter Weg führt mich weiter an einer einzelnen Fichte vorbei, an leuchtendem Pfeifengras und rundlichen Büschen, die so kompakt gewachsen sind, dass sie der Trockenheit trotzen können. Trauerweiden tauchen auf und kündigen das Wasser an, das bald mein neues Zuhause sein wird. Ich werfe einen Blick zurück auf die liebliche Landschaft und sehe mich ein letztes Mal satt. Ein Falke schwebt hoch oben in der Luft. Seine Schwingen sind ausgebreitet, fast so wie meine Arme, die kraftlos an beiden Seiten meines Körpers schaukeln. Der Blick des Falken berührt mich für einen Moment. Er stößt einen Schrei aus. Der Ton frisst sich in meinen Gehörgang und hallt dort wider. Ich will ihn festhalten, denn er ist ein Zeichen des Lebens. Eines Lebens, an dem ich hänge und das ich nicht aufgeben will. Doch ich schwebe weiter dem endgültigen Ziel entgegen, seinem Ziel. Ich spüre den Schweiß, der an meinem Körper hinabläuft. Seinen Schweiß. Ich fühle die kräftigen Arme, die mich unerbittlich weitertragen. Meine Muskeln sind viel zu geschwächt, um die Strecke selbst zu bewältigen. Ich sehe die starken Sehnen, die sich über seinen muskulösen Hals ziehen, sein kantiges Kinn und die spitze Nase, die mich an einen Zauberer erinnert. Vielleicht ist er sogar einer, ein Zauberer. Er jedenfalls scheint es zu glauben. Sonst wären wir nicht hier. Er hat mich angemalt. Ich kann die feinen Nadelstiche immer noch spüren, die unter meinem Bauchnabel ein Bild gezeichnet haben, das ich mit mir nehmen werde. Es wird wie der Rest von mir in Dunkelheit versinken und vielleicht nie wieder das Licht der Welt erblicken, so wie ich. Mücken setzen sich auf meine Beine, aber ich habe nicht die Kraft, sie zu verscheuchen. Ihre Rüssel versenken sich tief in mein Fleisch, um mich auszusaugen. Als ob das jetzt noch einen Unterschied machen würde. Ich werde sterben. Mit oder ohne Blut in den Adern. Ich lasse sie gewähren und richte den Blick wieder nach oben. Ich sehe, wie sein Kehlkopf hoch- und niederhüpft. Er sieht etwas, das ihn erregt. Hat er die Stelle gefunden? Hoffnungslosigkeit breitet sich in mir aus. Ich hatte geglaubt, noch ein wenig mehr Zeit zu haben. Auch wenn es nur die Dauer eines Flügelschlags wäre, so ist doch jeder Atemzug, den ich tun kann, ein Gewinn. Ich blinzle, weil ihm der Schweiß vom Kinn tropft und mir auf die Stirn fällt. Der Aufprall der Schweißperlen erinnert mich an Regen, doch das Gefühl der Reinigung bleibt aus. Ich kann die Anstrengung riechen, die er aufbringen muss, um mich die ganze Strecke zu tragen. Er sieht mich nicht ein einziges Mal an, fast so, als wäre ich schon nicht mehr da. Sein Blick ist starr geradeaus gerichtet. Er schwankt und ich werfe einen Blick nach unten. Hier gibt es kein Gras mehr, nur stehendes Wasser. Seine Stiefel versinken in der trüben Flüssigkeit, die so dunkel ist, dass sie sogar das Sonnenlicht verschluckt. Die Strahlen durchdringen die Oberfläche und kehren nie wieder zurück. Ich schließe die Augen. Er stöhnt jetzt, weil jeder Schritt kräftezehrend ist und seine ganze Aufmerksamkeit verlangt. Ich wünsche mir, dass er irgendetwas sagt. Dass ich noch einmal eine menschliche Stimme hören könnte, die ich mitnehmen kann, wenn das Ende über mich hereinbricht. Doch er ist stumm und sieht mich nicht an. Ich atme schneller. Jede Sekunde zählt. Ich reiße die Augen auf und auch den Mund. Selbst meine Arme heben sich ein wenig, und für einen Moment glaube ich, mich an seinem massigen Leib festhalten zu können. Meine Finger krallen sich in die Luft und versuchen, Halt zu finden. Der Knebel hindert mich am Schreien, aber wenigstens ein Krächzen dringt aus meiner Kehle. Er zuckt zusammen und blickt mich an. Seine Augen fixieren mich erstaunt.

Dann lässt er mich los. Ich falle. Es dauert viel länger, als ich erwartet habe. Ich sehe ihn, seine Augen und die schweigenden Lippen. Sogar die Falte auf der Stirn entgeht mir nicht. Ich blende ihn aus und sauge das Blau des Himmels in mich auf. Die Sonne blendet mich, sie hüllt mich in einen Mantel aus gleißendem Licht, bevor ich im Moor versinke. Es greift gierig nach mir und zieht mich in die Tiefe. Ich bin überrascht über den Wechsel von Helligkeit zu absoluter Schwärze und stoße die Luft aus. Die Dunkelheit ist unendlich und wird nur kurz von meinem Atem durchbrochen, dessen Blasen das letzte Licht dicht unter der Oberfläche einfangen, während ich versinke. Es ist merkwürdig, die Kühle auf der aufgeheizten Haut zu spüren. Ich würde sie fast als angenehm bezeichnen, wäre da nicht das Wasser, das in meine Körperöffnungen dringt und Besitz von mir ergreift.

Die Panik gibt mir einen allerletzten Schub. Ich strample mit Armen und Beinen, versuche, an die Oberfläche zu gelangen. Ein Stückchen gelingt es mir und ein Hoffnungsschimmer verleiht mir übermenschliche Kräfte. Ich tauche auf.

Doch dann spüre ich seinen Stiefel auf meinen Bauch. Er tritt auf das Bild, das er mit viel Mühe gemalt hat, und drückt mich zurück nach unten, in die Dunkelheit, die mich in ihre Arme nimmt und das Leben aus mir herauspresst. In einem Strom aus Luftblasen verlässt es meinen Körper, und mit jedem Bläschen wird der Lichtreflex kleiner, der sich darin spiegelt. So lange, bis nichts übrig ist als Schwärze.

1

Die Beleuchtung unterstrich die Atmosphäre des Todes, doch trotz des grellen Lichts und des vielen Blutes herrschte keine Grausamkeit an diesem Ort. Stattdessen erschuf die bläuliche Strahlung eine künstliche Realität, die die Anatomie des Körpers nüchtern präsentierte, fernab von der Welt dort draußen. Umgeben von Edelstahl, der den gefliesten Raum dominierte, erschien die blasse Haut des Mannes noch farbloser. Die meisten Menschen fühlten sich in diesen Räumen unbehaglich. Sie mussten sowohl den Reflex, sich zu übergeben, als auch ihren Fluchtimpuls unterdrücken. Das Konzentrationsvermögen sowie logisches Denken wurden normalerweise von diesen Urinstinkten überlagert.

Bei Dr. Julia Schwarz verhielt es sich völlig anders. Sie konnte sich nirgendwo besser konzentrieren als hier. Routiniert führte sie das Skalpell, das eine feine rote Linie auf der Haut des Toten hinterließ. Julia ging nach dem Standardprotokoll vor. Es war eine dieser Autopsien, bei denen sie keine überraschenden Erkenntnisse erwartete. Das war in ihrem Job nicht immer so. Julia war Rechtsmedizinerin in der forensischen Pathologie des Instituts für Rechtsmedizin in Köln. Die Zusammenarbeit mit der Kriminalpolizei und die Aufklärung von gewaltsamen Todesfällen waren an der Tagesordnung. Julia vollendete den y-förmigen Einschnitt an der Vorderseite des Rumpfes und legte das Skalpell zur Seite, um eine Säge in die Hand zu nehmen. Geschickt und mit nur wenigen Handgriffen durchtrennte sie Rippen und Schlüsselbein. Sie löste das Brustblatt ab und betrachtete die Organe des Mannes. Die Lunge wirkte unauffällig. Dieser Organismus hätte noch jahrelang funktionieren können, wenn nicht eine Pistolenkugel das Herz zerfetzt hätte. Der Mann war ein russischer Drogendealer gewesen, der in eine Schießerei mit einer verfeindeten Bande geraten war. Es gab zwei Todesopfer, und Boris Fjodorow war eines davon. Der zweite Tote befand sich im Kühlraum. Er würde als Nächstes an die Reihe kommen. Dr. Julia Schwarz entnahm Herz und Lunge und entfernte die tödliche Kugel.

»Der Durchmesser des Projektils beträgt neun Komma zwei Millimeter und passt damit zur Tatwaffe, einer Makarow-Pistole.« Julia ließ das Geschoss in eine Petrischale fallen und übergab diese ihrem Assistenten Emanuel, der sie mit großen Augen ansah.

»Das muss in die Ballistik«, fügte sie hinzu und schmunzelte. Emanuel lief mit der Schale los. Er war erst seit ein paar Wochen in der forensischen Pathologie und steckte noch mitten im Eingewöhnungsprozess. Sein Gesicht war bei jeder Autopsie kalkweiß, und der große Adamsapfel hüpfte manchmal so hektisch auf und ab, dass Julia befürchtete, Emanuel würde jeden Moment umkippen. Glücklicherweise war das bisher nicht geschehen. Sie mochte ihn. Er hatte Potenzial und erinnerte sie an ihre eigenen Anfänge. So wie Emanuel hatte sie schon als Teenager gewusst, dass sie diesen Beruf wählen würde. Doch während Emanuels Entscheidung im Großen und Ganzen auf diversen Profiler-Serien beruhte, die die Wirklichkeit dieser Tätigkeit ein wenig modifiziert und vielleicht auch glanzvoller darstellten, als sie war, hatte Julia andere Beweggründe gehabt. Sie war nicht darauf aus, sich im Ruhm ihrer Arbeit zu sonnen oder vor Freunden damit anzugeben. Ihre Motivation war viel schlichter, auch wenn sie aus einem tragischen Schicksalsschlag hervorging. Sie war auf der Suche nach Gerechtigkeit.

Julia war bei der Leber des Toten angelangt und legte sie auf die Waage, als ihre Gedanken zu jenem Tag zurückwanderten, der ihr Leben dramatisch verändert hatte. Als sie an einem kalten Novembertag von der Schule nach Hause zurückkehrte, parkte ein fremdes Auto in der Einfahrt. Es war ein dunkler Mercedes. Julia dachte sich nicht viel dabei. Sie zog den Schlüssel hervor, den sie an einer Kette um den Hals trug, damit sie ihn nicht verlor, und öffnete die Haustür.

Die unbekannten Stimmen, die aus dem Wohnzimmer am Ende des Flurs drangen, ließen sie innehalten. Leise schloss Julia die Haustür und lauschte. Sie konnte erst nichts verstehen, aber dann hörte sie ihre Mutter. Es war der Tonfall, der ihr durch Mark und Bein ging. Etwas Schreckliches musste geschehen sein. Ihre zittrigen Worte klangen verzweifelt. So erschüttert hatte sie ihre Mutter noch nie erlebt. Julia streifte Jacke und Schuhe ab und schlich durch den Flur. Sie blieb dicht vor der Wohnzimmertür stehen, die nicht ganz geschlossen war. Durch den Spalt konnte sie zunächst nur Gemurmel hören. Dann sprach ein fremder Mann mit tiefer Stimme.

»Es tut mir sehr leid, Frau Schwarz. Wir werden alles tun, um Michaels Mörder so schnell wie möglich zu finden.«

Die Worte schossen wie gewaltige Kanonenkugeln durch die Luft und landeten krachend in Julias Ohren. Wie betäubt stand sie da und versuchte, den Sinn dieses Satzes zu erfassen. Wovon redete dieser Mann? Michael war in der Schule. Sie selbst hatte ihn am Morgen begleitet, wie jeden Tag. Der Mann lag falsch. Sie wusste es besser. Michael war wie an jedem verdammten Morgen in den letzten vier Jahren zusammen mit ihr zur Schule gegangen. Das war so, seit er eingeschult worden war. Sie hatte ihn an der Schwelle seines Klassenzimmers verabschiedet und gesehen, wie er hineinging. So lief es jeden Tag ab. Sie wusste genau, dass sie ihren Bruder am Nachmittag zu Hause antreffen würde. Sein Schultag war in der Regel kürzer als ihrer. Meistens saß er am Nachmittag schon in seinem Zimmer, wenn sie zurückkehrte, und brütete über den Hausaufgaben. Doch an diesem Tag war Michael nicht nach Hause gekommen. Er war überhaupt nicht mehr zurückgekehrt. Fassungslos riss Julia die angelehnte Tür auf und stürmte ins Wohnzimmer, wo ihre Eltern und zwei Fremde saßen.

»Wo ist Michael?« Ihre Worte flatterten wie zitternde Schmetterlinge, die am Ende der Frage ganz plötzlich zu Boden stürzten. Unvermittelt setzte erdrückende Stille ein. Julias Mutter blickte sie erschrocken, aus tränenfeuchten Augen an. Ihr Vater saß stocksteif auf der Couch. Die beiden unbekannten Männer betrachteten ihre Fußspitzen.

Während Dr. Julia Schwarz in einem anderen Teil ihres Gehirns die Vergangenheit Revue passieren ließ, arbeitete sie sich an der Leiche bis zum Darm vor. Mit geübten Bewegungen öffnete sie verschiedene Darmabschnitte und entleerte deren Inhalt in Petrischalen zur weiteren Untersuchung. Emanuel war wieder zurückgekehrt. Julia bemerkte den Geruch der Mentholsalbe, die er offenbar unter der Nase noch einmal nachgelegt hatte. Erneut musste sie schmunzeln, weil er sie an sie selbst erinnerte, als sie mit der pathologischen Ausbildung begonnen hatte. Die Gerüche waren am Anfang unerträglich, doch irgendwann nahm die Intensität des Ekels ab. Sie beendete die Begutachtung der Bauchhöhle und bat Emanuel, ihr beim Verschließen des geöffneten Brustraumes zu helfen. Während sie eine saubere Naht setzte, führte sie die Routine der Arbeit zurück zu jenem Moment, in dem sie als Sechzehnjährige das Wohnzimmer ihres Elternhauses betreten hatte.

»Ach, mein kleiner Schatz.« Julias Mutter löste sich als Erste aus der Schockstarre und sprang auf. »Es ist etwas Schreckliches mit Michael geschehen.« Sie nahm Julia in die Arme und presste sie fest an sich.

»Wo ist Michael?«, wiederholte Julia mit tränenerstickter Stimme.

Sie spürte, wie schnell der Atem ihrer Mutter ging. Sie murmelte unverständliche Worte. Ihre Umarmung drückte Julia beinahe die Luft ab.

»Wo ist er?«, schrie Julia und riss sich los.

Sie sah die Tränen, die in einem breiten Fluss über die Wangen ihrer Mutter strömten. Ihre Lippen bebten. Sie schluckte verkrampft, bemüht, die Beherrschung nicht komplett zu verlieren. Dann zog sie Julia wieder an sich und strich ihr sanft über das Haar.

»Er wird nicht mehr nach Hause kommen«, flüsterte sie nach einer Weile. »Gott hat ihn zu sich in den Himmel geholt.«

Das war die einzige Erklärung, die Julia an jenem entsetzlichen Tag erhielt. Alle versuchten, die grausame Wahrheit von ihr fernzuhalten. Als ob es ihr dadurch besser gegangen wäre. Erst nach und nach kamen die Tatsachen ans Licht. Julias zwölfjähriger Bruder war von einem unbekannten Täter in einem nahe gelegenen Waldgebiet missbraucht und getötet worden. Selbst heute, nach über fünfzehn Jahren, musste Julia mit aller Macht gegen die Tränen ankämpfen, wenn sie an ihren Bruder dachte.

Ihr Blick wanderte zur Uhr, und sie stellte erleichtert fest, dass es Zeit für die Frühstückspause war.

»Zeit für eine kurze Unterbrechung«, erklärte sie und ignorierte Emanuels erstaunte Miene. »Mir knurrt der Magen. Wir stehen hier seit fünf Uhr morgens und ich brauche jetzt dringend etwas zu essen und einen Kaffee.« Eilig streifte sie die Gummihandschuhe und den Kittel ab und verließ ohne ein weiteres Wort den Sektionssaal. Statt zur Cafeteria bog sie zum Waschraum ab. Julia verschloss die Tür und setzte sich in voller Montur auf eine der Toiletten. Sie atmete tief durch. Es passierte ihr äußerst selten, dass die Gefühle sie übermannten. Wahrscheinlich war es der Stress der letzten Tage, der ihre Nerven übermäßig beanspruchte und den Verdrängungsmechanismus in ihrem Kopf aushebelte. Im Verdrängen war sie sonst eine Meisterin. Seit Michaels Tod hatte sie den Schmerz, der sie von innen aufzufressen drohte, permanent verdrängt. Da halfen alle Psychologengespräche nichts, in denen sie die Trauer zu bewältigen lernen sollte. Wie sollte das auch funktionieren? Der Täter war nie gefasst worden. Er lief bis heute frei herum, und nur der liebe Gott wusste, wie viele Kinder er noch auf dem

Gewissen hatte. Es verschwanden jährlich so viele. Jedes Mal, wenn eine dieser Vermisstenmeldungen durch die Presse geisterte, musste sie an diesen Kerl denken, der ihren Bruder auf bestialische Art und Weise ermordet hatte. Julias Handy klingelte und sie schrak zusammen. Schnell zog sie es aus der Tasche und drückte den Anrufer weg. Ihr Blick fiel auf die Datumsanzeige, und in diesem Moment wurde ihr klar, warum ihr die Nerven durchgingen. Sie versuchte schon den ganzen Tag, den Grund zu verdrängen. Es war Michaels Geburtstag. Heute wäre er siebenundzwanzig geworden. Mit Sicherheit hätte er sich zu einem attraktiven jungen Mann entwickelt, der mit Volldampf das Leben genoss. Er könnte immer noch bei ihr sein und sie mit seiner rotzfrechen Art aufziehen wie früher. Wenigstens würde sie ihn dann nicht so schrecklich vermissen. Sie vergrub das Gesicht in den Händen. Ein paar Tränen liefen über ihre Wangen. Sie riss Toilettenpapier von der Rolle und wischte sie hastig weg. Es war so lange her, und trotzdem verbrannte sie der Schmerz, sobald sie ihn zuließ. Michael war nicht mehr da. Der Täter hatte seine Spuren verwischt, und alles, was ihr blieb, war die Hoffnung, dass sie eines Tages auf einen neuen Anhaltspunkt stoßen würde, der ihn endlich doch überführte. Diese Hoffnung war der Grund, warum sie Rechtsmedizinerin geworden war. Sie konnte einfach nicht akzeptieren, dass der Täter nie bestraft werden konnte. Sie wollte nicht wahrhaben, dass aus den am Tatort sichergestellten Haaren keine brauchbare DNA isoliert werden konnte. Inzwischen hatte Julia die Beweise selbst zum wiederholten Male analysiert und war zu dem Schluss gekommen, dass die damaligen Ermittler alles Menschenmögliche getan hatten. Auch der Einsatz modernster Methoden hatte keine Hinweise auf die Identität des Täters ergeben.

Umso verbissener ging sie jeden neuen Fall an. Ihre Erfolgsquote war atemberaubend hoch, und es verschaffte ihr unendliche Genugtuung, wenn ihre Arbeit dazu beitrug, die Täter zu ergreifen. Jeder Mörder, den sie ins Gefängnis brachte, heilte ein kleines bisschen die Wunde, die der Tod ihres Bruders tief in ihr Herz gerissen hatte. Sie bildete sich ein, mit jeder Überführung Michaels Tod zu rächen, und ganz tief in ihrem Innersten glaubte sie daran, dass sie auch den Mörder ihres Bruders eines Tages finden würde. Sie wusste, die Gerechtigkeit verschaffte sich irgendwann Gehör. Ihre Ausdauer und Hartnäckigkeit hatten sich schon oft bezahlt gemacht. Ihr Name stand im Institut für Rechtsmedizin und bei der Kriminalpolizei vor allem für eines: Sie gab den Toten eine Stimme und kämpfte für deren Gerechtigkeit.

Julias Handy klingelte erneut. Diesmal hob sie ab.

»Schwarz«, sagte sie mit fester Stimme und verließ die Toilettenkabine. Vor dem Waschbeckenspiegel blieb sie stehen.

»Julia, da bist du ja. Ich brauche dich ganz dringend. Du musst einen Fundort inspizieren.« Der Ernst in Florian Kesslers Stimme verursachte ein Rumoren in Julias Magengegend. Der Kriminalkommissar gehörte nicht zu der Sorte Mensch, die Dinge unnötig aufbauschten. Wenn er *dringend* sagte, dann war das auch so. Julia notierte die Adresse und legte auf. Sie stand immer noch vor dem Spiegel. Die Haut unter ihren Augen war gerötet. Sie drehte den Hahn auf und benetzte sich das Gesicht mit kaltem Wasser. Anschließend betrachtete sie sich erneut. Sie war ein blasser Typ mit schwarzen Haaren und einer ebenso dunklen Hornbrille, hinter der kluge braune Augen wachten. Sie trug einen Pagenschnitt, weil der sich für ihre Arbeit am besten eignete. Julia mochte keinen Kurzhaarschnitt. Aber lange Haare müsste sie ständig zu einem Zopf zusammenbinden, damit sie nicht störten. Der Pagenschnitt war ein Kompromiss und er stand ihr außerdem ziemlich gut. Ihr Äußeres entsprach wahrscheinlich nicht dem herkömmlichen Männerideal, dennoch musste sie sich nicht verstecken. Sie presste die Lippen aufeinander, damit sie ein wenig rosig wirkten, und verließ eilig die Toilette.

2

Mittlerweile knurrte ihr Magen heftig. Er begnügte sich nicht mehr mit glucksenden Geräuschen, sondern zog sich auch schmerzhaft zusammen. Julia hatte sich nach Florian Kesslers Anruf sofort auf den Weg gemacht und dabei das Frühstück vergessen. Die Autopsie des russischen Dealers würde sie später zu Ende führen. Die Todesursache stand fest. Es könnten allerhöchstens noch Drogen oder andere chemische Substanzen in seinem Blut gefunden werden, die für die Ermittlungen aber vermutlich ohne jede Relevanz waren. Sie fuhr aus Köln heraus in Richtung eines Naturschutzgebietes, in dem eine weibliche Leiche entdeckt worden war. Nähere Umstände waren Julia noch nicht bekannt. Sie trat aufs Gas und fuhr durch eine Landschaft aus Feldern und Bäumen, die unter der Sommerhitze ächzten. Der Himmel strahlte blau und wolkenlos. Die Temperaturen hatten die dreißig Grad längst überschritten. Julia war froh über die Klimaanlage ihres Wagens. Sie bremste vor einer roten Ampel und durchsuchte ihre Handtasche vergeblich nach Essbarem. Manchmal hatte sie Müsliriegel dabei, aber den letzten hatte sie vor ein paar Tagen verspeist. Auch das Handschuhfach gab nichts mehr her. Die Ampel sprang auf Grün und Julia fuhr seufzend weiter. Wenigstens hatte sie Wasser mitgenommen. Sie nahm einen großen Schluck, und ihr Magen beschwerte sich umgehend, indem er sich kräftig zusammenzog. Julia drehte das Radio auf und lenkte sich den Rest der Fahrt über mit lauter Musik von dem nagenden Hungergefühl ab.

Zwanzig Minuten später stoppte sie vor den weiß-roten Absperrbändern. Mehrere Einsatzwagen der Polizei säumten die Straße. Julia stieg aus und überquerte eine Wiese, hinter der sich eine Moorlandschaft anschloss. Florian Kessler stand mit seinen Kollegen vor einer weiteren Absperrung. Er wirkte angespannt. Als er Julia sah, unterbrach er das Gespräch und kam auf sie zu.

»Julia, endlich. Das musst du dir ansehen. Ein Spaziergänger hat das Mädchen gefunden.« Er führte sie hinter die Absperrung auf einen schmalen Pfad. Rechts und links stand trübes Wasser, aus dem dunkelgrüne fleischige Pflanzen ragten. Es wimmelte nur so von schwarzen Mücken. Julia schüttelte sich unwillkürlich.

»Hier, nimm das«, sagte Florian und hielt ihr ein Mückenspray hin. Seine blauen Augen musterten sie intensiv. »Du siehst blass aus. Wann hast du heute angefangen zu arbeiten?«

Julia winkte ab. Sie wollte nicht, dass er ihren knurrenden Magen bemerkte und die Tatsache, dass sie das Frühstück vergessen hatte. Doch dafür war es zu spät. Florian zog etwas aus seiner Tasche und drückte es ihr in die Hand.

»Müsliriegel mit Schokolade. Den solltest du jetzt zuallererst essen. Der Anblick, der uns erwartet, ist mit niedrigem Blutzucker nicht zu ertragen.«

»Danke«, sagte Julia knapp. Ihr Hunger war viel zu groß, um zu protestieren. Sie verschlang den Riegel fast am Stück. Dann sprühte sie sich mit dem Mückenschutz ein.

»Die Biester sind wirklich aufdringlich. Mich haben schon etliche erwischt«, erklärte Florian und deutete auf die roten Schwellungen, die sich auf seinen Armen und am Hals ausgebreitet hatten. Er führte sie weiter auf dem schmalen Pfad entlang und blieb nach einigen Metern stehen. »Wir haben die Leiche noch nicht herausgeholt, nur ein paar Fotos geschossen. Ich wollte, dass du den Fundort unverfälscht siehst.«

Julia sah ihm ins Gesicht. Seine Kiefermuskeln waren angespannt. In seinen Augen lag etwas Undefinierbares. Er tat einen weiteren Schritt und gab den Blick frei. Ihre Augen wanderten zu dem aufgedunsenen Körper, der an der Wasseroberfläche trieb. Automatisch ratterte ihr Gehirn das übliche Schema ab, das jeder Pathologe in der Facharztausbildung lernte. Sie hatte eine nackte Frau vor sich. Das Alter lag vielleicht bei zwanzig Jahren. Die Verwesung der Leiche war noch nicht sehr weit vorangeschritten. Die Waschhautausbildung, die sich insbesondere durch die Quellung der Haut zeigte, war moderat und eine Besiedlung der Körperoberfläche durch Algenrasen war nicht erkennbar. Diese Erscheinungen hingen von der Flora des Gewässers und von der Liegezeit der Leiche im Wasser ab. Normalerweise verging bis zur Ausbildung von Bewuchs eine Zeit von ungefähr zehn Tagen, bei warmen Temperaturen konnte es etwas schneller gehen.

»Sie liegt noch nicht lange hier«, schlussfolgerte Julia und ging in die Hocke. »Ihre Lage ist unnatürlich. Normalerweise schwimmen Wasserleichen auf dem Bauch liegend und der Kopf befindet sich unter Wasser.

Das kommt von den Gasen, die sich nach dem Tod überwiegend in den Gedärmen bilden.« Sie zog sich Gummihandschuhe über und drehte vorsichtig den Kopf der Frau zur Seite. Eine Art Holzunterlage kam darunter zum Vorschein und eine Schnur, die den Kopf darauf fixierte.

»Sollte sie zur Schau gestellt werden? Sie sieht aus wie ein Model, das für ein schauriges Fotoshooting herhalten muss«, stellte Florian fest, der sich neben Julia kauerte und die Tote aufmerksam betrachtete.

»Jedenfalls hat er sie nicht komplett dem Moor überlassen. Daraus könnte man durchaus schlussfolgern, dass er wollte, dass sie gesehen wird.« Julia betrachtete die Haut des Opfers, die rötlich bis bräunlich verfärbt war. Das war ein Zeichen der beginnenden Verwesung. Die sommerliche Hitze beförderte den körperlichen Zerfall. Die Augen der Toten standen offen. Sie blickten stumpf in den wolkenlosen Himmel. Die sengenden Sonnenstrahlen hatten die Augäpfel ausgetrocknet und der Haut der Toten zugesetzt. Es handelte sich um ein junges Mädchen mit einst ebenmäßigen Gesichtszügen.

»Ich denke, wir können sie wegschaffen«, erklärte Julia und erhob sich. »Ich muss sie obduzieren, um die Todesursache feststellen zu können. Einen Suizid können wir wohl ausschließen. Sie wird ihren Kopf nicht selbst auf dieser Holzkonstruktion festgebunden haben. Allerdings scheint sie sich auf den ersten Blick nicht sonderlich gewehrt zu haben, weder gegen den oder die möglichen Täter noch gegen das Wasser. Das ist ungewöhnlich. Der Kampf von Ertrinkenden hinterlässt typische Spuren. Zum Beispiel bildet sich durch das häufige Schnappen nach Luft Schaum in den Atemwegen. Den kann ich auf den ersten Blick nicht erkennen.« Julia griff nach einem Zollstock, den sie stets bei sich trug, und senkte ihn in das trübe Wasser. »Das Moor ist hier nicht einmal einen Meter tief. Darin kann ein Erwachsener eigentlich nicht ertrinken. Es sei denn, jemand taucht ihn gewaltsam unter oder er steht unter Drogeneinfluss. Bis ich sie genau untersucht habe, können wir davon ausgehen, dass das Mädchen ertränkt wurde. Denn nur in diesen Fällen bleibt die Schaumbildung aus.«

»Deshalb wollte ich unbedingt, dass du dir das ansiehst.« Florian winkte ein paar Helfer herbei, die am Rande des Moores mit einer Trage warteten.

»Habt ihr nach der Kleidung gesucht?«, fragte Julia und blickte sich um.

»Ja, ein paar Kollegen haben die nähere Umgebung abgesucht. Sie haben bisher nichts entdeckt. Gleich trifft Verstärkung ein und wir durchkämmen einen größeren Radius. Vielleicht finden wir ihre Klamotten und idealerweise auch einen Ausweis.« Florian verscheuchte ein paar Mücken und machte den Männern mit der Trage Platz. »Ich weiß nicht, irgendwie sieht das alles geplant und organisiert aus. Entweder wurde die Tat extrem gut vorbereitet oder es war nicht der erste Mord. Einem Anfänger traue ich das nicht zu.«

Julia ließ ihren Blick über das Moor schweifen und deutete auf eine Stelle am Horizont. »Wenn er gewollt hätte, dass sie niemand entdeckt, hätte er sie viel weiter vom Parkplatz entfernt im Wasser ablegen und mit einem schweren Gegenstand vollständig versenken können. Es hätte Jahre gedauert, bis sie jemand gefunden hätte – wenn überhaupt.«

Die Helfer hoben den Leichnam aus dem Moor. Der tote Körper trennte sich schmatzend von seinem feuchten Grab und wurde in einen Leichensack gelegt.

»Warten Sie«, forderte Julia die Männer auf und öffnete den Sack wieder. »Was ist denn das?« Sie wischte grünlichen Schleim von der Haut unterhalb des Bauchnabels. Etwas Buntes kam zum Vorschein. »Sieht aus wie ein Tattoo.« Julia freute sich über ihre Entdeckung. »Das könnte uns helfen, die Frau zu identifizieren.«

»Was soll das denn darstellen?«, fragte Florian stirnrunzelnd. »Das sieht komisch aus. Fast wie altertümliche Buchstaben oder so etwas in der Art.«

Julia nickte. Sie hatte im Augenblick keine Erklärung. »Das erinnert mich an irgendetwas.« Krampfhaft durchforstete sie ihr Gedächtnis, ohne dass sie eine Erinnerung greifen konnte. Nur schemenhaft tauchten Bilder vor ihr auf, die sofort verschwammen und sich nicht festhalten ließen. Ihr Magen knurrte erneut. Die Kalorien des Müsliriegels waren aufgebraucht. So hungrig, wie sie war, konnte sie nicht weitermachen. Ein Mitarbeiter der Spurensicherung fotografierte das Tattoo. Dann wurde der Reißverschluss wieder geräuschvoll zugezogen und das Gesicht der jungen Frau verschwand vorerst in der Dunkelheit.

»Nimmst du mich mit?«, fragte Florian, als sie an Julias Wagen angekommen waren. Sie hatte eigentlich alleine sein wollen. Ihr Ziel war die nächste Raststätte, ein Café oder notfalls auch eine Fast-Food-Kette – Hauptsache Kalorien und Kaffee mit viel Koffein. Sie zögerte einen Moment.

»Ich kann dich auch mitnehmen.«

Julia fuhr herum und erblickte eine junge Polizistin, die Florian anstrahlte. Sie kannte diese Kollegin nicht. Sie war höchstens fünfundzwanzig, genauso blond wie Florian und hätte ebenso gut als Model durchgehen können. Julia blickte zu Florian, der ein schiefes Grinsen aufgesetzt hatte und die junge Frau unverhohlen anstarrte. Offenbar gefiel ihm, was er sah, denn sein Grinsen verbreiterte sich und zeigte makellose, weiße Zähne. Julia verdrehte die Augen, drehte sich um und öffnete die Fahrertür.

»Vielleicht ein anderes Mal«, hörte sie Florian sagen und wunderte sich für einen Moment. Sie hätte darauf gewettet, dass er das Angebot der Schönheit annehmen würde. Stattdessen öffnete er die Beifahrertür und stieg zu ihr in den Wagen.

»Ich weiß, was du vorhast, und ich bin dabei«, erklärte Florian und lehnte sich zurück. »Ich kenne ein tolles Bistro, das direkt auf der Strecke liegt. Und der Kaffee ist so stark, dass du nach dem ersten Schluck so wach bist, als hättest du eine ganze Woche lang ausgeschlafen.«

Julia spürte seinen Blick, doch statt zu antworten oder ihn anzusehen, startete sie den Motor und richtete die Augen starr auf die Straße. Florian war ein verdammt guter Polizist, der sich hervorragend in andere hineinversetzen konnte. Trotzdem fragte sie sich verunsichert, woher er wusste, was sie vorhatte.

3

»Bist du wirklich noch Jungfrau?«

Hannah wunderte sich über die Frage und betrachtete das Profilbild ihres Gesprächspartners. Tobi hieß er und sah echt süß aus. Ein Typ zum Verlieben. Blonde, verwuschelte Haare, dazu dunkelbraune Augen und ein Traumkörper. Kurz überlegte Hannah, das Chatfenster zu schließen und lieber Hausaufgaben zu machen, doch dann antwortete sie. Sie war einfach zu neugierig.

»Ja, sonst wäre ich doch bei Tinder angemeldet.« Sie hatte keinen Account bei dieser Kontaktbörse, die für schnelle und unkomplizierte Treffen bekannt war. Hannah mochte diese Oberflächlichkeit nicht.

Eine Reihe voller Smileys erschien im Chatfenster und danach ein Herz. »Dachte ich mir doch«, schrieb Tobi und fügte noch einen Zwinkersmiley hinzu.

»Ich will, dass es etwas Besonderes ist«, tippte Hannah ein.

»Ich auch. Du bist echt hübsch.«

Hannah errötete vor dem Bildschirm. Wirklich? Tobi fand sie hübsch? Automatisch wanderten ihre Augen zum Spiegel über der Kommode, auf der sie in letzter Zeit immer mehr Schminkutensilien hortete. Wow, dachte sie. Bis auf die blöde Frage nach ihrer Jungfräulichkeit war Tobi krass sexy. Sie betrachtete ihr Gesicht, das sie eigentlich gar nicht so attraktiv fand. Ihre Nase war ein wenig zu lang geraten und auch die Wangenknochen ließen sich nur durch viel Make-up richtig hervorheben. Sie hatte ein zu spitzes Kinn, aber immerhin waren die Sommersprossen auf ihrer Nase ganz süß und passten zu ihren nussbraunen Locken. Sie stellte sich vor, wie sie mit Tobi auf einem Selfie aussähe. Sie würden ein ziemlich hübsches Paar abgeben. So viel stand fest.

»Warum hast du dich eigentlich hier angemeldet?«, gab sie in die Chatmaske ein und wartete gespannt auf seine Antwort.

»Ich habe keine Lust auf irgendeine Bitch, die sich einfach verschenkt. Wie du schon sagst: Es soll etwas Besonderes sein.«

Hannah freute sich über seine Antwort und kaute verlegen auf den Fingernägeln. Sie fand, dass er auf dem Bild älter wirkte, als im Profil angegeben. »Bist du wirklich erst siebzehn?«

»He, willst du mich beleidigen? Sehe ich etwa uralt aus?.« Wieder erschien ein Zwinkersmiley und anschließend ein dickes Tränensymbol am Ende seiner Nachricht. Hannah erschrak etwas über seine Reaktion. So hatte sie es doch gar nicht gemeint. Betreten kratzte sie sich am Unterarm und überlegte, wie sie sich am besten entschuldigen könnte. Hoffentlich brach Tobi den Chat nicht ab. Hektisch suchte sie nach den richtigen Worten, aber bevor sie ihre Nachricht abschicken konnte, kam eine neue Frage von Tobi: »Wann bist du denn mal alleine?«

Hannah atmete erleichtert auf. Sie hatte ihn nicht verscheucht. Wow, ob er sich tatsächlich mit ihr treffen wollte? Fand er sie wirklich hübsch? Ihr Herz fing wild an zu pochen und unter ihrer Bauchdecke flatterte es. Er sah echt umwerfend aus. Und er war so sensibel. Ein Traumtyp. Mia, ihre beste Freundin, würde sie beneiden. Sie konnte es kaum erwarten, ihr von Tobi zu berichten und vor allem sein Profilbild zu zeigen. Doch vorher musste sie unbedingt eine Antwort schreiben. Natürlich etwas Cooles. Sie war zwar noch Jungfrau, aber deshalb schließlich nicht zurückgeblieben. Es war eine freiwillige Entscheidung, mit dem ersten Sex auf den Richtigen zu warten. Fast alle ihre Freundinnen machten es wie sie.

»Meine Eltern sind jeden Freitagabend weg. Sie haben ein Konzertabo für irgend so ein abgefahrenes Jazzding. Ist nicht meins, sonst könnte ich mit. Mein Bruder ist dann zwar hier, aber der ist kein Problem. Hängt die ganze Zeit vor seiner Playstation.« Hannah fügte drei Smileys hinzu und wartete aufgeregt auf Tobis Antwort.

»Okay. Ich muss los. War schön, dich kennenzulernen. Bis bald.«

Hannah starrte fassungslos auf den Bildschirm. Kein Herz, nicht einmal ein einfacher Smiley. Stattdessen »Bis bald« – oder meinte er auf Nimmerwiedersehen? Verdammt. Was hatte sie falsch gemacht? Stand er etwa auf Jazz? Quatsch. Daran konnte es nicht liegen. Sie klickte sein Profil an und stellte fest, dass er immer noch online war. Von wegen: *Ich muss los.* Wahrscheinlich chattete er jetzt mit einer anderen. Enttäuscht klappte Hannah ihren Laptop zu. Das war es wohl mit Tobi. Vermutlich würde er sich nie wieder melden.

»Hannah, Lucas ist da.« Die Stimme ihrer Mutter hallte durchs Haus. Hannah blickte auf die Uhr und erschrak. So spät war es schon? Sie hatte die Zeit vollkommen vergessen. O nein. Ihre Tasche war nicht gepackt. Sie musste sich beeilen, wenn sie nicht zu spät kommen wollte. Hannah riss den Kleiderschrank auf und griff die erstbeste Jogginghose, die ihr in die Hände fiel. Sie warf sie in die Trainingstasche. Ein T-Shirt, ein paar Söckchen und ihre Trainingsschuhe kamen dazu. Dann sprintete sie die Treppe hinunter.

»Du wolltest doch diesmal vor der Haustür auf mich warten. Ich habe mich extra beeilt und jetzt schaffen wir es wieder nicht pünktlich«, maulte Lucas, der den kompletten Türrahmen ausfüllte. Er war schon achtzehn und hatte einen Führerschein. Ohne ihn müsste Hannah die Bahn nehmen. Das dauerte fast doppelt so lange wie mit dem Auto.

»Tut mir leid«, sagte sie beschwichtigend. »Ich musste noch Hausaufgaben machen.« Sie drückte Lucas einen Kuss auf die Wange und folgte ihm zu seinem Wagen.

»Hast du die Schritte gelernt?«, fragte Lucas und warf Hannah einen prüfenden Blick zu.

»Na klar.« Sie zappelte zum Beweis mit den Beinen und grinste. »Relax. Bettina wird zufrieden sein.« Bettina war ihre Tanztrainerin. Seit zwei Jahren schulte sie Hannah im lateinamerikanischen Formationstanz. In ein paar Monaten fand ein wichtiger Wettkampf statt und deshalb übten sie derzeit fünf Tage die Woche. Hannah war die letzte Tänzerin, die zur Formation dazugestoßen war. Entsprechend groß war ihr Übungsdefizit. Lucas war ein begnadeter Tänzer und voller Ehrgeiz. Er wollte den Wettkampf unbedingt gewinnen.

»Ich meine es ernst, Hannah. Wir sind ein Team. Jeder muss funktionieren.«

Hannah verdrehte die Augen. Gab es für Lucas denn nichts anderes im Leben als Tanzen? Sie musterte sein Profil. Er sah gut aus. Sein markantes Gesicht mit den funkelnden blauen Augen müsste die Mädchen eigentlich Schlange stehen lassen, doch irgendwie schien Lucas sich weniger für sie zu interessieren. Er war einzig und allein auf den Sport fixiert.

»Wie gesagt, entspann dich. Ich kann die Schritte im Schlaf.« Das war zwar etwas übertrieben, aber Hannah hatte tatsächlich geübt. Sie beherrschte die gesamte Abfolge, und an ihr würde es ganz bestimmt nicht liegen, falls das Team am Pokal vorbeischrammte. Sie holte einen Haargummi aus der Hosentasche und zwängte ihre lockige Mähne hinein. Die Haare durften beim Tanzen nicht offen sein. Bettina bestand darauf, dass alle Mädchen sie zu einem strengen Dutt auf dem Kopf zusammenbanden. Hannah seufzte. Wenn sie den Gummi zu lange trug, bekam sie Kopfschmerzen. Lucas parkte den Wagen und sie stiegen eilig aus.

»Da seid ihr ja endlich«, herrschte Bettina sie an, als sie die Turnhalle betraten. Wie erwartet hatte die Trainingsstunde bereits begonnen. Lucas warf Hannah einen vorwurfsvollen Blick zu, sagte jedoch nichts. Immerhin spielt er den Gentleman und schwärzt mich nicht an, dachte Hannah und lief sich langsam ein. Die Gruppe setzte sich aus sechzehn Tänzern zusammen. Acht Mädchen und acht Jungs. Während Lucas mit Hannah in dieselbe Klasse ging, kamen die anderen Formationsmitglieder aus anderen Schulen. Hannah war eher introvertiert, und so hatte sie es in den zwei Jahren nicht geschafft, mit den anderen warm zu werden. Außerdem bestand ihr Leben nicht nur aus Tanzen. Sie mochte diesen Sport. Ja, sie liebte es, sich zu bewegen. Aber trotzdem war das Leben zu kurz, um sich nur auf eine Sache zu konzentrieren. Es gab so vieles, was Hannah erleben wollte. Sie wollte reisen. Jedes Land auf der Erde wollte sie sehen. Im Übrigen wollte sie die Liebe kennenlernen und nicht immer nur sehnsüchtig vor irgendwelchen Hollywoodfilmen abhängen und die Helden anschmachten. Sie dachte an Tobi. Die Enttäuschung über das abrupte Ende ihres Chats ließ sie schneller laufen.

»Power dich nicht so aus. Wir sind noch beim Aufwärmen.« Bettinas Stimme drosselte Hannahs Geschwindigkeit, als gäbe es eine Fernbedienung, mit der man ihre Beine steuern könnte. Heimlich nannte Hannah ihre Trainerin manchmal Drillmaster. Bettina war besessen vom Tanz. Bei ihr war es noch schlimmer als bei den anderen Trainerinnen. Hannah wusste auch, warum. Sie hatte Bettina gegoogelt und herausgefunden, dass sie mit ihrer Formation jedes Jahr nur Vizemeisterin geworden war. Diese Frau litt unter dem typischen »Ich habe es nicht geschafft und jetzt muss der Nachwuchs es richten«-Syndrom. Trotzdem konnte Hannah nicht umhin, Bettina zu bewundern. Obwohl sie die dreißig längst überschritten hatte, wirkte sie unglaublich mädchenhaft. Sie hatte die Figur einer Elfe und dazu ein feines, ebenmäßiges Gesicht, das die Blicke der Männer auf sich zog. Hannah wusste, dass mehr als einer der acht Jungs aus ihrer Gruppe in sie verschossen war. Vor ein paar Monaten hatte sie sie nach dem Training in der Umkleidekabine belauscht. Es war gar nicht ihre Absicht gewesen. Sie war vor der angelehnten Tür stehen geblieben und hatte einfach nicht widerstehen können. Die Jungs blödelten herum und irgendwann kamen sie auf ihre Trainerin zu sprechen. Ihre Begeisterung war nicht zu überhören, und Hannah hatte sich in jenem Moment gewünscht, dass auch von ihr einmal so geschwärmt würde. Der Einzige, der geschwiegen hatte, war Lucas.

Das Aufwärmtraining machte sich bemerkbar. Hannah brach der Schweiß aus. Sie beendete die Laufübung und begann sich zu dehnen.

»Bitte mal zum ersten Bild aufstellen«, rief Bettina und klatschte dabei in die Hände. »Hannah und Lucas, ihr beiden macht den Anfang.«

Hannah nahm ihre Position ein. Die Musik startete und sie legte eine fehlerfreie Runde hin. Lucas strahlte sie an.

»Du machst das echt toll«, sagte er und wirbelte sie mit seinen starken Armen über den Boden.

»Hab ich doch versprochen«, erwiderte Hannah, ohne aus dem Rhythmus zu kommen. Die schwierigste Passage war überstanden. Den Rest würde sie jetzt auch noch perfekt schaffen. Voller Energie tanzte Hannah weiter und ließ sich von der Musik treiben. Es war ein großartiges Gefühl. Sie war mit sich und der Welt zufrieden. Vorerst.

4

Florian Kessler betrachtete die dunkelhaarige Frau mit den aristokratisch anmutenden Gesichtszügen, die durch ihren Pagenschnitt strenger wirkte, als sie eigentlich war. Sie passte ganz und gar nicht in das Fast-Food-Restaurant, in dem sie letztendlich gelandet waren. Das Bistro, das Florian ursprünglich ausgesucht hatte, hatte geschlossen. Es öffnete neuerdings an drei Tagen in der Woche erst um siebzehn Uhr. Also waren sie kurzerhand zu einem Imbiss gefahren. Dr. Julia Schwarz biss herzhaft in einen Burger mit zweifach Käse und extra viel Barbecuesoße. Sie seufzte vor Vergnügen, während sie auf dem Fleisch herumkaute und es genussvoll hinunterschluckte. Florian fand diese Frau faszinierend. Wenn er sie nicht besser kennen würde, hätte er sie als Vegetarierin abgestempelt. Dabei war sie genau das Gegenteil. Sie ernährte sich mit Vorliebe von Fleisch. In ihrem Fall hätte Florian sogar Verständnis für eine Ernährung ohne Fleisch gehabt. Er mochte diese Vegetarier-Frauen sonst nicht, aber in Julias Fall hätte er eine Ausnahme gemacht. Wem würde denn nicht die Lust auf Fleisch vergehen, wenn er jeden Tag tote Menschen aufschneiden müsste? Doch bei Julia schien der Job keinerlei Auswirkungen auf das Essverhalten zu haben. Ganz im Gegenteil, sie hatte den Burger innerhalb weniger Minuten fast verschlungen. Von Appetitlosigkeit konnte nicht die Rede sein.

»Wann hast du das letzte Mal gegessen?«, fragte er nach wie vor fasziniert von ihrem Heißhunger.

Julia hielt inne und rollte mit den Augen. Das tat sie stets, wenn sie versuchte, sich an etwas zu erinnern. »Vor einer Stunde«, stieß sie schließlich hervor und kaute weiter.

»Was? Vor einer Stunde waren wir beide im Moor und haben uns eine schaurige Leiche angesehen.«

Julia grinste. »Du hast mir einen Schokoriegel spendiert. Er hat mir das Leben gerettet.«

Florian pfiff durch die Zähne. Sie war schlagfertig wie immer, doch so schnell ließ er sich nicht abspeisen. »Ich meine eine richtige Mahlzeit. Wann hast du also vor dem Genuss meines Schokoriegels etwas Vernünftiges gegessen?« Seine Augen wanderten über ihre schmale Figur, an der kein Gramm zu viel war. Ihre langen Finger umklammerten eine Pommes und mit einem Mal kam Julia ihm ziemlich zerbrechlich vor.

»Gestern Mittag«, erwiderte sie und schob sich die Pommes langsam in den Mund. »Abends war ich zu müde und um fünf Uhr morgens stand ich schon im Autopsiesaal wegen einer Schießerei unter russischen Drogendealern. Zwei von ihnen sind bei mir gelandet.« Sie zuckte mit den Schultern, griff nach der Cola und sog so heftig daran, dass es auch an den umliegenden Tischen zu hören sein musste. Diese Frau war voller Widersprüche. Sie ließ sich in keine Schublade einordnen und handelte völlig außerhalb der typischen psychologischen Profile, die er während seiner Ausbildung erlernt hatte. Florian war Kriminalbeamter mit psychologischem Schwerpunkt. Das Fach hatte ihn schon immer interessiert, weil er einfach wissen wollte, wie Menschen ticken. Er wollte verstehen, warum bestimmte Personen Gefallen an Gewalt fanden und andere wiederum nicht.

Julia unterbrach seinen Gedankenfluss. »Wer könnte das Mädchen im Moor umgebracht haben?« Ihre braunen Augen musterten ihn erwartungsvoll.

»Aus meiner Erfahrung heraus werden solche Taten häufig von Einzeltätern verübt. Der Grund hierfür liegt häufig darin, dass der Mörder seine Trophäe – in diesem Fall das junge Mädchen – nicht teilen möchte. Ich denke, dass er auf seine Weise respektvoll mit ihr umgegangen ist. Er hat sie nicht länger als nötig unter Wasser gedrückt und anschließend so drapiert, dass jeder vorbeikommende Spaziergänger sie sehen konnte. Er hätte sie auch wie Müll entsorgen können. Stattdessen hat er sich Zeit genommen und ist das Risiko eingegangen, entdeckt zu werden. Vielleicht hat sie in seinem Leben einen ganz bestimmten Zweck erfüllt und er hat sie dafür geehrt.« Florian schwieg. Das waren die Gedanken, die ihm im Kopf herumgeschwirrt waren, als er den Tatort analysiert hatte. Er ging immer in zwei Schritten vor. Zuerst versuchte er, die Atmosphäre aufzunehmen. Florian ließ sich völlig auf den Ort des Geschehens ein und sog ihn regelrecht in sich auf. Er stellte sich vor, wie es passiert sein könnte und was Opfer und Täter wohl dabei empfunden hatten. Dank seiner großen Empathie konnte Florian sich gut in andere Menschen hineinversetzen. Als Nächstes begann die typische Polizeiarbeit. Er nahm Fakten auf, sammelte Beweise und verfolgte Spuren. Stück für Stück setzte er aus den Erkenntnissen beider Vorgehensweisen das Puzzle zusammen. Er konnte bereits etliche Erfolge in der Verbrechensaufklärung vorweisen. Dr. Julia Schwarz tat ihr Übriges dazu. Sie lieferte die Sachverhalte, die mit bloßem Auge nicht erkennbar und für die medizinische Kenntnisse erforderlich waren.

»Solche Gedanken würden mir im Angesicht einer Leiche nie kommen. Ich bin gespannt auf die Obduktion. Wenn du recht hast, dürfte die Leiche keine Spuren von sexuellem Missbrauch aufweisen. Ich frage mich, warum er sie überhaupt im Moor abgelegt hat.«

»Vielleicht hat dieser Ort irgendeine Bedeutung für den Täter.«

Julia schürzte die Lippen. »Für mich hätte das Moor nur eine Bedeutung. Es könnte die Leiche verschlucken und niemand würde sie je finden. Wieso hat der Täter die Leiche nicht einfach verschwinden lassen?«

Florian dachte über Julias Worte nach. »Das stimmt. Er hat das Moor nicht gewählt, um die Leiche zu verstecken. Ganz im Gegenteil, er hat ihren Kopf auf einem Holzgestell festgebunden, damit sie nicht versinken kann. Und er hat sie so platziert, dass der erste Besucher des Moores regelrecht über sie gestolpert ist.«

Julia tupfte sich die Lippen mit einer Papierserviette ab und warf sie aufs Tablett. »Dafür hätte er jeden anderen Ort wählen können. Es gibt doch viel belebtere Orte. Er konnte nicht damit rechnen, dass die Tote so schnell entdeckt werden würde. Wenn ich eine Täterin wäre, würde ich die Leiche für immer entsorgen.« Sie grinste kurz und erhob sich. »Du weißt, dass ich immer etwas finde.«

Florian stand ebenfalls auf. »Ich hoffe, du kannst die Tote identifizieren. Dann wären wir schon ein ganzes Stück weiter.« Er dachte an die nackte Frauenleiche, deren Kleidung sie zumindest in der näheren Umgebung nicht gefunden hatten. Hoffentlich konnte die Spurensicherung, die das Umfeld des Tatorts weiträumiger absuchte, mehr ausrichten.

»Ich werde mich sofort an die Arbeit machen«, erklärte Julia und hielt ihren Wagenschlüssel in die Höhe. Ihr Gesicht hatte ein wenig Farbe bekommen. Florians Gedanken an die Moorleiche waren wie weggeblasen. Er starrte auf Julias rosige Haut und stellte sich vor, wie es wäre, sie zu berühren.

»Was siehst du mich so an? Traust du meinen Fahrkünsten nach einer ordentlichen Portion Kohlenhydrate und Fett mit einem Schuss Koffein nicht mehr?«

Ihr Lächeln zog ihn auf unbeschreibliche Weise an. Mühsam unterdrückte Florian seine Tagträume und räusperte sich. »Als Gentleman biete ich dir gerne meinen persönlichen Fahrservice an. Du kannst dich derweil ausruhen.« Er griff nach dem Autoschlüssel und hielt dabei ihre Hand ein wenig länger als nötig fest. Aus Julias dunklen Augen blitzte es unergründlich. Florian schluckte. Diese Frau hatte es in sich und er musste sich vorsehen.

5

»Um den Russen habe ich mich gekümmert. Du kannst dich gleich auf die unbekannte Leiche aus dem Moor stürzen. Sie müsste jeden Augenblick eintreffen«, erklärte Emanuel und biss in ein Sandwich.

Hoffentlich, dachte Julia und pochte mit dem Kugelschreiber auf die Schreibtischplatte. Sie hatte eigentlich längst mit der Obduktion beginnen wollen, aber der Leichentransporter war immer noch nicht eingetroffen. Wahrscheinlich war er über die Autobahn gefahren und steckte im Stau.

»Hast du bei Boris Fjodorow noch etwas gefunden?«, fragte Julia, die Emanuel gebeten hatte, die Obduktion alleine zu beenden.

Ihr Assistent schüttelte den Kopf. »Nein. Er ist sicherlich durch die Schussverletzung gestorben. Ich warte auf einige Laborergebnisse. Aber ich glaube nicht, dass es Überraschungen geben wird.«

Das war Julia nur recht. Sie war gespannt auf die Obduktion der Moorleiche. Sie wollte herausfinden, ob das Mädchen tatsächlich ertränkt worden war und wer ihr das angetan hatte. Wieder fuhren ihr Florians Worte durch den Kopf: *Die Frau hat möglicherweise einen bestimmten Zweck erfüllt und dafür wollte er sie ehren.* Wenn diese Worte nicht aus Florians Mund gestammt hätten, hätte Julia sie als Schwachsinn abgetan. Doch die Erfahrung hatte sie gelehrt, dass Florian mit seinen Ideen zum Täterprofil oft richtig lag. Sie kannten sich seit vier Jahren und waren mittlerweile ein eingespieltes Team. Florian schätzte Julias Arbeit und gab ihr mehr Raum in seinen Ermittlungen, als man einer Pathologin normalerweise zugestand. Er band sie von Anfang an mit ein und versuchte nicht, wie mancher seiner Kollegen, sie nur in den Autopsiesaal zu verbannen.

Ihr Blick huschte zur Uhr. Der Leichenwagen war immer noch nicht eingetroffen. Wenn das noch länger dauerte, würde sie mit der Autopsie heute nicht mehr fertig werden. Kurzerhand beschloss sie, beim Pförtner nachzufragen. Sie bat Emanuel, den Bericht über Boris Fjodorow fertigzustellen. Sie würde ihn anschließend einmal überfliegen und vielleicht Korrekturen vornehmen.

Julia verließ das Büro und lief durch den kalkweißen Flur zum Treppenhaus. Auf den Fahrstuhl verzichtete sie lieber. Sie fand es unheimlich, in einer kleinen Box aus Stahl gefangen zu sein. Dieses Gefühl war irrational, das wusste sie. Aber seit Julia denken konnte, vermied sie Aufzüge. Die Luft, die ihr im Treppenhaus entgegenschlug, war kalt und muffig. Die Atmosphäre hatte vieles mit einer feuchten Gruft gemeinsam und Julia sehnte sich in diesem Augenblick nach draußen. Die Luft außerhalb des Gebäudes war warm und roch nach Sommer. Sie dachte an Florian und daran, dass er sie aufgemuntert hatte. Doch dann kam ihr die blonde Polizistin in den Sinn, die ihn unverhohlen angebaggert hatte. Schnell wischte sie den Gedanken beiseite.

Julia schob die schwere Feuerschutztür auf und stand in der Tiefgarage des rechtsmedizinischen Instituts. Neonröhren knisterten an den niedrigen Betondecken.

Es roch nach Gummi und Abgasen. Julia lief zu einer verglasten Front, hinter der ein Wachmann saß.

»Hallo, mein Name ist Julia Schwarz.« Sie deutete auf ihr Namensschild, das am Revers ihres Kittels angebracht war. »Ist in der letzten Stunde ein Leichentransport eingetroffen?«

Der Wachmann blickte behäbig von der Zeitung auf, die vor ihm ausgebreitet lag. »Was?«, fragte er und spuckte den Zahnstocher aus, auf dem er die ganze Zeit herumgekaut hatte. Julia unterdrückte ein Schütteln. Sie fand den Mann abscheulich.

»Ist hier in der letzten Stunde ein Leichenwagen angekommen?« Sie wiederholte ihre Frage betont langsam.

Der Mann starrte auf ihren Kittel und das Namensschild. Dann kratzte er sich am stoppeligen Kinn. »Ja. Der parkt dahinten bei den Großraumaufzügen.« Ohne sie eines weiteren Blickes zu würdigen, steckte er den Zahnstocher zurück in den Mund und blätterte die Zeitung um. Julia überlegte eine Sekunde lang, den Mann zurechtzuweisen. Er verhielt sich mehr als unhöflich. Doch dann machte sie auf dem Absatz kehrt und lief durch die Tiefgarage auf die Aufzüge zu. Schon von Weitem erkannte sie den schwarzen Kombi. Julia hörte die beiden Fahrer miteinander sprechen.

»Ich habe die Tür richtig geschlossen«, brummte ein tiefer Bass.

»Ach ja, und warum ist der Wagen leer? Das ist wieder einmal typisch. Nie kann man sich auf dich verlassen«, schimpfte die höhere Stimme. Eine Tür knallte. Julia verlangsamte ihre Schritte und blieb hinter einer Säule stehen.

»Du kannst mich mal. Ich habe nichts falsch gemacht. Überlege lieber mal, wie wir aus diesem Schlamassel wieder herauskommen.«

Die Stimme des anderen Mannes überschlug sich fast bei der Antwort. »Du bist und bleibst ein Vollidiot! Was sollen wir denn deiner Meinung nach machen? Zu Dr. Schwarz gehen und sagen: Es tut uns leid, aber die Leiche ist weg? Sie haben ja bestimmt noch viele andere Exemplare in Ihrem Kühlregal liegen. Fangen Sie erst mal mit einer von denen an. In der Zeit taucht die Moorleiche vielleicht wieder auf.« Die Wagentür knallte erneut. »Das wäre doch eine gute Idee, oder? Dann kannst du dir diesen Job abschminken und ab morgen wieder bei der Müllabfuhr anfangen! Ich sage dir, was wir jetzt tun. Wir fahren die Strecke noch einmal ab. Irgendwo muss der Sarg ja herausgefallen sein.«

Julia blieb die Luft weg. Sie konnte kaum glauben, was sie da gerade hörte. Der Motor des Wagens startete. Hastig sprang Julia hinter der Säule hervor und stellte sich dem Fahrzeug in den Weg. Das Auto hielt an. Die beiden Männer im Wagen rührten sich nicht von der Stelle. Mit überraschten Mienen starrten sie Julia an. Sie ging zur Fahrertür und riss sie auf.

»Wo ist die Leiche?«, fragte sie gereizt.

Der Fahrer – das war der Mann mit der höheren Stimme – stöhnte und stellte den Motor ab. »Sie ist weg.« Der Mann zuckte mit den Schultern und schwieg.

»Was soll das heißen, sie ist weg? Sie kann ja schließlich nicht davongelaufen sein«, erwiderte Julia fassungslos. »Was haben Sie mit ihr angestellt?«

»Ich habe die Tür richtig zugemacht«, wiederholte der Mann mit dem Bass. Er beugte sich vor und blickte Julia aus stumpfen Augen an. »Wir können nichts dafür, dass sie weg ist«, fügte er hinzu und zog die Nase kraus. Auf seinem Hals waren rote Stressflecken zu sehen. Julia seufzte. Das konnte ja heiter werden. Die Moorleiche war weg, und die beiden Fahrer hatten nicht die geringste Ahnung, wie das überhaupt passiert war.

»Verdammt. Lassen Sie mich einsteigen und fahren Sie los«, befahl sie und öffnete die hintere Wagentür. Aufgewühlt ließ sie sich in den Notsitz fallen. So etwas war ihr noch nie passiert. In all den Jahren als Rechtsmedizinerin nicht. Sie hatte auch noch nie gehört, dass eine Leiche auf dem Weg zur Obduktion verschwunden war. Das war eigentlich unmöglich.

»Haben Sie unterwegs angehalten?«, wollte Julia wissen.

Der Fahrer fuhr langsam an. »Wir mussten nur einmal tanken. Ansonsten sind wir auf direktem Weg hierher gefahren.«

Julias Gedanken überschlugen sich. Ihre Finger zitterten. Sie versuchte, sich zu konzentrieren. Es musste eine logische Erklärung für diesen Vorfall geben. Die Frau war tot und sie war samt Sarg verschwunden. Es musste sie also jemand entführt haben.

»Wer von Ihnen hat getankt?«

»Ich«, erwiderte der Fahrer und zog den Kopf dabei ein.

»Und was hat Ihr Beifahrer in der Zeit gemacht?«, fragte Julia.

»Markus war mal für kleine Jungs. Er hat sich in die Büsche geschlagen, weil die Toiletten überfüllt waren.«

Prima, dachte Julia. Das hieß wohl, dass die Leiche für eine Weile unbeaufsichtigt im Wagen gelegen hatte.

»Wer von Ihnen ist zuletzt ausgestiegen?«, erkundigte sie sich und richtete den Blick auf Markus, den Beifahrer mit der tiefen Stimme. Der deutete mit einer Kopfbewegung zu seinem Kollegen.

»Ich hatte es ziemlich eilig. Werner ist beim Wagen geblieben. Er musste ja tanken.«

»Hatten Sie den Wagen abgeschlossen, als Sie zur Kasse gegangen sind?«

»Natürlich nicht. Wer beklaut denn einen Leichenwagen? Ich mache das seit zwanzig Jahren. Noch nie habe ich an der Tankstelle abgeschlossen und es ist auch noch nie eine Leiche weggekommen.« Er wischte sich über die Stirn und holte tief Luft. »Ausgerechnet heute war die Tankstelle brechend voll. Ich habe bestimmt zehn Minuten an der Kasse gewartet. Trotzdem, damit konnte doch keiner rechnen.«

»Ich habe die Heckklappe sogar extra noch einmal überprüft, bevor wir wieder losgefahren sind«, warf Markus ein.

Julia wurde hellhörig. »Weshalb haben Sie denn die Tür überhaupt kontrolliert? Ist sie defekt?«

»Manchmal klemmt sie ein bisschen.« Markus kratzte sich am Kopf. »Also ich dachte, die Tür ist vielleicht nicht richtig zu. Ich habe sie aufgemacht und noch einmal zugeworfen.«

»Und dabei haben Sie nicht nachgesehen, ob der Sarg noch da war?«

»Nein. Ich konnte doch nicht ahnen, dass es jemand auf die Moorleiche abgesehen hatte.«

Der Leichenwagen verließ die Stadt und fuhr auf die Autobahn. Ein Schild kündigte die besagte Tankstelle in drei Kilometern an. Julia dachte nach. War es möglich, dass die Tür vielleicht doch nicht richtig verschlossen war, sodass der Sarg beim Anfahren aus dem Wagen rutschen konnte? Nein, das glaubte sie nicht. Den Aufprall auf die Straße hätten die beiden Fahrer sicher bemerkt. Allerdings erschien es mindestens genauso befremdlich, dass jemand einen Sarg aus dem Leichenwagen gestohlen haben sollte. War es nicht auch vorstellbar, dass die beiden Fahrer den Leichnam beiseitegeschafft hatten? Andererseits hatte Julia ihr Gespräch in der Tiefgarage belauscht. Das hatte authentisch geklungen. Und warum sollten die beiden lügen?

Der Wagen raste über die Autobahn. Endlich kam die Tankstelle näher.

»O Mann. Ich hoffe, der Sarg ist noch da. Dann ersparen wir uns eine Menge Ärger«, brummte der Beifahrer, während er unaufhörlich mit den Fingerknöcheln gegen die Seitenscheibe klopfte. Julia nervte das, trotzdem verkniff sie sich einen Kommentar. Die Lage war angespannt genug. Der Wagen bog von der Autobahn ab und verlangsamte seine Geschwindigkeit. Die Raststätte war recht groß und ebenso voll.

»Nehmen Sie doch bitte dieselbe Zapfsäule wie vorhin«, forderte Julia den Fahrer auf. Der Wagen zog nach links und hielt an der äußersten Säule.

»Mist, kein Sarg zu sehen«, stöhnte Werner.

»Und wenn er weiter vorne herausgefallen ist?«, warf Markus ein und deutete mit dem Finger in Richtung der Lkw-Parkplätze, die sich endlos aneinanderreihten. Der Wagen fuhr wieder an und bewegte sich langsam über den Asphalt. Julia reckte den Hals, um möglichst viel zu sehen. Lkws und Autos kamen aus allen Richtungen, Besucher liefen über den Parkplatz. Die meisten von ihnen schwitzten unter den hochsommerlichen Temperaturen. Von einem Sarg war jedoch nichts zu sehen.

»Fahren Sie doch einmal außen um den Parkplatz«, bat sie und fixierte einen Sprinter, dessen Türen gerade geöffnet wurden. Der Laderaum war vollgepackt mit Kisten, Farbeimern und Leitern. Offenbar gehörte er einem Maler. Julias Blick schweifte weiter über das Areal. Hier und da tobten Kinder, Reisende standen in Grüppchen zusammen und rauchten, an der Damentoilette hatte sich eine längere Schlange gebildet, aber etwas Ungewöhnliches konnte Julia nicht feststellen. Ein Sarg hätte doch auch Aufmerksamkeit erregen müssen.

Sie erreichten den Ausgangspunkt des Rastplatzes. Julia beschloss, in das Tankstellengebäude zu gehen und die Angestellten zu befragen.

»Haben Sie den Kassenbeleg aufgehoben?«, fragte sie und öffnete die Wagentür.

Der Fahrer überreichte ihr den Zettel stirnrunzelnd. »Was wollen Sie damit?«

Julia tippte mit dem Zeigefinger auf den Beleg. »Sie waren um elf Uhr fünfzehn hier und haben die Tankfüllung bezahlt. Ich will wissen, ob die Kameras da oben funktionieren und wenn ja, was sie aufgezeichnet haben.«

Werner riss überrascht die Augenbrauen hoch und stellte den Motor ab. »Das ist eine gute Idee. Ich komme mit. Markus, du bleibst im Wagen und passt auf.«

Er schälte sich aus dem Sitz und folgte Julia in die Tankstelle. Eine junge Frau bediente an der Kasse und bereitete gerade Kaffee zu.

»Einen Moment bitte. Meine Kollegin ist sofort für Sie da«, erklärte sie und setzte ein gestresstes Lächeln auf. Der Laden war völlig überfüllt und die beiden Kassen dem Andrang nicht gewachsen. Es dauerte eine ganze Weile, bis die angekündigte Kollegin endlich auftauchte und eine weitere Kasse eröffnete. Julia hatte sich derweil umgesehen. Die gesamte Vorderfront war zwar verglast, jedoch mit den unterschiedlichsten Waren vollgestellt. Die Sicht auf den Parkplatz war je nach Standort nicht besonders gut.

»Ja, bitte?«, fragte die Kassiererin und musterte Julia kritisch, als sie nicht sofort reagierte. Julia überlegte, wie sie ihr Anliegen am besten formulieren sollte. Sie wollte weder die Angestellte noch die anwesenden Kunden irritieren oder gar erschrecken.

»Ich bin auf der Suche nach einem größeren Gegenstand, der aus diesem Auto dort gefallen ist.« Sie deutete mit dem Kopf auf den Leichenwagen, der unmittelbar vor dem Fenster stand. »Das muss gegen elf Uhr fünfzehn gewesen sein.«

Die Augen der Frau zogen sich erst zusammen und weiteten sich dann. »Sie meinen den schwarzen Wagen? Aber das ist doch ein Leichenwagen.«

»Ja und ich brauche wirklich dringend Ihre Hilfe«, entgegnete Julia bestimmt. »Können Sie sich an den Wagen erinnern?«

Die Frau schüttelte heftig den Kopf. Sie griff nach dem Kassenzettel, den Julia ihr hinhielt. »Das hat meine Kollegin kassiert. Valerie, kannst du gerade mal kommen?« Ihre Stimme hatte einen unnatürlich hohen Tonfall angenommen. Die junge Kollegin ließ ihren Kunden stehen und kam sofort herüber. »Gibt es ein Problem?«, fragte sie und blickte Julia abschätzend an.

»Nein, aber ich muss wissen, ob du dich an diesen Wagen erinnern kannst.« Sie deutete auf den Kassenzettel und dann auf den Wagen vor dem Fenster. Auf der Stirn der jungen Frau erschien eine Falte. »Es ist so voll heute. Nein, ich kann mich nicht erinnern. Warum fragst du?«

Die Augen der ersten Kassiererin wanderten zu dem Leichenwagen. Die junge Kollegin folgte ihrem Blick. »Oh«, stieß sie hervor und schlug die Hand vor den Mund. »Den Wagen habe ich nicht gesehen. Ansonsten könnte ich mich definitiv erinnern«, erklärte sie und schaute Julia fragend an.

»Hören Sie«, sagte diese eindringlich. »Wir haben etwas aus dem Wagen verloren und müssen es dringend wiederfinden. Können wir vielleicht mal einen Blick auf die Aufnahmen der Überwachungskameras werfen?«

»Aber was sollten sie denn aus diesem Wagen verloren haben? Eine Leiche vielleicht?« Valerie gluckste leicht hysterisch bei den letzten Worten.

Julia sagte nichts und blickte die Frau ernst an. Es dauerte nur wenige Sekunden, dann schien Valerie zu begreifen, dass sie mit ihrer letzten Frage ins Schwarze getroffen hatte.

»O nein. Es ist nicht wirklich eine Leiche, oder?«, flüsterte Valerie heiser. Ihre Gesichtsfarbe war einen ganzen Farbton blasser geworden.

»Ich befürchte schon«, sagte Julia. »Wie sieht es also mit den Überwachungskameras aus?«

Die junge Frau zögerte. Ihre Kollegin ergriff das Wort. »Das dürfen wir nicht. Wir wissen ja noch nicht einmal, wer Sie genau sind.«

»Hören Sie, ich bin der Fahrer des Wagens, und ich bekomme eine Menge Ärger, wenn wir den Sarg nicht wiederfinden«, mischte sich Julias Begleiter ein, der sich die ganze Zeit im Hintergrund gehalten hatte.

»Kriege ich heute noch einen Kaffee? Oder machen Sie da drüben weiter Frauentratsch?« Die Stimme eines Kunden mit Baseballkappe dröhnte unfreundlich durch den Laden. Valerie entschuldigte sich beinahe erleichtert und ging zurück zu ihrer Kasse.

»Trotzdem, ich darf das nicht. Ich will meinen Job auch nicht verlieren«, erklärte die andere Kassiererin mit einem mitleidigen Blick auf Julias Begleiter.

»Sie könnten ja auch selbst kurz nachsehen«, schlug Julia vor, doch die Frau schüttelte energisch den Kopf. »Ich habe noch nicht einmal den Schlüssel. Die Bänder werden von einer Security-Firma ausgetauscht. Ich kann Ihnen aber die Telefonnummer geben, falls das hilft.«

Julia stöhnte innerlich auf. Das war typisch deutsche Bürokratie. Es wäre auch zu leicht gewesen, einfach die Kameraaufnahmen zu inspizieren. Das Problem hätte im Nu gelöst sein können. So kompliziert hatte sie sich dieses Unterfangen nicht vorgestellt. Sie ließ sich die Telefonnummer geben und verließ unverrichteter Dinge die Tankstelle.

»Könnte der Sarg auf der Strecke herausgefallen sein?«, fragte sie den Fahrer ohne viel Hoffnung.

»Ich glaube nicht. Das hätten wir gemerkt. Aber wir fahren die Route gleich zurück. Wir werden es sehen.«

Die Rückfahrt verlief genauso ergebnislos wie die Suche auf der Raststätte. Die Stimmung im Wagen war gedrückt. Julia hatte unterwegs die Security-Firma angerufen, jedoch erwartungsgemäß eine weitere Abfuhr erhalten. Der Leichenwagen parkte in der Tiefgarage und Julia stieg aus.

»Was machen Sie jetzt?«, fragte der Fahrer unsicher.

»Ich werde Florian Kessler von der Kriminalpolizei informieren. Es ist sein Fall«, erklärte sie. »Sie halten sich heute mit Ihrem Kollegen lieber zur Verfügung. Ich denke, dass Sie ein paar Fragen beantworten müssen.«

»Verstehe«, erwiderte Werner knapp. »Wir bleiben beim Wagen.«

»Aber wäre es nicht besser, weiterzusuchen?«, schlug Markus vor.

»Wo denn?«, knurrte Werner und brachte seinen Kollegen mit einer Geste zum Schweigen.

»Wir sehen uns, Frau Dr. Schwarz. Legen Sie ein gutes Wort für uns ein, bitte.«

Julia nickte. »Ich kann es versuchen.«

Die beiden taten ihr leid. Es war sicher nicht ihre Absicht gewesen, den Sarg zu verlieren. Trotzdem kam das Verschwinden der Leiche einer Katastrophe gleich. Wenn das an die Öffentlichkeit gelangte, würde sich die Presse nur so darauf stürzen. Julia verabschiedete sich knapp und ging durchs Treppenhaus zurück in ihr Büro, das sich direkt neben dem Autopsiesaal befand. Sie war froh, dass sie ihrem Assistenten nicht in die Arme lief. Der wunderte sich sicherlich schon, wo sie so lange blieb. Julia nahm den Telefonhörer in die Hand und wählte die Nummer von Florian Kessler. Es klingelte nur zweimal, dann hörte sie seine Stimme.

»Schlechte Neuigkeiten«, stieß sie ohne Umschweife hervor. »Die Frauenleiche aus dem Moor ist verschwunden.«

6

Tobi hatte ein neues Profilbild eingestellt. Hannah konnte sich kaum sattsehen. Er zeigte seinen Waschbrettbauch, nur mit Jeans bekleidet. Sie kannte die nackten Oberkörper der Jungs aus ihrem Tanztraining. Alle waren durchtrainiert, aber keiner von ihnen konnte ein solches Sixpack vorweisen. Hannah strich mit dem Zeigefinger über die Linien, die die prallen Muskeln auf Tobis Bauch zeichneten. Sie tat es ganz vorsichtig, nicht, ohne sich vorher noch einmal umzusehen. Hannah wollte sichergehen, dass ihre Zimmertür geschlossen war. Nichts wäre schlimmer, als wenn ihr nerviger Bruder oder gar ihre Mutter sie dabei erwischen würden. Sie dachte an Tobi. Ob er auch nach ihren Online-Zeiten sah? Das war das Letzte, was sie wollte. Auf keinen Fall durfte er auch nur ahnen, wie oft sie sein Profilbild anstarrte. Und auch nicht, dass sie sich wünschte, seine Muskeln in echt zu sehen. Was würde er dann von ihr denken? Trotzdem konnte sie den Blick nicht abwenden und stellte sich zum wiederholten Male vor, wie sie mit ihm ins Schwimmbad ging. Sie, Tobi und ihre beste Freundin Mia, deren Augen vor Neid glänzen würden. Vielleicht hatte Mia bis dahin auch einen Freund und sie könnten zu viert schwimmen gehen. Ob sie Tobi wirklich schon als ihren Freund bezeichnen sollte? In Hannahs Bauch flatterte es. Ihre Lippen formten das Wort, das sich irgendwie fremd, aber gleichzeitig auch großartig anfühlte: Freund – mein Freund, Tobi. Es klang toll. Hannah kicherte leise und las erneut seine letzte Nachricht durch. Er hatte sich tatsächlich für das abrupte Ende ihres Chats entschuldigt. Hannah hatte drei ganze Tage warten müssen. Es war unerträglich gewesen. Immer wieder musste sie sich selbst davon abhalten, Tobi anzuschreiben. Sobald sie zu Hause war, checkte sie seine Online-Zeiten. Das Portal zeigte genau an, wann man zum letzten Mal online war. Hannah hatte die Hoffnung schon fast aufgegeben. Sie konnte kaum noch an etwas anderes denken als an Tobi, der ständig online war, jedoch keinen Kontakt mit ihr aufnahm. Wenn sie den Computer anschaltete, raste ihr Herz wie nach dem Tanztraining. Die Enttäuschung war jedes Mal niederschmetternd und fühlte sich viel schlimmer an, als eine Schrittfolge zu vermasseln und dann Bettinas oder Lucas' strafende Blicke ertragen zu müssen. Wie ein großes schwarzes Loch, das ihr Herz verschluckte. Als würde die Sonne nie wieder aufgehen und ihr Leben dem Ende geweiht sein, obwohl es doch gerade erst richtig begonnen hatte.

Nie würde Hannah das triumphale Beben ihres Körpers vergessen, als sie dann doch eine neue Nachricht von Tobi vorfand. Ihre Enttäuschung war wie weggeblasen.

»He, Kleines. Tut mir total leid, dass ich letztes Mal so schnell wegmusste. Habe die ganze Zeit an dich gedacht. Konnte nur nix machen, weil mein Laptop gesponnen hat.« Drei Herzchen schlossen die Nachricht ab.

Hannah fühlte sich wie im siebten Himmel. Das lag nicht nur daran, dass er sie doch noch sehen wollte.

Hannah glaubte zudem, dass Tobi wahrscheinlich gar nicht mit anderen Mädchen chattete. Wenn es stimmte, dass sein Computer verrückt spielte, dann war mit ziemlich großer Sicherheit auch die Anzeige seiner Online-Zeiten falsch. Hannah hatte sich Sorgen gemacht, weil Tobi ständig online war, Tag und Nacht. Sie wusste das, weil sie Tobis Profil einmal um zwei Uhr nachts gecheckt hatte. Sie war aufgewacht, einfach so und mit pochendem Herzen. An den Traum konnte sie sich nicht erinnern, aber ihr erster Gedanke galt Tobi. Das Haus war mucksmäuschenstill. Ihre Eltern waren längst im Bett und auch ihr Bruder schlief. Sie fuhr den Computer hoch und stellte enttäuscht fest, dass Tobi online war. Hannah mochte sich gar nicht ausmalen, mit wem er womöglich chattete. Mit ihr jedenfalls nicht und in jener Nacht war ihr auch keine plausible Erklärung eingefallen. Anschließend hatte sie Ewigkeiten gebraucht, bis sie wieder einschlafen konnte. Der nächste Tag war ein Desaster gewesen. Hannah hatte eine Klassenarbeit versaut und im Tanztraining gleich mehrere Figuren verkorkst. Lucas war richtig sauer auf sie gewesen. Danach hatte sie sich vorgenommen, nachts nicht mehr nach Tobi zu sehen. Sie musste sich damit abfinden, dass er das Interesse an ihr verloren hatte. Es war schließlich nichts Ungewöhnliches. Andere chatteten auch ständig mit unterschiedlichen Leuten. Je mehr, desto besser. Dafür war die Online-Welt doch da, dass man mit vielen Menschen Kontakt aufnahm. Auch Hannah hatte einige Chat-Kontakte von heute auf morgen sausen lassen. Manchmal, weil sie etwas Besseres gefunden hatte, und mitunter auch einfach so, ohne Grund. Sie konnte es sich selbst nicht erklären. Aber so war es eben online. Es war alles unverbindlich und locker – so lange, bis man sich in Wirklichkeit kennenlernte. Der Atem blieb ihr bei dem letzten Gedanken fast weg: in Wirklichkeit kennenlernen. Sie würde Tobi treffen. Sehr bald schon. Er hatte sie wieder gefragt, wann sie alleine war. Hannah konnte es kaum erwarten. Vorher wollte er noch eine Überraschung von ihr haben. Was er damit wohl meinte? Vielleicht ein anderes Foto von ihr? Eines mit Kussmund oder hochgesteckten Haaren? Oder gar eins, was ein bisschen sexyer war: in kurzen Shorts oder mit High Heels? Prüfend warf sie einen Blick auf das rot lackierte Paar, das sie erst vor ein paar Wochen erstanden hatte. Sie hatte ihre Mutter dafür regelrecht anflehen müssen und verzichtete sogar auf das nächste Taschengeld. Diese Schuhe waren einfach so geil, dass sie sofort einen Platz in ihrem Regal gefunden hatten. An der Haustür klingelte es. Hannah hörte, wie ihr Bruder seine Tür aufriss und die Treppe hinunter polterte.

»He, warte, das ist für mich«, schrie sie ihm hinterher. Sie hatte sich mit Mia verabredet. Heute würde sie ihr endlich Tobi zeigen.

7

»Die Leiche ist verschwunden?«, fragte Florian ungläubig und erhob sich von seinem Schreibtischstuhl. Er hatte gerade damit begonnen, die Angaben über die als vermisst gemeldeten jungen Frauen zu studieren, als Julia Schwarz anrief. Im ersten Moment glaubte er, sie wolle ihm einen Streich spielen. Aber da war dieses Schwingen in ihrer Stimme, das echte Nervosität verriet. Sie machte ihm nichts vor.

»Ich weiß es nicht. Wir sind die ganze Strecke bis zurück ins Moor abgefahren, aber die Leiche samt Sarg ist weg.« Julia stieß einen hörbaren Seufzer aus.

»Jetzt noch einmal von vorne«, entgegnete er und fühlte den Ärger in sich aufsteigen, weil Julia offensichtlich ohne ihn aktiv geworden war. »Wer ist wir und wo habt ihr gesucht?«

»Ich war mit den beiden Fahrern unterwegs. Sie haben keine Erklärung dafür, wie der Sarg verschwinden konnte. Als sie in der Tiefgarage des Instituts ankamen, war die Leiche fort.« Julia schilderte ihm, wie sie sich auf der Raststätte nach dem Sarg umgesehen hatten, und gab ihm die Telefonnummer der Sicherheitsfirma, die für die Überwachungskameras verantwortlich war.

»Warum hast du mich denn nicht gleich angerufen?« Florian konnte den Vorwurf in seiner Stimme nicht unterdrücken. Am anderen Ende der Leitung herrschte Schweigen. Das war typisch für Julia.

»Ich war einfach völlig überrascht von der Situation. Aber ich habe dich ja jetzt angerufen«, antwortete Julia nach einer Weile.

Florian seufzte. »Also gut. Ich werde mich um die Überwachungsvideos kümmern. Gib mir beim nächsten Mal bitte sofort Bescheid.« Er legte auf und grübelte. In seiner gesamten Zeit als Kriminalkommissar war noch nie eine Leiche bei einem Abtransport verschwunden. Gespannt wählte er die Nummer, die Julia ihm gegeben hatte.

»Kessler von der Kriminalpolizei Köln«, stellte er sich vor und bat um die Übermittlung der Videoaufnahmen des heutigen Tages. Er legte auf und scrollte durch die aktuellen Vermisstenanzeigen, die auf seinem Bildschirm zu sehen waren. Es gab einige Profile, die auf die getötete Frau passen könnten. Florian klickte das Foto einer Studentin an, die vor zwei Wochen von einer Universitätsparty nicht nach Hause gekommen war. Das Mädchen war blond und überdurchschnittlich attraktiv. Florian vergrößerte das Bild und betrachtete die Augen. Sie waren blau. Er versuchte, sich das Gesicht des Opfers ins Gedächtnis zurückzurufen. Die Frau im Moor hatte blaue Augen gehabt. Doch irgendwie erschien das Blau um die Pupillen der Studentin eine Nuance dunkler. Florian fragte sich, ob der Farbunterschied auch durch die Austrocknung der Leiche in der Sonne zustande kommen könnte. Julia würde sicherlich eine Antwort darauf haben. Er druckte das Foto aus und arbeitete sich weiter durch die Liste vermisster Frauen. Eine Abiturientin fiel ihm ins Auge, die erst seit ein paar Tagen verschwunden war. Der Polizeibeamte, der die Anzeige aufgenommen hatte, beschrieb das Umfeld des Mädchens als sozial schwierig. Erst vor drei Wochen war die junge Frau betrunken von einer Polizeistreife aufgegriffen worden. Der ebenfalls alkoholisierte Vater hatte sich geweigert, seine Tochter in die Wohnung zu lassen, sodass das Mädchen in einem Frauenhaus untergebracht werden musste. Florian dachte an das Tattoo, das sie auf der Leiche entdeckt hatten. Ob diese Frau ein solches Bild auf der Haut trug? Er stöhnte. Im Grunde wussten sie noch nicht einmal, ob es sich um ein echtes Tattoo oder nur um einen Aufkleber handelte. Ohne die Untersuchung der Leiche war es unmöglich, das Opfer mit den Vermissten abzugleichen. Trotzdem druckte er auch das Foto dieses Mädchens aus. Ungeduldig prüfte er seine E-Mails. Er wartete auf die Überwachungsaufnahmen von der Tankstelle. Rastlos griff er zum Telefon und wollte gerade die Nummer der Sicherheitsfirma wählen, als seine Bürotür geöffnet wurde. Eine dunkelhaarige, schlanke Frau trat ein und lehnte sich an die Kante seines Schreibtischs. Anna Schubert, die Leiterin der Spurensicherung, trug einen eng anliegenden Rock und eine kurzärmlige weiße Bluse, aus der hagere Arme hervorlugten. Ihr Gesicht war von feinen Linien durchzogen. Sie stand kurz vor der Pensionierung. Florian legte den Hörer auf.

»Habt ihr die Kleidung des Opfers gefunden?«, fragte Florian.

Anna schüttelte den Kopf. »Da draußen war gar nichts. Wir haben einen Radius von zwei Kilometern abgesucht und nicht einmal einen brauchbaren Fußabdruck identifizieren können. Der Täter kommt mir vor wie ein Geist. Selbst die Holzkonstruktion, auf der das Opfer drapiert war, weist keinerlei Spuren auf. Das Holz kann aus jedem beliebigen Baumarkt stammen. Dasselbe gilt für die Nägel. Bisher weiß ich nur, dass der Mörder Handschuhe getragen hat. Wir haben Spuren von Talkum entdeckt. Das Pulver wird derzeit im Labor untersucht. Vielleicht bringt uns das ein Stückchen weiter. Wir haben diverse Reifenspuren auf dem Parkplatz gesichert und werten gerade die Profile aus. Aber ich verspreche mir davon nicht allzu viel. Ich hoffe wirklich, dass Dr. Schwarz bei der Autopsie des Leichnams mehr Erfolg hat als wir draußen im Moor.«

Florian presste die Lippen bei Annas letztem Satz zu zwei schmalen Linien zusammen. »Genau da liegt das Problem«, erklärte er und registrierte, wie Annas Augen größer wurden. »Die Leiche ist verschwunden.«

»Was? Was meinst du damit? Wie konnte denn so etwas passieren?«

»Ich habe im Augenblick keine Erklärung dafür. Ich warte noch auf die Überwachungsvideos der Tankstelle, wo es passiert sein könnte. Wenn ich auf den Aufnahmen nichts Brauchbares finde, werde ich eine größere Suchaktion starten müssen. Meier wird mir den Kopf dafür abreißen. Das Budget ist wie immer knapp«, fluchte Florian. Hermann Meier war sein Chef. Der Leiter des Kriminalkommissariates gehörte zur Generation der alten Haudegen, und wenn er eines nicht ausstehen konnte, dann waren es Komplikationen. Es wäre ein Leichtes gewesen, den Leichenwagen mit einer Polizeieskorte zu begleiten. Die Wagen hatten ja fast denselben Weg zurück in die Kölner Innenstadt gehabt. So hätte die Katastrophe schon im Vorfeld verhindert werden können. In Florians Ohren klingelten jetzt schon seine Worte. *»Wie konnten Sie so etwas zulassen?«* oder *»Beweismittel lässt man nicht aus den Augen.«* Natürlich wusste Hermann Meier, dass es in der Regel unüblich war, Leichenwagen zu eskortieren. Aber solche Details blendete er meist aus, wenn er sich aufregte.

Anna rollte mit den Augen. »Mach dir nichts draus, Florian. Der Alte ist heute gut gelaunt. Er wird dich schon am Leben lassen. Außerdem kannst du ja nichts dafür.« Sie tätschelte mitfühlend Florians Schulter. Unbewusst rückte er ein Stückchen ab. Er wollte kein Mitleid.

»Eine Sache habe ich noch für dich. Ich weiß nicht, ob es für unseren Fall relevant ist. Auf dem Parkplatz habe ich diese Schablone gefunden. Es könnte natürlich einfach nur Kinderspielzeug sein.« Sie legte Florian eine Plastiktüte auf den Schreibtisch. Darin befand sich ein transparentes Plastikstück. Florian nahm die Tüte und betrachtete den Inhalt.

»Sieht aus wie so eine Malschablone, die es früher mal in den Nutella-Gläsern gab.« Er legte die Beweismitteltüte wieder auf den Tisch.

Anna zuckte mit den Achseln. »Wie gesagt, vielleicht hat es keine Bedeutung. Es war jedenfalls der einzige Gegenstand, den wir am Tatort sicherstellen konnten. Er lag gleich neben den Papierkörben, deren Inhalt wir noch auswerten.« Sie stand auf und ging zur Tür. »Sobald ich etwas Neues habe, melde ich mich bei dir. Bring mir die Schablone zeitnah zurück. Sie war noch nicht im Labor. Aber ich wollte sie dir unbedingt zeigen.« Anna schloss die Tür hinter sich, und Florian war wieder allein. Abermals checkte er seine E-Mails. Die Überwachungsvideos waren immer noch nicht da. Müde rieb er sich die Schläfen. Sein Blick fiel auf die Schablone, die Anna dagelassen hatte. Unwillkürlich leckte er sich über die Lippen. Das Plastikteil weckte Erinnerungen an große Nutella-Brote, die seine Großmutter ihm oft geschmiert hatte. Für sie war es das Allheilmittel gegen jegliche Art von Kummer gewesen. Selbst als er schon an der Polizeihochschule studiert hatte, brachte sie jedes Mal Nutella-Brote mit, wenn sie ihn besuchte. Florian hatte sich zuerst geschämt. Aber seine Mitbewohner stürzten sich mit Heißhunger darauf und lobten seine Großmutter bis in den Himmel. Seine Oma war in kurzer Zeit zur beliebtesten Besucherin aufgestiegen. Er seufzte und griff nach der Schablone. Als kleiner Junge hatte er Asterix-Schablonen gesammelt. Er legte sie auf ein Blatt Papier und betrachtete die konfusen Linien. Dann nahm er einen Bleistift und zeichnete die Umrisse auf einem anderen Blatt nach. Er durfte die Schablone nicht aus der Tüte nehmen. Möglicherweise befanden sich brauchbare Fingerabdrücke darauf. Als er fertig war, versuchte er, die aufgemalte Form zu erkennen. Doch die Linien blieben genauso konfus wie auf dem Original. Asterix war es jedenfalls nicht. Er drehte das Blatt im Kreis, hatte aber keine Ahnung, was er da gezeichnet hatte. Vielleicht hatte Julia eine Idee. Er wollte ihr sowieso die Fotos der vermissten Mädchen schicken. Florian seufzte und griff zum Telefon. Nach einer Weile legte er stirnrunzelnd auf. Julia ging nicht ans Handy, stattdessen meldete sich sofort die Mailbox.

8

Julia ließ die Sache einfach keine Ruhe. Sie hatte sich in ihr Auto gesetzt und war zurück ins Moor gefahren. Die Kollegen von der Spurensicherung waren längst fort. Sie hatten ein Wirrwarr aus rot-weißen Absperrbändern hinterlassen. Der Trampelpfad, der bei Julias erstem Besuch noch unberührt schien, war jetzt doppelt so breit. Sie sah die Mitarbeiter der Spurensicherung vor sich, wie sie in ihren weißen Anzügen, mit Gummihandschuhen und Schutzüberzügen über den Stiefeln ausgerüstet, das Moor absuchten. Ob sie noch etwas entdeckt hatten? Julia konnte es sich kaum vorstellen. Florian hätte sie in diesem Fall sicher längst informiert.

Sie zog sich Schuhüberzieher über die Pumps und lief zu der Stelle zurück, an der die tote Frau gefunden worden war. Ein Absperrband hinderte sie daran, näher heranzutreten. Das Holz, das den Kopf der Toten über Wasser gehalten hatte, war verschwunden. Die Kriminaltechniker würden das Material im Labor gründlich untersuchen. Julia hockte sich hin und starrte in das trübe, dunkle Wasser. Trotz der heißen Sommertemperaturen überlief sie ein Schauer. Unwillkürlich stellte sie sich vor, wie es sich anfühlen musste, vom kalten Moorwasser verschlungen zu werden. Sie kannte die Physiologie des menschlichen Körpers und wusste, wie der Tod eines Ertrinkenden in den Organen ablief. Im Grunde genommen handelte es sich um einen Erstickungsvorgang. Nachdem der Ertrinkende meist zuerst die Luft anhielt, um das Eindringen der Flüssigkeit in die Atemwege zu verhindern, setzte nach einer Weile die Atmung zwanghaft ein. Das war der Moment, in dem das Wasser unkontrolliert in den Körper strömte und das Sterben begann. Das Gehirn wurde nicht mehr ausreichend mit Sauerstoff versorgt und löste Erstickungskrämpfe aus, die schließlich in der Bewusstlosigkeit endeten. Regelmäßig folgten noch ein paar letzte Atembewegungen, bevor der endgültige Stillstand eintrat. Es gab schnellere und angenehmere Tode als den durch Ertrinken.

Julia dachte an den Russen, den sie am Morgen obduziert hatte. Die Schussverletzung hatte ihn innerhalb von wenigen Sekunden getötet. Der Mann hatte mit hoher Wahrscheinlichkeit keinerlei Schmerzen verspürt. Sein Wechsel vom Leben zum Tod war so schnell erfolgt, dass sein Bewusstsein diesen Zustand nicht mehr registrieren konnte. Bei der Moorleiche hingegen hatte sich das Sterben wahrscheinlich über Minuten hingezogen. Die Frau hatte jedes Detail dieses qualvollen Prozesses mitbekommen.

Das Moor gluckste und Julia schreckte hoch. Mit ihr erhob sich ein Mückenschwarm, der sie wie ein schwarzer Schleier umkreiste. Sie schlug um sich und ging den Pfad zurück zum Parkplatz. Als sie an einer krummen Birke vorbeiging, dachte sie an Florian und seine Intuition. *Der Täter hat sie geehrt.* Julia fragte sich, wie er auf solche Gedanken kam. Sie sah nichts als das nackte Moor, feucht und schwarz, übervölkert von Mücken und anderen Insekten, die im Hochsommer die Feuchtigkeit suchten. Sie konnte nachvollziehen, wie das Opfer sich gefühlt haben musste. Die Frau war aus der aufgeheizten Sommerluft in einen feuchtkalten Sumpf gestoßen worden. Die Poren der Haut hatten sich bei diesem Temperaturwechsel blitzartig zusammengezogen. Eine Gänsehaut musste sich auf dem kompletten Körper ausgebreitet haben. Julia wusste, wie sich Gänsehaut anfühlte. Aber die Angst und das Entsetzen vermochte sie nicht wirklich nachzuempfinden. Julia war mehr auf die Fakten und das Funktionieren des Körpers fixiert. Vielleicht war sie im Laufe der Zeit auch einfach abgestumpft. Das blieb in ihrem Beruf wohl nicht aus. Möglicherweise war es aber auch ein persönlicher Schutzschild, der sie davon abhielt, sich zu sehr in das Opfer hineinzuversetzen. Sie brauchte die Sachlichkeit und Objektivität, um sich nicht von der Grausamkeit überwältigen zu lassen. Der Täter war Julia völlig fremd. Sie konnte weder seine Handlungen noch seine Gefühle nachvollziehen. Sie bewunderte Florian für diese Fähigkeit.

Julia blieb stehen und sah sich um. Ein paar Bäume und hohes Gras gaukelten eine trügerische Idylle vor. Nichts, absolut gar nichts, deutete auf den gewaltsamen Tod einer jungen Frau hin. Ob ihre Schreie in den Fasern dieser Pflanzen gespeichert waren? Hatte der Täter sich beeilt, damit er nicht entdeckt wurde? Julia versuchte sich vorzustellen, wie es wäre, eine Frau über diesen Weg zu tragen, in der Absicht, sie zu töten. Ihr Innerstes schwieg. Sie konnte weder etwas spüren noch irgendein Bild vor sich sehen. Sie seufzte. Offenbar mangelte es ihr an Empathie. Es wäre zu schön, wenigstens einen Wesenszug des Täters zu erkennen. Aus irgendeinem Grund glaubte sie, dass er sich die Tote wiedergeholt hatte. Sie konnte diesen Gedanken überhaupt nicht rational erklären. Er war einfach so in ihrem Kopf entstanden, als sie auf das glucksende Moor geblickt hatte. Wahrscheinlich lag es an Florians Worten. Er hatte nicht nur davon gesprochen, dass der Täter die Frau geehrt hatte, sondern er sagte auch, dass sie eine Art Trophäe für ihn sein musste. Trophäen holte man sich zurück. Man gab sie nicht einfach her.

Julias Blick blieb an einer großen Tafel hängen. Sie hatte den Parkplatz fast wieder erreicht. Interessiert studierte sie den überdimensionalen Plan des Naturschutzgebietes. Direkt vor ihrer Nase waren dicke dunkelgrüne Punkte eingezeichnet. Sie markierten das Moor. Rot umrandet stand eine Warnung auf dem Schild, die Eltern dazu aufforderte, auf ihre Kinder achtzugeben. Hinter den grünen Punkten waren Bäume eingezeichnet. Offenbar schloss sich ein Wald an das Moorgebiet an. Ein blaues Symbol mit einem weißen P fiel Julia ins Auge. Sie hatte bisher gar nicht gewusst, dass es noch einen zweiten Parkplatz gab. Prüfend betrachtete sie die Karte. Ob der Täter vielleicht von der anderen Seite gekommen war? Der Weg bis zum Fundort der Leiche war zwar wesentlich länger, aber es war durchaus denkbar, dass der Mörder den anderen Parkplatz passiert hatte. Diese Möglichkeit konnte zumindest nicht völlig ausgeschlossen werden.

Der Parkplatz war kleiner und mit Sicherheit weniger frequentiert als der Hauptplatz. Je länger Julia darüber nachdachte, desto sinnvoller erschien ihr diese Variante. Entschlossen stieg sie in ihren Wagen und setzte zurück. Dann fuhr sie um das Naturschutzgebiet herum, bis sie zu einer Nebenstraße gelangte. Die Strecke war nicht ausgeschildert. Julia fuhr durch ein Waldstück, an dessen Ende sich ihr Ziel befand. Im Gegensatz zu dem sonnenüberfluteten ersten Parkplatz herrschten hier regelrecht angenehme Temperaturen. Die Sonnenstrahlen wurden vom dichten Blätterdach der Bäume abgehalten. Ein paar Picknickbänke aus dunklem, grobem Holz luden zum Verweilen ein. Der Wind rauschte sanft durch die Blätter. Julia genoss die schattige Kühle und atmete tief ein. Ein einsames Auto parkte am hinteren Ende. Ihr fiel auf, dass der Wagen einen Platten hatte. Wahrscheinlich stand er schon länger hier. Julia ging zu einer großen Holztafel, die verschiedene Wanderrouten durch das Naturschutzgebiet auswies. Der gelb markierte Weg wäre für den Täter perfekt gewesen, denn er war von Weitem nicht einsehbar. Er wand sich anfangs durch den Wald und führte dann in eine Buschlandschaft hinein, die schließlich am Moor endete.

Julia suchte an den umstehenden Bäumen nach einem gelben Schild, das den Beginn der Route kennzeichnete. Sie entdeckte es zwischen zwei alten Eichen, deren Stämme im Laufe der Jahre ein stattliches Ausmaß erreicht hatten. Sie begab sich auf den angezeigten Pfad und heftete ihren Blick auf den Waldboden. Fußspuren sah sie keine. Der Hochsommer hatte die Erde so stark ausgetrocknet, dass sie sich in eine harte Kruste verwandelt hatte. Selbst der Schatten der hohen Baumkronen vermochte dagegen nichts auszurichten. Sie beschloss, am Rand des Weges zu gehen, nur für den Fall, dass die Spurensicherung ihre Untersuchungen auf dieses Gebiet ausweiten musste. Der Weg durch den Wald zog sich ziemlich in die Länge. Allmählich brach ihr der Schweiß aus.

Sie betrachtete das Dornengestrüpp, das sich am Wegesrand und unter den Bäumen ausgebreitet hatte. Ob der Mörder überhaupt die ausgewiesene Route benutzt hatte? Die Strecke abseits des Weges war kürzer. Julia machte halt und rief sich die Karte in Erinnerung. Sobald die Leiche wieder da war, würde sie die Haut des Opfers auf Kratzer und Risse untersuchen. Wenn der Täter sie nackt durch das Gestrüpp getragen hatte, musste es Spuren geben. Selbst wenn das Opfer den Weg selbst gelaufen war, würde Julia das herausfinden. Sie nahm eine Abkürzung und schon nach kurzer Zeit gab der Wald den Blick auf die Heidelandschaft frei. Ihre Augen suchten permanent nach Spuren. Fußabdrücken, Stofffetzen oder irgendetwas, was Täter und Opfer auf ihrem Weg ins Moor hinterlassen haben könnten. Sie sah nichts außer der weiten unberührten Natur. So würde sie nie weiterkommen. Was sollte das bringen, hier alleine in der Wildnis herumzulaufen und nach Hinweisen zu suchen?

Plötzlich empfand sie ihren Ausflug als Zeitverschwendung. Sie hatte einfach impulsiv reagiert, weil zum ersten Mal in ihrem Leben eine Leiche verschwunden war und sie sich irgendwie dafür verantwortlich fühlte. Sie lief noch ein paar Meter weiter bis zum Anfang des Moores und machte dann kehrt. Sie würde Emanuel bitten, die Obduktion für den zweiten Russen vorzubereiten. Sie holte ihr Handy aus der Tasche und wählte seine Nummer. Die Verbindung konnte nicht hergestellt werden. Julia fluchte. Hier draußen gab es kein Netz. Das Telefon zeigte nicht einmal einen einzigen Balken an. Sie beschleunigte ihre Schritte und nahm eine andere Abkürzung durch den Wald. Als sie auf dem Parkplatz ankam und ihren Wagen sah, stöhnte sie dankbar. Es war heiß und sie hatte furchtbaren Durst. Hastig riss sie die Tür auf und setzte sich ans Steuer. Ihre Hand griff nach der Wasserflasche, die inzwischen aufgeheizt war. Trotzdem nahm Julia einen gierigen Schluck. Sie startete den Motor und stellte die Klimaanlage auf die höchste Stufe. Obwohl ihr Auto im Schatten gestanden hatte, blies ihr der Lüfter wüstenähnliche Luft ins Gesicht. Julia drehte die Lüftungsschlitze weg, noch mehr Hitze konnte sie jetzt nicht gebrauchen.

Ihr Blick fiel durch die Windschutzscheibe und blieb an einem Mülleimer hängen. Eine Plastiktüte, die halb hinaushing, erregte ihre Aufmerksamkeit. Die Tüte bewegte sich ganz leicht im Wind. Julia stieg aus. Plötzlich waren Durst und Hitze vergessen. Die Tüte zog sie magisch an. Sie ergriff einen Ast und stocherte damit im Mülleimer herum. Die Plastiktüte war leer. Das Logo eines bekannten Discounters leuchtete ihr entgegen. Julia ließ die Tüte zu Boden fallen und warf einen Blick in den Eimer. Weißer Stoff lag zusammengeknüllt auf dem Boden, darüber lagen ein paar Papiertaschentücher und Bonbonpapier. Doch das war es nicht, was ihren Atem stocken ließ. Es waren die dunkelroten verkrusteten Flecke, die Julia die Luft raubten. Sie kannte diese Farbe nur allzu gut. Die Kleidung des erschossenen Russen war davon durchtränkt gewesen. Von Blut.

Julia trat erschrocken einen Schritt zurück. Ihre Hände tasteten nach dem Handy und zogen es abermals hervor. Sie hatte immer noch keinen Empfang. Plötzlich erschien ihr der Parkplatz viel düsterer. Sie blickte sich um und stellte erstaunt fest, dass sie Angst hatte. In diesem Moment wurde ihr klar, dass sie ganz alleine hier draußen im Wald war. Niemand wusste, dass sie zurück zum

Fundort der Leiche gefahren war. Sie konnte nicht einmal Hilfe herbeitelefonieren. Julia schluckte und mahnte sich zur Vernunft. Eigentlich hätte sie die Spurensicherung benachrichtigen müssen. Aber jetzt war sie so weit gegangen, dass sie nicht umkehren konnte. Mit enger Kehle zog sie sich Gummihandschuhe über und holte den Stoff, der sich als Bluse entpuppte, aus dem Mülleimer. Ihr Herz raste, als darunter eine ebenso zerknüllte und blutbefleckte Jeans zum Vorschein kam. Sie griff danach und stopfte die Sachen in die Plastiktüte, die sie eben noch hinuntergeworfen hatte. Das Bonbonpapier und die Taschentücher nahm sie ebenfalls mit. Hektisch rannte sie zurück zu ihrem Wagen, sprang hinein und verriegelte die Türen. Ihr Hirn gaukelte Julia eine Bewegung in dem verlassenen Auto vor. Schwer atmend zwang sie sich, so lange durch die Frontscheibe zu blicken, bis sie sicher war, dass sich dort gar nichts bewegte. Trotzdem raste ihr Puls, als hätte sie einen Hundertmetersprint hingelegt. Sie startete ihren Wagen und fuhr los.

Ihr Herz beruhigte sich erst, als sie auf der Autobahn war. Die anderen Autos gaben ihr das Gefühl, nicht mehr alleine zu sein. Julia fuhr mit Höchstgeschwindigkeit nach Köln. Sie bog nicht zum rechtsmedizinischen Institut ab, sondern fuhr direkt zum Polizeirevier. Sie machte sich nicht einmal die Mühe, nach einem Parkplatz zu suchen, und stellte den Wagen einfach an der Straße ab. Sie musste ihren Fund unbedingt Florian zeigen. Julia zerrte ihren Besucherausweis aus der Tasche und wartete ungeduldig, bis der Mann am Empfang sie durchließ. Obwohl sie außer Atem war, verzichtete sie auf den Fahrstuhl und nahm die Treppe. Als sie endlich Florians

Büro erreichte, stieß sie die Tür auf und warf ihm atemlos die Plastiktüte auf den Schreibtisch. Florian saß vor seinem Bildschirm und blickte sie überrascht an.

»Ich habe etwas im Moor gefunden. Das musst du dir sofort ansehen.«

9

»Tobi ist wirklich krass süß«, sagte Mia zum wiederholten Male und seufzte. Argwöhnisch betrachtete Hannah ihre beste Freundin. Zwar hatte sie gehofft, dass Mia Tobi toll finden würde, aber die Bewunderung ging ihr langsam etwas zu weit. Mias Wangen waren gerötet und sie konnte sich kaum an Tobis Profilbild sattsehen. Als Tobi vor ein paar Minuten einen Chat eröffnet hatte, wollte Mia ihm unbedingt »Hallo« sagen. Die Schmetterlinge in Hannahs Bauch hatten sich in einen Hornissenschwarm verwandelt, der unaufhörlich in ihre Seiten stach. Sie hatte immer geglaubt, dass Mia sich nur für dunkelhaarige Typen interessierte. Tobi war strohblond und braunäugig. Bisher hatte Mia solche Typen als Softies bezeichnet, aber jetzt bekam sie sich überhaupt nicht mehr ein. Was Hannah noch viel mehr ärgerte, war, dass Tobi keine Sekunde vergehen ließ und sich sofort mit Mia verlinkte. Sie waren jetzt Freunde und konnten auch ohne Hannah chatten. Schlimmer noch, sie würde es nicht einmal mitbekommen, wenn Mia mit Tobi flirtete. Ob sie das tatsächlich tun würde?

»Wann triffst du dich denn nun mit ihm?«, fragte Mia neugierig.

Hannah zögerte. Sie hatte immer noch kein konkretes Date mit Tobi vereinbart. Aber sie wollte nicht, dass Mia eine Chance witterte. »Wahrscheinlich nächste Woche«, antwortete sie deshalb ausweichend. »Hängt davon ab, wann ich hier mal Ruhe habe.«

»Oh, ich kann dir gerne ein Alibi verschaffen«, erklärte Mia und drehte sich endlich um. Das klang schon viel besser. Es wurde ja auch Zeit, dass sie aufhörte, Tobi anzugaffen. Hannah entspannte sich ein wenig. »Du kannst doch einfach erzählen, dass du mit mir ins Kino gehst. Vielleicht sogar in die Spätvorstellung. Dann hättest du richtig viel Zeit mit Tobi.« Mia grinste vielsagend. Zu Hannahs Verärgerung wandte sie sich wieder zum Computer und klickte auf Tobis Profil herum.

»Was sind das für Bilder? Die sehen ja cool aus.«

Mia führte den Mauszeiger über eine Reihe bunter Zeichnungen und klickte auf ein Symbol, das einem Schmetterling ähnelte.

»Das sind Tattoos«, erklärte Hannah. Sie grübelte seit Tagen darüber, welches ihr am besten gefiel. »Tobi steht darauf. Er überlegt, sich eines stechen zu lassen.« Mia drehte sich abrupt zu ihr um. Ihre Augen funkelten entsetzt.

»Ernsthaft? Das ist ja voll assi.«

Hannah zuckte mit den Achseln. Das Gespräch mit Mia war ihr unangenehm. Erst gaffte sie Tobi an, als wolle sie ihn für sich alleine haben, und jetzt kritisierte sie ihn nur wegen eines Tattoos.

»Warum klebt er sich keines auf?« Mia ließ nicht locker.

Hannah stöhnte. Langsam wurde es richtig anstrengend, und Hannah begann zu bereuen, dass sie Mia überhaupt von Tobi erzählt hatte. Bisher war er ihr gut gehütetes Geheimnis gewesen. Sie wollte von Mia bewundert werden, aber Kritik konnte sie keine gebrauchen. Dafür sorgten schon ihre Eltern den ganzen Tag. Sie hatte eine Aversion gegen »Warum«-Fragen entwickelt. *Warum hast du deine Hausaufgaben noch nicht gemacht? Warum bist du so spät noch auf? Warum kannst du dein Zimmer nicht aufräumen?* Hannah könnte Hunderte dieser Fragen aufzählen, denen sie täglich ausgesetzt war. Das nervte einfach nur, und jetzt musste ausgerechnet Mia auch noch damit anfangen. Was wusste sie denn, warum Tobi sich gerade für Tattoos interessierte? Er hatte einen Megabody und konnte es sich leisten. Aufkleber hielt er mit Sicherheit für uncool.

»Ich finde, es passt zu seinem Stil. Er sieht aus wie ein Surfer und die haben doch fast alle Tattoos«, zischte sie zickig. Ihr reichte es. Sie erhob sich von ihrem Bett, zwängte sich an Mia vorbei und beendete das Chatprogramm mit einem Klick. Dann fuhr sie den PC herunter.

»Lass uns was anderes machen.« Hannahs Stimme zitterte. In ihrem Inneren rumorte es. Sie hätte am liebsten laut geschrien. Mias Blicke sprachen Bände. Sie war beleidigt. Das hatte Hannah nicht gewollt. Sie war plötzlich total durcheinander. Eine Träne kullerte über ihr Gesicht. Blitzartig wischte Hannah sie mit dem Handrücken weg.

»Okay«, sagte Mia und erhob sich von Hannahs Stuhl. Sie legte beide Arme um Hannah und zog sie an sich. »Ich hab es doch nicht so gemeint. Tobi ist ein toller Typ, mit oder ohne Tattoo.«

»Schon gut.« Hannah löste sich von Mia.

»Lass uns in diesen neuen Klamottenladen gehen, den wir neulich entdeckt haben«, schlug Hannah vor. Sie brauchte definitiv Ablenkung.

10

»Das haben wir gleich«, tönte Anna Schubert von der Spurensicherung. Eine Pinzette, die wie eine Verlängerung ihrer hageren, feingliedrigen Finger aussah, glitt zielsicher in die Hosentasche der zerknüllten Jeans und beförderte eine grüne Plastikkarte hervor.

»Wir haben einen Namen«, verkündete sie stolz und ließ die Karte in eine durchsichtige Tüte plumpsen.

»Melissa Hornberg«, las Florian vor. »Das ist ein Bibliotheksausweis.«

»Wenigstens wissen wir jetzt, wie sie heißt, wenn schon ihr Leichnam verschwunden ist«, ergänzte Julia, die sich erschöpft auf einen verschlissenen Bürostuhl in Florians Büro fallen gelassen hatte. Der Drehstuhl ächzte trotz ihres geringen Gewichts. Er war alt, wie die komplette Büroeinrichtung des Kriminalkommissars, die nach Julias Schätzung gut und gerne drei Jahrzehnte auf dem Buckel hatte. Die beiden massiven Eichenschreibtische, die Florian Kessler und seinem Partner gehörten, hatten die Zeit am besten überstanden. Ein paar tiefe Kratzer zogen sich durch den Lack, aber sie verliehen dem Holz eine persönliche Note und eine gewisse Ehrwürdigkeit. Florians Partner, ein junger Kollege, der die zwanzig erst knapp überschritten hatte, weilte derzeit im Urlaub unter der kalifornischen Sonne. Ein Foto, das Florian extra ausgedruckt und an eine weiße Magnettafel gehängt hatte, zeigte die beeindruckenden türkisblauen Wellen des Ozeans, die sanft in weißem Pudersand ausliefen. Julia wusste gar nicht, wann sie zum letzten Mal richtig Urlaub gemacht hatte. Es kam ständig etwas dazwischen. Sie dachte an ihren blassen Teint. Ein paar Tage in der Sonne würden ihr guttun. Außerdem hätte sie dann einmal die Gelegenheit, sich von der anstrengenden Trennung von Valentin, ihrem Exfreund, zu erholen. Sie erinnerte sich nicht gerne an die Zeit mit ihm. Vor beinahe genau sechs Monaten hatte sie endgültig mit ihm Schluss gemacht. Valentin hatte sie betrogen und das konnte sie ihm einfach nicht verzeihen. Das Vertrauen war futsch. Sie hatte versucht, die Sache zu vergessen, aber jedes Mal, wenn sie ihn abends nicht erreichen konnte oder er ohne sie ausging, kamen die Zweifel. Der Stachel des Misstrauens saß so tief, dass er ihre Liebe zu Valentin regelrecht aufgefressen hatte. Eines Tages war sie aufgewacht und hatte gewusst, dass sie einen Schlussstrich ziehen musste. Sie hatten sich im Studium kennengelernt und waren viele Jahre zusammen gewesen. Julia war dieser Schritt nicht leichtgefallen. Es hatte ihr unendlich wehgetan. Schnell schob sie diese Gedanken beiseite und konzentrierte sich wieder auf die Gegenwart.

Julia betrachtete den Kriminalkommissar, der mit einem Mal um eine ganze Spur blasser geworden war. Wahrscheinlich malte er sich gerade aus, wie er Melissas Eltern die fürchterlichen Nachrichten überbringen sollte. Julia war heilfroh, dass diese Aufgabe nicht zu ihrem Job gehörte.

»O Mann, wie soll ich das nur den Eltern beibringen?«, krächzte Florian wie zur Bestätigung ihrer Gedanken. »Es ist sowieso die schlimmste aller Nachrichten, aber dass ich dann auch noch erklären muss, dass wir die Leiche ihrer Tochter verloren haben.« Er seufzte tief und stieß die Tüte mit dem Ausweis ein paar Zentimeter über den Tisch. »Ich denke, ich konzentriere mich jetzt erst einmal auf die Ergebnisse der Videoanalyse. Kurz bevor du gekommen bist, habe ich entdeckt, dass der Sarg von dem Fahrer eines weißen Lieferwagens gestohlen wurde. Ich gebe am besten sofort die Fahndung nach dem Transporter heraus. Vielleicht schnappen wir den Mann schneller als gedacht. «

»Das ist ja nicht zu fassen. Kann ich mir das Video einmal ansehen?«, fragte Julia und erhob sich.

»Klar, die Sequenz ist geöffnet. Du musst bloß auf Start drücken.«

Julia beugte sich über Florians Computer und klickte auf das weiße Dreieck. Auf dem Bildschirm erschien ein Ausschnitt der Tankstelle. An der Zapfsäule, an der der Leichenwagen getankt hatte, sah Julia einen dunkelgrünen Polo. Ein junger Mann stieg ein und zog die Tür zu. Das Auto fuhr los und an seine Stelle fuhr der schwarze Leichenwagen. Zwei Männer kletterten aus dem Fahrzeug. Der Fahrer ging um den Wagen herum, öffnete die Tankklappe und steckte die Zapfpistole hinein. Der Beifahrer entfernte sich vom Auto und verschwand nach einigen Metern aus dem Bild. Er lief schnell, beinahe hektisch. Offenbar drückte seine Blase heftig. Julia konzentrierte sich wieder auf den Fahrer, der neben der Tanksäule stand und Löcher in die Luft starrte. Es dauerte eine gefühlte Ewigkeit, bis der Tank endlich voll war. Der Mann hängte den Schlauch zurück in die Zapfsäule, schraubte den Deckel auf den Tank und bewegte sich gemächlich auf das Tankstellengebäude zu. Im Video war nur ein kleiner Ausschnitt des Shops zu erkennen. Die Glastüren öffneten sich und der Fahrer verschwand ebenfalls vom Bildschirm. Jetzt wurde es spannend. Julia spürte ein Kribbeln in den Fingerspitzen und schob unruhig ihre schwarze Hornbrille den Nasenrücken hinauf.

In den nächsten Minuten liefen unzählige Menschen zur Kasse, fuhren mit ihren Wagen davon, neue Fahrer hielten vor den Zapfsäulen und tankten. Es war ein einziges Durcheinander. Dann näherte sich ein weißer Lieferwagen. Julia kroch dichter an den Bildschirm heran. Das Interessante war, dass der Wagen rückwärts an den Leichenwagen heranfuhr, bis die Türen des Laderaums die Heckklappe des Leichenwagens beinahe berührten.

Julia wartete darauf, dass der Fahrer ausstieg, doch zunächst bewegte sich nichts. Anschließend öffneten sich die beiden hinteren Türen des Transporters und ein Mann mit dunklem Kapuzenshirt kletterte heraus. Er war bloß von hinten zu sehen. Auf das Geschlecht schloss Julia anhand seiner Größe und des Körperbaus. Der Mann wirkte ruhig und konzentriert. Er schaute sich nicht einmal um, sondern trat zielgerichtet an die Heckklappe des Leichenwagens. Die Tankstelle war rappelvoll. Soweit Julia es erkennen konnte, standen an jeder Zapfsäule Autos. Niemand blickte zum Leichenwagen. Der Verdächtige öffnete die Heckklappe in wenigen Sekunden. Er zog den Sargauszug heraus und hievte den Sarg hinüber in den weißen Lieferwagen. Er hatte sein Auto so dicht hinter dem Leichenwagen geparkt, dass er lediglich eine kurze Strecke zu überbrücken brauchte. Der Sarg maß knapp zwei Meter. Der Mann musste das

Behältnis nicht einmal anheben. Er schob die Kiste mit einem kräftigen Ruck in sein Auto und verschloss beide Türen. Die gesamte Prozedur dauerte weniger als zwei Minuten. Der Lieferwagen fuhr davon und an seiner Stelle parkte ein schwarzer Golf. Es vergingen weitere fünf Minuten, bis der Fahrer des Leichenwagens zurückkehrte. Er setzte sich ins Auto und wartete. Wieder dauerte es eine Weile, bis auch der Beifahrer zurückkam. Im Gegensatz zu seinem Kollegen stieg er nicht sofort ein, sondern ging zur Rückseite des Wagens. Er ruckelte an der Heckklappe, zog sie einen Spalt auf und drückte sie zu. Dann öffnete er die Beifahrertür und stieg ein. Der Motor startete. Julia konnte die Abgaswolke sehen, die aus dem Auspuff kam. Der schwarze Wagen fuhr an und verließ die Tankstelle. An diesem Punkt endete das Video.

»Konntest du das Kennzeichen identifizieren?«, fragte Julia Florian, der soeben ein Telefonat beendet hatte.

»Na klar.« Ein breites Grinsen zeichnete sich auf seinem attraktiven Gesicht ab. »Du bekommst deine Leiche früher als gedacht auf den Obduktionstisch.«

»Ich kann es kaum erwarten«, erwiderte Julia ernst. Sie wollte genau wissen, was dem Mädchen widerfahren war. Noch immer überkam sie eine Gänsehaut, wenn sie an den Parkplatz dachte, auf dem sie die Kleidung des Opfers gefunden hatte. Sie fühlte sich verpflichtet, den Tod von Melissa Hornberg lückenlos aufzuklären und ihre letzten Stunden zu rekonstruieren.

»Gut, ich schlage trotzdem vor, dass wir auch den Rest des Naturschutzgebietes und den Parkplatz untersuchen«, meldete sich Anna von der Spurensicherung. »Es wäre schön, wenn Sie mitkommen könnten, Dr.

Schwarz. Sie können uns den Müllbehälter zeigen und erklären, wo Sie langgelaufen sind. Dann können wir Ihre Spuren schon einmal isolieren.«

»Das mache ich gerne«, erklärte Julia. »Vorher muss ich allerdings noch etwas erledigen.«

»Machen Sie das in Ruhe. Es ist bereits spät. Ich lasse das Gebiet absperren und wir treffen uns gleich morgen früh auf dem Parkplatz.«

Julia nickte und holte ihr Handy hervor. Endlich hatte sie wieder Netz. Sie wählte eine Nummer und verließ, während es klingelte, Florians Büro. Sie ging den sterilen Flur hinunter und machte vor einer grauen Brandschutztür halt. Der Teppich musste noch älter sein als Florians Büroausstattung. Julia war sich sicher, unter dem Mikroskop Tausende unbekannte Untermieter der Kriminalpolizei zu entdecken, die jeden Tag unentgeltlich ihren Dienst verrichteten, indem sie die Fasern des Fußbodenbelags langsam, aber sicher vertilgten. Wie immer dauerte es länger, bis jemand abhob. Endlich klickte es in der Leitung.

»Mama?«, fragte Julia und presste das Telefon fester ans Ohr. Ihre Mutter schnaufte. Ihr Atem drang wie eine Welle des Unglücks durch die unsichtbare Leitung. Julia fühlte sich augenblicklich unwohl, sie wusste, was als Nächstes kam. Die Worte ihrer Mutter drangen nur leise zu ihr vor und waren kaum zu verstehen.

»Kommst du vorbei?«, fragte Hannelore Schwarz zaghaft und schickte einen weiteren lang gezogenen Seufzer auf die Reise. »Ich habe Michaels Lieblingsessen vorbereitet.«

In Julias Magen zuckte es. Sosehr sie ihren Bruder auch liebte und vermisste, aber Chicken-Nuggets mit

Pommes waren nicht gerade ihr Favorit. Ganz im Gegenteil, sie hasste die Panade. Es war völlig egal, ob ihre Mutter tiefgekühlte oder selbst gemachte Nuggets servierte, für Julia passten Semmelbrösel lediglich auf ein Schnitzel. Und hinzu kam noch ein anderer Punkt. Selbst wenn sie Fleisch sehr mochte, ein wenig Gemüse gehörte nun einmal auf den Speiseplan. Doch der zwölfjährige Michael hatte an jedem seiner Geburtstage darauf bestanden, dass es einfach nur Chicken-Nuggets und Pommes gab. Natürlich in großen Mengen. Seit seinem Tod hatte Julias Mutter am Geburtstagsmenü nichts verändert. Sogar die Anzahl der Nuggets war gleich geblieben. Das konnte Julia nur recht sein. Als Teenager streikte sie damals gegen den Verzehr von Frittiertem und genoss zumindest das andauernde Privileg, nur drei Stücke verspeisen zu müssen. Jedes Jahr gab es dieses Gericht und Julia musste jedes Mal die einzelnen Bissen regelrecht hinunterwürgen. Die ganze Prozedur glich eher einer Henkersmahlzeit. Aber sie tat es für ihre Eltern, die Michaels Tod bis heute nicht verkraftet hatten. Sie wollte ihrer Mutter die Illusion von einem kleinen unsichtbaren Jungen erhalten, der jedes Jahr zu seinem Geburtstag vom Himmel herabschwebte und auf dem leeren Stuhl Platz nahm, der seit seinem Tod von niemandem mehr benutzt worden war. Die Aufrechterhaltung der Geburtstagszeremonie war für Hannelore Schwarz wie ein Überlebensritual. Obwohl das Mahl nur wenige Minuten zur Zubereitung benötigte und die meiste Arbeit vom Backofen und der Fritteuse übernommen wurde, machte Hannelore einen riesigen Wirbel darum. Schon Wochen vorher begann die Suche nach den richtigen Kartoffeln für die Pommes. Es kamen nur besonders große Exemplare in Betracht, denn Michael hatte lange Fritten geliebt. Inzwischen stellte Hannelore jedes Jahr einen neuen Rekord auf, was die Länge der Pommes anbelangte. Dasselbe Ritual wurde bei der Auswahl des Hähnchenfleisches durchgeführt. Die selbst gemachte Panade bestand aus Semmelbröseln, die ihre Mutter aus getrockneten, zuvor frischen Bäckerbrötchen herstellte. Im letzten Jahr wurde der Kauf beim Bäcker gestrichen und die Prozedur um selbst gebackene Brötchen erweitert. Julia mochte sich nicht ausmalen, welche Neuerungen ihre Mutter diesmal bereithielt.

Zerknirscht erwiderte sie: »Das ist toll, Mama. Ich bin in einer halben Stunde bei euch.« Sie legte auf und lehnte sich einen Moment an die kühle Brandschutztür. Sie holte tief Luft und ging mit festen Schritten zurück in Florians Büro.

»Bis morgen früh habe ich die Ergebnisse. Mein Kollege kümmert sich um die Kleidung«, hörte sie Anna sagen.

»Okay. Ich schaue mich weiter nach dem Lieferwagen um.« Florian erblickte Julia. »Nimmst du mich morgen früh mit?«, fragte er und schob gespielt ein flehentliches »Bitte« hinterher.

»Mache ich«, erwiderte sie. »Ich muss jetzt leider los.« Julia machte auf dem Absatz kehrt. Während sie die grauen Treppenstufen hinabstieg und mit jedem Schritt ihr Tempo beschleunigte, rief Emanuel an.

»Wo warst du denn die ganze Zeit? Du wolltest doch die Moorleiche obduzieren. Ich habe seit Stunden alles vorbereitet und etliche Male versucht, dich anzurufen.«

Verdammt. Sie hatte völlig vergessen, Emanuel auf dem Laufenden zu halten. Sie warf einen Blick auf die

Uhr. Sie musste sich beeilen, wenn sie pünktlich bei ihren Eltern sein wollte.

»Es tut mir leid. Aber es gibt ein Problem. Die Leiche ist verschwunden und wir haben sie bis jetzt nicht wiedergefunden.«

Emanuel schwieg. Julia konnte seine Verwirrung regelrecht spüren. »Kriminalkommissar Kessler ermittelt in der Sache und verfolgt eine heiße Spur. Ich hoffe, morgen können wir mit der Obduktion beginnen. Ich würde heute Abend aber gerne noch einen Blick auf den zweiten Russen werfen. Kannst du alles vorbereiten?«

»Weißt du eigentlich, wie spät es ist?« Emanuels Stimme vibrierte heftig. »Ich bin heute Abend verabredet. Die Obduktion wird Stunden dauern. Der Mann hat einen Kopfschuss.«

Julia verstand Emanuels Einwand. Aber sie hatte gar nicht vorgehabt, ihn die ganze Nacht im Institut festzuhalten. Sie wollte nur sicherstellen, dass nach dem Besuch ihrer Eltern eine Aufgabe auf sie wartete, mit der sie sich ablenken konnte.

»Nur die Vorbereitung«, erklärte sie. »Dann kannst du sofort Feierabend machen.«

»Okay.«

Julia konnte hören, wie Emanuel sich entspannte. Sie legte auf und eilte zu ihrem Wagen.

11

Dreißig Minuten später erreichte sie die schmale Zufahrtsstraße, die sie zum Haus ihrer Eltern führte. Zu dem Haus, in dem sie ihre Kindheit verbracht hatte. Das von Lachen, Freude und Glück erfüllt gewesen war bis zu jenem Tag, an dem Michael nicht mehr nach Hause kam. Es handelte sich um ein geklinkertes Reihenhaus über drei Etagen, mit einem muffigen Keller und einem recht großen Garten, der sich hinter dem Haus wie ein Schlauch in die Länge zog. In dem uniformen Wohngebiet waren alle Häuser baugleich errichtet und strahlten sowohl in Form als auch in Farbe eine eintönige Gleichmäßigkeit aus. Im Grunde waren sie nur anhand der zinkfarbenen Hausnummern zu unterscheiden, die an der rechten Seite gleich neben der Eingangstür unter einer quadratischen Lampe angebracht waren. Julia fand den Weg blind. Sie parkte hinter dem Wagen ihres Vaters. Das Auto war im Gegensatz zu ihrem perfekt gepflegt. Nicht einmal ein Wasserfleck zerstörte die Optik des glänzenden schwarzen Lacks, der in der Abendsonne wie ein überdimensionaler Spiegel funkelte. Unter dem Vordach der Garage standen drei Fahrräder. Ein weißes Damenrad, das silberfarben schimmernde Herrenrad und ein blaues Kinderfahrrad. Der vierte Ständer war leer. Früher hatte dort ein Mädchenrad geparkt, doch irgendwann hatte Julia diesen Anblick nicht mehr ertragen können. Er suggerierte ihr jedes Mal, sobald sie zu Besuch kam, eine heile Familie. Aber diese Familie war nicht mehr heil. Es gab keinen kleinen Bruder mehr, der sie mindestens dreimal am Tag auf die Palme brachte. Selbst jetzt, wo ihr Rad weg war, erzeugte die Anwesenheit von Michaels Fahrrad einen Kloß in ihrem Hals. Es war geputzt. Strahlte blitzblank in der Sonne. Sie könnte wetten, dass die Kette frisch geölt und die Reifen aufgepumpt waren. Es musste sich nur noch die Haustür öffnen und sein Besitzer aufsteigen und in Blitzgeschwindigkeit davonbrausen. Die Straße hoch und runter, wie sie es als Kinder getan hatten.

Julia machte einen Schritt und bewunderte das Blumenarrangement ihrer Mutter. Es gab bis auf den Winter keine Jahreszeit, in der nicht wenigstens eine Blume ihre Farbenpracht zeigte. Tiefrote Gladiolen reckten sich in den blauen Sommerhimmel. Julia sog einen Moment lang ihre Schönheit in sich auf, dann öffnete sich die Haustür und Hannelore Schwarz trat heraus.

»Da bist du ja endlich. Alles ist fertig.«

Hannelore trug ein buntes Kleid. Ein weißer, beinahe durchsichtiger Schal lag auf ihren Schultern. Die Füße steckten in passenden Pumps. Ihr Gesicht war dezent geschminkt. Ein leichtes Rot betonte die vollen Lippen und bildete einen wunderbaren Kontrast zu ihrem rabenschwarzen langen Haar und ihrem hellen Teint. Julia war ihrer Mutter wie aus dem Gesicht geschnitten. Es gab nur zwei Unterschiede: Hannelores Augen benötigten keine Brille und ihr Haar war gut und gerne doppelt so lang wie Julias.

»Hallo, Mama. Schön, dich zu sehen«, brachte sie mit brüchiger Stimme hervor. Es fiel ihr schwer, die Stimmung einer Geburtstagsparty heraufzubeschwören. Aber sie wusste, dass ihre Mutter es so wollte. Julia ging hinein und begrüßte ihren Vater, der sie mit weit geöffneten Armen im Flur erwartete. Er war bereits komplett ergraut. Dafür fehlte ihm bis zum heutigen Tag kein einziges Kopfhaar. Der große Mann nahm sie in die Arme und hob sie hoch.

»Da ist ja mein kleines Mädchen«, schnurrte er und drehte sie im Kreis. Julia genoss den Moment. Ulrich Schwarz setzte seine Tochter wieder ab und betrachtete sie lächelnd. Zwei Grübchen erschienen auf seinem immer noch attraktiven, kernigen Gesicht. »Wie geht es dir? Du siehst gut aus«, erklärte er und geleitete sie ins Esszimmer, aus dem schon eindeutige Gerüche drangen.

»Es geht mir gut. Und euch? Wie geht es dir, Papa?«

Durch seine leuchtenden Augen zog eine dunkle Wolke. Nur für einen Moment, jedoch lange genug, dass Julia sie erkennen konnte.

»Deine Mutter hat sich etwas Neues ausgedacht«, sagte er schlicht. Trotzdem kam es rüber wie eine Drohung. Julia blickte ihren Vater an und suchte in seinem Gesicht nach mehr Informationen. Aber Ulrich Schwarz wandte sich ab und begab sich auf den Weg in die Küche, um beim Hereintragen des Essens behilflich zu sein. Julia stand allein im Esszimmer und schaute sich um. Sie konnte keine Veränderung feststellen. Die Familienfotos auf der Kommode, mit strahlenden Gesichtern, die Porzellanvasen, die ihre Mutter sammelte, die Bücher ihres Vaters, die kaum ins Regal passten. Es waren mittlerweile so viele, dass sie jede Lücke ausfüllten und sogar neben sowie auf dem Regal gelagert wurden. Julia ließ den Blick über den Esstisch gleiten. Auch hier hatte sich nichts geändert. Eine perfekt gebügelte weiße Tischdecke mit Verzierungen aus Spitze lag auf dem Tisch. Darauf befanden sich Teller, Gläser und Besteck für vier Personen. Dann erkannte Julia eine Änderung. Auf Michaels Platz stand ein Geschenkkarton. Eingepackt in hellblaues Papier, um das eine dunkelblaue Schleife gebunden war. Julia schluckte. Sollte ihr kleiner Bruder ein Geschenk bekommen? Bedächtig näherte sie sich seinem Platz. Aus der Küche konnte sie ihre Mutter schimpfen hören. Die Stimmung war angespannt, weil ihr Vater offenbar Soße verschüttet hatte. Soße war eher nicht der richtige Begriff. Es handelte sich tatsächlich um puren Tomatenketchup, der wider jeglicher Vernunft in einer Sauciere serviert wurde. Wenn Hannelore schon Fast Food anbot, dann sollte wohl wenigstens der Anschein anständigen Bürgertums gewahrt werden.

Julia stieß einen kaum hörbaren Seufzer aus. Diese Zustände waren unerträglich. Sie würde lieber weinend um Michael trauern, als diese grauenvolle, gekünstelte Normalität zu spielen. Sie wollte kein fröhliches Geburtstagsgesicht aufsetzen und so tun, als würde ihr Bruder jede Minute hereinstürmen und sein Geschenk in Empfang nehmen. Alles in ihr sperrte sich gegen dieses Schauspiel, das aus Julias Sicht das Leiden nicht überdeckte, sondern vielmehr verstärkte. Sie hatte nach Michaels Tod diese Scheinnormalität nur ertragen, weil sie trotz ihrer Jugend geahnt hatte, dass es ohne Schulabschluss keinen Ausweg aus diesem Kokon gab, den ihre Mutter so mühevoll gesponnen hatte. Natürlich hätte sie auch einfach ausreißen können, aber dann hätte sie sich wie eine Verliererin gefühlt. Sie wollte ihr Leben nicht wegwerfen, sondern etwas daraus machen, etwas Sinnvolles studieren. Julia hatte nie zuvor so viel für die Schule gelernt wie in jener Zeit. Ihre Noten verbesserten sich paradoxerweise nach Michaels Tod extrem. Der Numerus clausus für das Medizinstudium war für sie nicht das geringste Problem gewesen. Sie gehörte zu den Besten ihres Abiturjahrgangs. Sie wusste, dass hervorragende Noten das Ticket in eine andere Welt waren. Heute hatte sie deswegen kein schlechtes Gewissen mehr. Damals hingegen kam sie sich vor wie eine Verräterin, die die leidende Mutter im Stich lässt. Das einzige verbliebene Kind verließ das Haus und stieß Hannelore in die Einsamkeit. Doch Julia musste der Trauer entfliehen. Sie war jung und sie wollte leben. Michael hätte es so gewollt, da war sie sich sicher.

»Nimmst du mir die Schüssel einmal ab?« Ulrich Schwarz' Stimme riss sie aus den Gedanken. Ihr Blick wanderte zu ihrem Vater, der die Augen kurz auf das Geschenk richtete, um dann mit einem angedeuteten Schulterzucken wieder in Richtung Küche zu verschwinden. Offenbar wollte er nicht über Hannelores neue Idee reden. Wahrscheinlich hielt er es für zu gefährlich in ihrer Anwesenheit. Denn Hannelore würde sich fürchterlich aufregen, sobald er etwas äußerte, was sie als Ablehnung ihrer Einfälle auffassen könnte. Julia schaute ihrem Vater hinterher. Sie beschloss, zu tun, was sie meistens tat. Sie stellte die Schüssel mit den Pommes auf den Tisch, setzte sich auf ihren Platz und schluckte die Kritik, die ihr auf der Zunge lag, hinunter. Vorerst.

»So, hier kommen die Chicken-Nuggets. Ich habe schon richtig großen Hunger.« Hannelore platzierte ein Tablett mit dampfenden, goldbraun frittierten Hähnchenstücken auf dem Tisch. Die Nuggets waren exakt parallel ausgerichtet. Ulrich Schwarz legte eine Gabel mit zwei Zacken auf das Tablett und drehte sie in Julias Richtung. Da Michael nicht anwesend war, musste sich Julia als Erste bedienen. Wenigstens verzichtete Hannelore darauf, seinen Teller zu füllen, dachte sie und nahm sich drei Stücke. Sie passte auf, die geradlinige Ordnung ihrer Mutter nicht durcheinanderzubringen. Zum Glück lagen die Pommes unsortiert in einer Schüssel.

»Möchtest du Limonade?«, fragte Hannelore jetzt an Julia gewandt.

»Aber Mama, ich trinke seit über zehn Jahren keine Limonade mehr.«

Hannelore zog ein beleidigtes Gesicht und stocherte in der Schüssel mit den Pommes herum.

»Also, Kleines …«, begann Ulrich und versuchte, die Situation zu retten. »Wie war dein Tag?«

Julia überlegte, was sie antworten sollte. Ausgerechnet an Michaels Geburtstag über Obduktionen oder verschwundene Leichen zu sprechen, kam ihr unpassend vor.

»Ich habe heute einen Burger gegessen.«

Hannelore hob die Augenbrauen und betrachtete ihre Tochter kritisch. »Du weißt doch, wie ungesund das ist?«

»Florian wollte mich eigentlich in ein Bistro einladen, aber es hatte heute Mittag geschlossen. Wir mussten leider ausweichen«, erklärte Julia und schob sich den ersten Bissen in den Mund. Sie schluckte ihn so zügig, dass er ihr fast im Hals stecken blieb. Schnell kippte sie einen Schluck Wasser hinterher.

»Siehst du, Fast Food tut nicht gut«, sagte Hannelore mit oberlehrerhaftem Unterton in der Stimme. Julia musste husten und hielt sich die Hand vor den Mund.

Die Äußerung ihrer Mutter war an Ironie nicht zu übertreffen, schließlich waren die Nuggets auf dem Tisch nichts anderes als Fast Food.

»Die Menschen essen heutzutage viel zu schnell. Schlingen alles hinunter und wundern sich dann, dass sie fett werden.« Hannelore musterte Julias Hüften, als prüfte sie mit Röntgenaugen, ob sie an Umfang zugenommen hatte.

»Wie läuft die Arbeit im Institut?«, warf Ulrich in dem erneuten Versuch ein, die unterschwellige Spannung aus der Unterhaltung zu eliminieren.

»Wir haben im Moment sehr viel zu tun«, antwortete Julia zurückhaltend und würgte das nächste Stück hinunter.

»Dass es so viel Böses auf der Welt gibt!« Hannelores Stimme zitterte verdächtig. Ihre Augen schimmerten feucht.

Sie tat Julia in diesem Augenblick so leid, dass sie ihrem Vater nacheiferte und ebenfalls zu einem Ablenkungsmanöver überging.

»Was ist in dem Paket?«, fragte sie und deutete auf den hellblauen Karton auf Michaels Platz. Für eine Sekunde schien ihr Plan aufzugehen. Ein Lächeln erhellte Hannelores Gesicht, doch im nächsten Moment rollte eine große, schimmernde Träne über ihre faltige Wange.

»Ein Geschenk«, krächzte sie mit enger Kehle. »Für Michael«, fügte sie dann noch völlig überflüssigerweise hinzu.

»Hmm.« Mehr brachte Julia nicht heraus. Sie zog es vor, zu schweigen, und schob zur Abwechslung eine Pommes in den Mund. Trotz allen Widerwillens musste sie feststellen, dass sie vorzüglich waren. Ihr Magen knurrte plötzlich und sie biss gleich in die Nächste.

»Michael war so vernarrt in dieses ferngesteuerte Rennauto. Du erinnerst dich doch?«

Julia nickte. Wie fast alle Jungen war er verrückt nach Autos jeglicher Art gewesen. Ein knallroter Ferrari hatte es ihm besonders angetan gehabt. Aber Michael hatte ihn nie bekommen. Den Geburtstag, für den das Geschenk vorgesehen war, hatte er nicht mehr erlebt. Aber Julia konnte sich immer noch lebhaft an seine Begeisterung erinnern. In einem Spielzeugladen durfte er damals den Ferrari ausprobieren. Es hatte fast zwei Stunden gedauert, bis ihre Mutter Michael wieder aus dem Laden gelotst hatte. Nur unter großem Protest und dem heiligen Versprechen, dass dieses Auto sein nächstes Geschenk sein würde, hatte Michael schließlich aufgegeben und war mit nach Hause gegangen.

Hannelore hob beide Hände an die Wangen und seufzte. »Er hätte sich ja so gefreut. Sollen wir das Geschenk einmal öffnen?« Sie blickte strahlend in die Runde, so als erwartete sie tatsächlich, dass die Anwesenden ihr für diesen Vorschlag zujubelten. Irritiert schaute Julia zu ihrem Vater, dessen Gesicht wie eingefroren wirkte. Krampfhaft überlegte sie, ob sie dieses absurde Schauspiel einfach fortführen sollte, doch der Widerstand in ihr regte sich. Verlor ihre Mutter langsam den Verstand?

»Michael wäre heute siebenundzwanzig Jahre alt geworden. Glaubst du wirklich, er hätte sich über ein Spielzeugauto gefreut?« Der Satz kam schneller über Julias Lippen als vorgesehen. Hannelore zuckte zusammen. Ulrich blickte immer noch versteinert drein.

Ein schmerzerfüllter, tiefer Seufzer stieg plötzlich aus der Brust ihrer Mutter und erfüllte den Raum mit einer unerträglichen Atmosphäre.

»Mama, ich meine es nicht böse«, sagte Julia leise. »Aber es ist doch nicht gut, dass du Michaels Tod von Jahr zu Jahr mehr verdrängst. Du solltest die Trauer zulassen, damit du diesen Schicksalsschlag überwinden kannst. Michael kommt nicht wieder und wir müssen weiterleben. Er würde sich sicher wünschen, dass du glücklich bist.« Sie erhob sich, um ihre Mutter in die Arme zu nehmen. Doch Hannelore saß stocksteif da und rührte sich nicht.

»Jetzt ist alles verdorben«, schluchzte sie und schüttelte Julia ab.

»Aber …«

Eine Geste ihres Vaters brachte sie zum Schweigen. Es war eher eine Bitte als ein Befehl. Julia setzte sich wieder. Der Appetit war ihr endgültig vergangen. Schweigend stocherte sie mit der Gabel in den extralangen Pommes herum.

»Wir haben eine Urlaubsreise nach Portugal gebucht«, verkündete ihr Vater. Niemand reagierte auf seine Worte. Er versuchte es weiter und schenkte Rotwein aus einer Karaffe ein.

»Lasst uns darauf anstoßen und auf Michaels Geburtstag.« Er hob demonstrativ sein Glas und starrte Julia auffordernd an. In seinem Blick lagen die unausgesprochenen Worte »*Du bist doch meine Große. Hab ein wenig Verständnis für deine Mutter*«. Julia konnte sie regelrecht hören. Resignierend erhob sie ihr Glas, vermied es dabei jedoch, aufzusehen. Stattdessen betrachtete sie die inzwischen kalten Pommes auf ihrem Teller.

»Auf Michael«, hauchte Hannelore und dann klirrten die Weingläser aneinander. Die Stimmung besserte sich im weiteren Verlauf des Abends nicht wesentlich. Julia verzichtete auf neuerliche kritische Bemerkungen und war froh, als sich ihr Besuch dem Ende neigte. Als sie das Haus verließ, begleitete ihr Vater sie zum Auto. Auch das war ein festes Ritual.

»Nimm es deiner Mutter nicht übel, Kleines. Sie wird nie über seinen Tod hinwegkommen. Das kann sie einfach nicht.« Seine Stimme klang weich. »Du weißt doch selbst, dass es von jetzt an wieder besser wird. Die Zeit um Michaels Geburtstag ist besonders schwierig für sie. Da wird ihr der Verlust jedes Mal wieder richtig bewusst, auch wenn es schon so viele Jahre her ist.«

Julia verzog das Gesicht. »Hör mal, Papa. Ich verstehe das. Aber die Sache mit dem Geschenk hat mich doch sehr geschockt. Ich habe das Gefühl, dass sie sich jedes Jahr mehr und mehr hineinsteigert, anstatt einen gesunden Abstand zu bekommen. Ich mache mir wirklich Sorgen um sie. Du solltest auf sie aufpassen.«

Ulrich Schwarz gab seiner Tochter einen Kuss auf die Wange. »Danke, dass du so tapfer durchgehalten hast. Ich weiß, wie schwer dir das gefallen ist.« Er nahm Julia in die Arme und drückte sie fest an sich. Der vertraute Geruch seines Aftershaves kroch ihr in die Nase. »Lass uns doch in den nächsten Tagen zusammen was trinken gehen. Dann können wir reden«, schlug er vor und öffnete die Wagentür. Julia verabschiedete sich und stieg ein. Im Rückspiegel konnte sie sehen, dass ihr Vater ihr noch lange hinterhersah.

12

Florians Augen suchten das Gelände nach dem weißen Lieferwagen ab. Es hatte ihn in ein Wohngebiet in der Peripherie Kölns verschlagen, und zunächst hatte er Schwierigkeiten gehabt, die angegebene Adresse zu finden. Die Straßen waren kreisförmig angeordnet, und er preschte an der genannten Hausnummer vorbei, weil sie viel schneller herannahte, als er es sich ausgerechnet hatte. Nachdem Julia gegangen war, hatte seine Suche nach dem weißen Fahrzeug Erfolg gezeigt. Der Polizeikollege hatte knappe dreißig Minuten gebraucht, um anhand des Kennzeichens die Adresse des Fahrzeughalters zu ermitteln. Dietmar Wörner hieß der Mann, der den gesuchten Wagen vor fünf Jahren angemeldet hatte. Er war fünfzig Jahre alt und bisher polizeilich nicht auffällig gewesen. Auf seinem Flensburger Konto befanden sich zwei Punkte wegen zu hoher Geschwindigkeit, aber die waren schon über ein Jahr alt und würden bald gelöscht werden. Florian ließ es sich nicht nehmen, dem mutmaßlichen Dieb der Moorleiche persönlich einen Besuch abzustatten. Da sein Partner im Urlaub war, hatte er beschlossen, alleine zu fahren. Für einen eventuellen Notfall wussten die Kollegen Bescheid und konnten binnen kürzester Zeit eingreifen. Er starrte auf das Einfamilienhaus mit der breiten Einfahrt, auf der locker vier Fahrzeuge abgestellt werden konnten. Er sah drei Fahrzeuge und einen leeren Stellplatz. Ein roter Golf mit Blumenaufklebern gehörte wahrscheinlich der Tochter des Hauses. Den dunkelblauen Kombi stufte Florian als Familienkutsche ein. Daneben parkte ein Sportwagen. Ein schön geschwungener, kleiner schwarzer Flitzer, den Florian gerne einmal selbst ausprobieren würde. Der doppelte chromglänzende Auspuff versprach eine Menge Power und in Florians rechtem Fuß vibrierte es augenblicklich. Einen weißen Lieferwagen konnte er nicht sehen. Er fragte sich, ob der leere Stellplatz für diesen reserviert war. Er stoppte seinen Dienstwagen und stieg aus.

»Sie dürfen hier nicht parken!«, fuhr ihn ein älterer Mann barsch an, der Florian bisher gar nicht aufgefallen war. Der Mann trug einen beträchtlichen Bierbauch vor sich her, der zu der großporigen und geröteten Nase passte. Florian beschloss, es kurz zu machen, und zeigte ihm seinen Dienstausweis.

»Ich brauche nicht lange«, erwiderte er lässig. Die Augen des Mannes weiteten sich erstaunt. Er grummelte etwas und verschwand in dem Haus, das sich genau gegenüber dem der Wörners befand. Florian entging nicht, dass sich, kurz nachdem der Mann die Tür geschlossen hatte, die Gardinen im Erdgeschoss bewegten. Für einen Moment tauchte eine Glatze oberhalb des Stoffes auf, der nur die untere Hälfte des Fensters bedeckte. Florian grinste. Neugierige Nachbarn gab es überall. Eine Sekunde lang bereute er sogar, den Mann nicht nach dem Lieferwagen gefragt zu haben. Oft wussten Nachbarn jede Menge über die Menschen in ihrer unmittelbaren Umgebung zu berichten. Er selbst lebte mittlerweile in einem Appartementhaus, das hauptsächlich von jungen Berufstätigen bewohnt wurde. Dort ging es recht anonym zu und tagsüber war in der Regel niemand zu Hause. Sein Wohnblock musste ein Graus für jeden Paketboten sein. Früher hatte er am anderen Ende der Stadt gewohnt. Aber nachdem Elfriede gestorben war, hatte es für ihn keinen Grund mehr gegeben, dortzubleiben. Elfriede war seine Nachbarin gewesen. Nach anfänglichem Streit wegen ihrer unglaublichen Neugier – Elfriede hatte seine Post durchstöbert und ihm das eine oder andere Mal nachgestellt – freundete Florian sich tatsächlich mit der älteren Dame an. Zumindest ging diese Freundschaft so weit, dass sie sich während seiner Abwesenheit um seine Belange kümmerte. Sie nahm Post und Pakete entgegen, reinigte gegen ein ordentliches Entgelt seine Männerküche – die nach jedem Kochvorgang aussah, als hätte eine Bombe eingeschlagen – und nach ein paar Monaten stand jeden Abend eine köstliche warme Mahlzeit für ihn bereit. Florian begriff, dass Elfriede einfach nur eine Aufgabe brauchte. Sie war verwitwet und einsam, ihre Kinder ließen sich kaum blicken. Nachdem Florian seine Abneigung gegen ihre Zudringlichkeit überwunden hatte, belästigte – wenn er ihre Neugier so nennen durfte – sie ihn kein einziges Mal mehr. Sie war zufrieden, wenn er sich freute. Natürlich lud er sie mehr als einmal zum Essen ein oder ging mit ihr spazieren. Sie konnte wunderbar aus ihrem Leben erzählen, und Florian genoss ihren spitzen Humor und das warme Lachen, das ganz tief aus ihrem Bauch kam. Auch heute noch vermisste er manchmal ihre Fürsorge. Sein neues Appartement strahlte moderne Neutralität aus. Es fehlte an Menschlichkeit. An jemandem, der mit viel Herz und Wärme dafür sorgte, dass er sich zu Hause fühlte. Der

Reinigungsdienst, der zum Service seiner Wohneigentümergesellschaft gehörte, konnte das natürlich nicht leisten. Im Gegenteil. Häufig fragte Florian sich, ob die Mitarbeiter blind waren, denn unter seiner Couch tanzten stets die Staubflocken. Trotzdem bereute er den Umzug nicht. Das Appartement befand sich viel näher an seiner Arbeitsstelle und am Sportplatz, auf dem er regelmäßig trainierte. Auch seine Freunde, die meisten von ihnen Triathleten, wohnten in der Umgebung. Das machte spontane abendliche Verabredungen wesentlich einfacher. Florian trieb Sport, wann immer er konnte. Er war leidenschaftlicher Triathlet. Schwimmen, Radfahren und Laufen waren sein Lebenselixier. Er war ein Adrenalinjunkie. Ohne Bewegung fühlte er sich krank. Er brauchte die Herausforderung, die für andere Menschen nicht zu bewältigen schien. Wenn er das heiße Blut in seinen Adern spürte, die Muskeln, die unablässig kontrahierten, die Schwäche, die ihn immer wieder zum Aufgeben bringen wollte – dann wusste er, dass er am Leben war.

Er lief über die Straße, geradewegs auf das Haus der Wörners zu. In seiner Hand flatterte der Zettel, auf dem er sich die Adresse und das Kennzeichen des Lieferwagens notiert hatte. Zuerst nahm sich Florian den Briefkasten vor. *Malermeister Wörner* stand in fetten Buchstaben darauf. Das hörte sich schon einmal gut an, dachte er, denn ein Lieferwagen gehörte mit Sicherheit zur Ausstattung solch einer Firma. Dann lief er um die Autos herum und prüfte die Nummernschilder. Das des Sportwagens machte ihn stutzig. Was zum Teufel sollte das? Er kontrollierte das Schild ein zweites Mal und fragte sich, ob eine Verwechslung vorlag. Er griff zum Handy und rief den Kollegen an, der die Adresse ermittelt hatte.

»Martin, hier ist Florian. Kannst du bitte noch einmal das Kennzeichen prüfen, das ich dir vorhin durchgegeben habe? Ich stehe hier vor einem Sportwagen mit demselben Nummernschild.« Er wartete eine Weile und lauschte dem hektischen Klicken der Tastatur.

»Kennzeichen und Adresse sind korrekt. Ich habe sie zweimal in die Datenbank eingetippt.«

Florian legte auf. Ein dunkelblauer Lieferwagen mit einem regenbogenfarbenen Firmenlogo, das fast die ganze Seite des Autos einnahm, näherte sich dem Haus. Ein Mann, etwa fünfzig Jahre alt, stieg aus und kam ohne Umschweife auf Florian zu.

»Kann ich Ihnen weiterhelfen?«, fragte er und baute sich vor Florian auf.

Dieser ließ sich von dem Mann nicht beeindrucken. Er war deutlich größer als Wörner. Lässig zog er zum zweiten Mal an diesem Abend seinen Dienstausweis aus der Tasche. Die Reaktion des Mannes glich der seines Nachbarn, der die Szenerie mit Sicherheit immer noch beobachtete.

»Ist etwas passiert?«, fragte Wörner mit leichter Panik in der Stimme, den Blick hektisch auf die eigene Haustür gerichtet.

»Nein«, antwortete Florian beschwichtigend. »Ich bin auf der Suche nach einem weißen Lieferwagen, der auf Ihren Namen zugelassen ist.«

Dietmar Wörner richtete seinen Blick wieder auf Florian. »Ich habe keinen weißen Lieferwagen. Mein Transporter ist blau.«

»Ja, das sehe ich«, erwiderte Florian und achtete auf die Reaktion des Mannes. Er konnte keine offensichtlichen Anzeichen dafür erkennen, dass der Mann log. »War das Vorgängermodell vielleicht weiß?«

Der Mann hob die Schultern. »Nein, ich bin Malermeister. Weiß finde ich zu langweilig. Ich würde nie einen weißen Lieferwagen kaufen.« Sein Blick wanderte zu dem dunkelblauen Transporter und verharrte ein paar Sekunden darauf.

»Wo waren Sie heute?«

Der Mann zählte stirnrunzelnd die Kunden auf, bei denen er tagsüber gearbeitet hatte. Er wirkte verunsichert. Keine der aufgezählten Adressen schloss eine Fahrt über die Autobahn ein. Wenn er nicht log, dann hatte der Mann mit dem Diebstahl der Leiche nichts zu tun. Florian überlegte, ob die Nummernschilder gefälscht sein könnten. Er konnte es nicht ausschließen. Je länger er den Mann vor sich betrachtete, desto wahrscheinlicher erschien ihm diese Möglichkeit. Wörner zeigte nach wie vor keinerlei Anzeichen von Unehrlichkeit. Florian hatte sich lange mit verschiedenen Techniken zum Erkennen von Lügen beschäftigt. Häufig wanderten die Augen des Lügners bei unwahren Schilderungen nach oben links. Bei Wörner war es die andere Seite, ein typisches Zeichen dafür, dass der Mann in seinen Erinnerungen wühlte. Er ließ sich von Dietmar Wörner die Liste der Kunden geben. Ein Kollege konnte diese noch heute, spätestens morgen früh überprüfen.

»Wenn Ihnen irgendetwas einfällt, was Sie mit einem weißen Lieferwagen in Verbindung bringen könnte, rufen Sie mich bitte an«, sagte Florian zu Wörner und verabschiedete sich. Er kurvte mit seinem Dienstauto noch einmal durch das Wohngebiet. Irgendwie konnte er nicht aufgeben. Er war sich so sicher gewesen, die Moorleiche innerhalb kürzester Zeit wieder aufzuspüren. Der Fall wurde immer komplexer. Doch plötzlich wusste er, was er als Nächstes tun musste. Er wendete und fuhr zurück zu Dietmar Wörners Haus. Er parkte gegenüber und stieg aus. Im Augenwinkel nahm er eine Bewegung hinter der Gardine wahr. Florian ging auf den Eingang zu und klingelte.

13

Julia wischte sich den Schweiß von der Stirn und legte die Knochensäge ab. Dann präparierte sie weiter. Das Neonlicht über ihr flackerte. Sie kniff die Augen zusammen und betrachtete den Schusskanal im Hirn des Toten. Ein- und Austrittswunde standen in gerader Linie zueinander. Gerade so, als hätte Julia dieses Bild einem Lehrbuch entnommen. Es gab keine Nahschusszeichen, weder Schmauchspuren noch Pulvereinsprengungen. Das war nicht weiter überraschend, denn der Mann war aus reichlicher Entfernung erschossen worden. Um den Schusskanal hatten sich massive Blutungen gebildet, die schwarz und schmierig über der Hirnmasse lagen und sich teilweise mit ihr vermischt hatten. Routiniert schloss Julia den Autopsiebericht ab. Sie benutzte hierzu ein Diktiergerät, das die Sekretärin am nächsten Morgen abhören konnte. Wieder flackerte das Licht. Jetzt heftiger als zuvor. Julia schaute nach oben und entdeckte eine Motte, die an der Neonröhre entlangflog. Dabei stieß sie unentwegt mit den Flügeln gegen das Glas. Als sie erneut auf die Leiche blickte, hörte sie ein Knacken. Diesmal kam das Geräusch nicht von oben. Aufmerksam hielt sie inne und lauschte. Klack, klack. Das war die Motte, die um ihr Leben flatterte. Julia schob die Hornbrille nach oben und legte das Diktiergerät beiseite.

Etwas knallte. Erschrocken fuhr sie herum und schaute zur Eingangstür des Autopsiesaals. Sie fixierte das Milchglas, das die obere Hälfte der Tür einnahm. Der Flur dahinter war beleuchtet. Sie ließ das Licht stets an, wenn sie nachts arbeitete. Das hatte praktische Gründe. Oft lief sie schnell in ihr Büro hinüber, um irgendetwas zu holen oder zu erledigen. Die Neonröhren brauchten Sekunden, bis sie endlich ansprangen und Licht spendeten. Das dauerte Julia zu lange. Etwas schabte über die Fliesen. Julia stockte der Atem. Die Motte flatterte noch immer an der Neonröhre. Sie war ganz allein im Institut. Der Nachtwärter saß gute dreihundert Meter entfernt am Eingang zur Tiefgarage. Er würde sie nicht hören können, auch wenn sie so laut schrie, dass ihr die Lungen platzten. Sie sah auf die Uhr und blinzelte. Kurz vor Mitternacht. Sollte sich Emanuel noch einmal ins Institut verirrt haben? Unwahrscheinlich. Sie verwarf den Gedanken und lauschte. Ihr Körper war stocksteif. Ihre Handflächen schwitzten in den Gummihandschuhen. Erneut flackerte das Licht. Die Neonröhren surrten. Klack. Da war es wieder!

Sie bewegte sich auf Zehenspitzen zur Tür. Ihr rechter Fuß stieß an eine Edelstahlpinzette, die ihr vorhin heruntergefallen war. Klirr. Das Geräusch hallte unheimlich an den Wänden wider. Die Neonleuchten summten weiter. Mit einem Mal fing ihr Herz an zu rasen. Es lag nicht an der Motte, nicht an der Leiche auf ihrem Obduktionstisch. Es waren nicht die flackernden Neonröhren oder die Geräusche. Nein. Es war die Dunkelheit, die sich urplötzlich im Flur hinter der Tür des Autopsiesaals ausbreitete. Jemand hatte das Licht ausgeschaltet.

Atemlos griff sie nach einem Skalpell und schlich weiter. Wieder hörte sie das schabende Geräusch, das sie an irgendetwas erinnerte. Doch die Panik lähmte ihr Denkvermögen. Sie drückte die Türklinke herunter und schlüpfte in den dunklen Flur. Ihre linke Hand tastete nach dem Lichtschalter. Fehlanzeige. Die Lampen reagierten nicht. Sie probierte es noch einmal. Der Schalter legte sich in die andere Richtung um. Sie schaute nach oben und wartete auf den Funken, der die Röhren zum Leuchten brachte. Nichts. Es blieb dunkel. Sie beschloss, dem Geräusch auf den Grund zu gehen. Links den Flur hinauf befand sich ihr Büro. Rechter Hand gingen drei weitere Räume ab. Einer davon war der Kühlraum, in dem die Leichen aufbewahrt wurden. Julia zuckte zusammen, als sie erneut das Schaben vernahm, gefolgt von einem dumpfen Knall. Ängstlich näherte sie sich der Quelle dieses Geräusches. Auf Zehenspitzen, das Skalpell fest mit der rechten Hand umschlossen, tappte sie auf den Kühlraum zu. Die Tür war nur angelehnt. Sie konnte einen schmalen Lichtschein durch den Türspalt erkennen. Hatte sie das Licht angelassen? Sie holte tief Luft und riss die Tür auf.

14

Florian war enttäuscht. Er hatte sich mehr von Dietmar Wörners Nachbarn erhofft. Der Alte hatte die ganze Zeit hinter der Gardine gestanden und durch das geöffnete Fenster sogar Teile seines Gespräches mit dem Malermeister mitgehört. Der Mann wusste genau, dass Florian nach einem weißen Lieferwagen suchte. Er kannte das komplette Wohngebiet wie seine Westentasche, konnte ihm jedoch nicht weiterhelfen. Es gab zwei, höchstens drei weiße Lieferwagen in der Gegend, die aber alle nicht infrage kamen. Florian kurvte frustriert durch die Straßen. Als die Abenddämmerung hereinbrach, gab er schließlich auf. Er würde die Fahndung nach dem Lieferwagen erweitern müssen. Florian warf einen Blick auf die Uhr des Armaturenbretts und fluchte. Es war bereits spätabends. Heute würde er nichts mehr bewegen können. Kurz dachte er darüber nach, laufen zu gehen. Er brauchte einen klaren Kopf. Doch er kam an einem Gebäude vorbei, das seine Pläne änderte. Er bremste und fuhr auf das Gelände, das nur von schwachen Laternen erhellt wurde. Das rechtsmedizinische Institut hatte offensichtlich für Investitionen in die Infrastruktur noch weniger Geld als die Stadt. Ein paar helle Lampen hätten dem Gelände gutgetan. Er steuerte auf den hinteren Teil des Gebäudes zu und erfasste einen Lichtschein, der aus ein paar Fenstern drang. Florian schlug mit der Handfläche aufs Lenkrad. Hatte er es doch gewusst. Dr. Julia Schwarz gönnte sich mal wieder keine Ruhe. Er fragte sich, wie die zierliche Frau das tägliche Arbeitspensum überhaupt schaffte. Soviel er wusste, trieb sie kaum Sport. Dabei war ihr Beruf ganz sicher belastend und erforderte regelmäßigen Ausgleich durch Bewegung. Aber Julia schien gegen den Stress immun zu sein.

Florian stieg aus und ging zu einem Nebeneingang. Er wollte klingeln, bemerkte jedoch, dass die Tür nicht verschlossen war. Er nahm die Treppe und gelangte ohne Umwege in den Gebäudetrakt, in dem sich Julias Büro befand. Obwohl der Autopsiesaal beleuchtet war, herrschte im Flur Dunkelheit. Florian drückte den Lichtschalter. Offenbar war er kaputt. Es klackte, aber sonst passierte nichts. Er dachte sich nichts dabei und lief über den dunklen Flur. Seine Augen waren auf die Milchglasscheibe in der Tür zum Autopsiesaal gerichtet. Er klopfte an und schob die Tür auf. Überrascht stellte er fest, dass Julia nicht da war. Auf dem Tisch lag eine Leiche, deren Oberkörper bereits zugenäht war. Die Obduktion war demnach abgeschlossen. Alles sah so aus, als würde Julia jeden Moment auftauchen. Wahrscheinlich war sie nur kurz auf die Toilette gegangen. Florian setzte sich auf den nächstbesten Stuhl und wartete. Seine Gedanken kreisten um das Mädchen aus dem Moor und den weißen Lieferwagen. Ob die beiden Taten miteinander zusammenhingen? Hatte die Polizei die Leiche zu schnell gefunden, sodass der Mörder sie zurückgeholt hatte, um sie an einem anderen Ort noch einmal zur Schau zu stellen? Florian unterdrückte die Ratlosigkeit, die in ihm aufstieg. Er würde sich bis zum nächsten Morgen gedulden müssen. Immerhin hatten sie dank Julia die Kleidung der

Toten und mit ihr sicherlich noch etliche Spuren, die er aufnehmen konnte. Florian fieberte dem neuen Tag entgegen. Er hatte das untrügliche Gefühl, dass sie auf dem Parkplatz des Naturschutzgebietes auf weitere Spuren stoßen würden. Seine Gedanken wanderten zu Julia. Wo war sie nur? Er wartete bereits seit fünf Minuten. Die Toilette war nur wenige Meter entfernt. Das permanente Flackern der Neonröhren machte ihn unruhig. Sollte er nicht wenigstens Geräusche aus der Toilette hören? Er sprang auf und ging zurück in den Flur. Es war mucksmäuschenstill. Dann hörte er etwas, ein ganz schwaches Schnaufen. Es kam aus dem Kühlraum. Florian hasste diesen Ort. Die Vorstellung, menschliche Körper in schmalen Kühlboxen übereinanderzustapeln, fand er beklemmend. Licht fiel durch den Spalt der angelehnten Tür, und Florian beschloss, nach dem Rechten zu sehen. Er öffnete die Tür und erstarrte.

Auf dem Boden lag Julia, neben ihr ein Skalpell. Sie stöhnte leise. Florian stürzte zu ihr.

»Was ist passiert?«, stieß er schockiert hervor und drehte sie vorsichtig zu sich. Sie blinzelte benommen. Hektisch suchte er ihren Körper nach Verletzungen ab.

»Hast du Schmerzen?«

Julia setzte sich auf und schüttelte langsam den Kopf. »Nein. Es geht schon wieder.«

Florian nahm ihr Gesicht in seine Hände. »Was zum Teufel ist passiert?«

»Ich habe Geräusche gehört und wollte nachsehen. Jemand hat mich umgerammt. Ich bin mit dem Kopf aufgeschlagen und muss ohnmächtig geworden sein.«

»Warte, ich schaue mal nach.« Florian lief auf den Flur. Er öffnete die nächstgelegene Tür und überprüfte den

Raum. Es handelte sich um ein Materiallager. Er knipste das Licht an und stellte fest, dass sich niemand darin befand. Als Nächstes überprüfte er die Herrentoilette. Auch dort war niemand. Florian suchte die gesamte Etage ab. Julias Angreifer war nicht mehr da.

»Ihr solltet die Türen in der Nacht verschließen«, sagte er, nachdem er zu Julia zurückgekehrt war. »Es ist doch gefährlich, ganz alleine hier zu arbeiten.«

Julia stand inzwischen wieder aufrecht. Sie ging in den Autopsiesaal und arbeitete weiter, als sei nichts geschehen. Die zierliche Frau schob den toten Russen routiniert auf eine Rollbahre und verfrachtete ihn in eines der vielen Kühlfächer nebenan. Sie drehte sich zu Florian um und blickte ihn direkt an, während sie die Hornbrille den Nasenrücken hinaufschob.

»Normalerweise kommt einmal in der Stunde der Sicherheitsdienst vorbei, um nach dem Rechten zu sehen«, erwiderte sie. »Es ist zu schade, dass ich den Kerl nicht richtig gesehen habe.«

Sie begann ein Kühlfach nach dem anderen zu öffnen. »Es fehlt niemand.«

»Meinst du, er wollte eine Leiche stehlen?«, fragte Florian überrascht. Ein Diebstahl dieser Art am Tag genügte ihm eigentlich.

Julia zuckte mit den Schultern. »Ich habe gehört, wie der Mann die Fächer geöffnet hat. Er hat etwas gesucht.«

Florian kratzte sich am Hinterkopf. »Ich finde es merkwürdig. Erst wird Melissa Hornbergs Leiche gestohlen und jetzt durchsucht jemand eure Kühlkammer.« Er fragte sich, ob das ein Zufall war oder die beiden Vorfälle miteinander zusammenhingen. Julia rieb sich die Schläfen.

»Geht es dir wirklich gut oder soll ich dich zum Arzt fahren?« Florian wusste, dass sie sich nie eine Blöße geben würde. Umso mehr sorgte er sich um sie.

»Nein, nein. Ich bin nur müde«, erklärte sie in einem Tonfall, der klarmachte, dass sie keinen Arzt wollte. »Hast du denn den Lieferwagen gefunden?«

»Leider nicht. Ich muss die Fahndung massiv erweitern. Das Nummernschild war vermutlich gefälscht. Statt auf den Lieferwagen bin ich auf einen Sportflitzer gestoßen und der Besitzer ist nachweislich nicht einmal in der Nähe der Raststätte gewesen, auf der die Leiche gestohlen wurde.«

»Das bedeutet also, dass wir ganz am Anfang stehen und die Leiche immer noch nicht zurückhaben«, schlussfolgerte Julia. »Dann müssen wir auf morgen Vormittag hoffen. Ich bin mir sicher, dass die Spurensicherung auf dem Parkplatz noch mehr finden wird.«

15

»Das linke finde ich ganz toll«, tippte Hannah ein und vergrößerte das Foto auf dem Bildschirm. Ein bunter Kreis kam ihr entgegen. In der Mitte war er blau. Um das Blau rankten sich verschnörkelte Symbole und Schlangenlinien in Rot, Gelb und Grün. Manche Zeichen erinnerten sie an Augen, andere an Wassertropfen. Die Zeichnung war symmetrisch aufgebaut. Hannah klickte das nächste Bild an. Es ähnelte dem vorherigen, war aber weniger farbenfroh. Sie mochte es nicht. Schnell ging sie die Auswahl durch. Tobi hatte wirklich Geschmack. Sie fand seinen Vorschlag am besten. Freudig lehnte sie sich zurück und seufzte glücklich. Er hatte nicht nur einen guten Geschmack, sondern denselben wie sie. War das nicht total süß? Dieser coole Typ stand auf so richtig kunstvolle Bilder. Das sah man ihm echt nicht an. Sie gönnte sich einen weiteren Blick auf die Website, deren Link er ihr am Morgen geschickt hatte. Obwohl Hannah wusste, dass sie gleich zur Schule musste und noch nicht einmal im Bad gewesen war, konnte sie sich nicht von den Bildern losreißen. Es war schließlich eine wichtige Entscheidung. Sie war, wenn überhaupt, nur mit großem Aufwand rückgängig zu machen.

»He, Schlaftante. Steh endlich auf!« Die Stimme ihres Bruders ertönte hinter ihr. Entsetzt drehte sie sich um.

»Was machst du hier, Jonathan?«, keifte sie, erhob sich und wollte ihn aus dem Zimmer schieben. Doch Jonathan entwand sich ihrem Griff und stürzte sich auf ihren Computer.

»Was machst du da? Mama will nicht, dass du so oft surfst«, rief er. Hannah knallte augenblicklich ihre Zimmertür zu.

»Was fällt dir ein, dich in meine Angelegenheiten einzumischen? Das geht dich gar nichts an.« Hannah lief rot an. Sie konnte es an der Hitze im Gesicht spüren. Aber Jonathan ließ sich von ihrer Wut nicht beeindrucken. Er starrte auf den Bildschirm und feixte, als sie einen erneuten Versuch unternahm, ihn von ihrem Computer wegzubekommen. Er hüpfte wie ein aufgeregter Affe vor ihrem Schreibtisch auf und ab, entwand sich ihren Griffen und betrachtete weiterhin die Tattoomotive.

»Was soll das sein?« Seine Stimme war so laut, dass sie trotz der geschlossenen Tür durchs ganze Haus hallen musste. »Oh. Ich weiß, was es ist.« Er drehte sich um, in seinen Augen funkelte es spöttisch. »Mama«, brüllte er aus voller Kehle, und Hannah knickten beinahe die Knie vor Aufregung ein. »Hannah will sich ein Tattoo stechen lassen.«

»Spinnst du?« Empört stieß sie ihn beiseite und fuhr den Laptop mit einem Tastendruck herunter. Das reichte, sie wollte diesen Verrückten aus ihrem Zimmer haben. »Verbreite bloß keine Lügen. Verstanden?« Eigentlich wollte sie bedrohlich klingen, stattdessen piepste sie mit brüchiger Stimme.

»Ach?«, entgegnete ihr Bruder unbeeindruckt. »Wenn das keine Tattoovorlagen waren, fresse ich einen Besen.«

»Hau endlich aus meinem Zimmer ab!«, zischte Hannah der Verzweiflung nahe.

»Was ist hier los?« Die Stimme brachte die Geschwister abrupt zum Verstummen. Hannahs Mutter erschien in der Tür und blickte sich stirnrunzelnd um. »Also, was ist hier los?«

»Nichts«, antwortete Hannah tonlos und warf Jonathan einen drohenden Blick zu, der allerdings wenig Wirkung zeigte.

»Sie sieht sich Tattoos an«, sagte er trotzig, lief zur Tür und stellte sich neben ihre Mutter.

Das war genau die Situation, die Hannah hatte vermeiden wollen. Doch zu spät. Jetzt saß sie auf der Anklagebank mit zwei wütenden Richtern vor sich.

»Tattoos?« Wenigstens hörte sie Zweifel in der Stimme ihrer Mutter.

»Das ist nicht dein Ernst!«, fügte sie schärfer hinzu.

Hannah funkelte zuerst Jonathan böse an und gab dann eine Antwort: »Ein Freund von mir denkt darüber nach. Er hat mir Beispiele geschickt.« Obwohl sie alles daransetzte, möglichst ruhig und unbeteiligt zu klingen, konnte sie das Zittern in ihrer Stimme nicht unterdrücken.

»Und die musst du dir am frühen Morgen angucken? Hast du eigentlich mal auf die Uhr gesehen? Der Bus fährt in zehn Minuten!«

Hannah zögerte nicht lange. Das war die Chance, schnell aus der Situation auszubrechen. »Tut mir leid. Ich beeile mich.« Sie schlüpfte demonstrativ aus dem Schlafanzug. Es wirkte, ihre Mutter starrte sie noch ein oder zwei Sekunden prüfend an und machte dann auf dem Absatz kehrt. »Du machst dich gefälligst auch fertig, junger Mann«, befahl sie noch, bevor sie die Treppe zum Erdgeschoss hinabstieg.

Jonathan schnitt eine beleidigte Grimasse und zeigte Hannah den Stinkefinger.

»Selber«, zischte Hannah leise. Jonathan zog ab. Glück gehabt, fuhr es ihr durch den Kopf. Sie sprang ins Bad und streifte sich nach einer Katzenwäsche eilig die Klamotten über. Das nächste Mal würde sie sich einen besseren Zeitpunkt aussuchen.

16

Das grelle Licht riss Julia unsanft aus dem Schlaf. Die Zeitschaltuhr hatte die Rollläden hochfahren lassen und dadurch war es plötzlich taghell. Müde blinzelte sie, drehte sich noch einmal um und zog sich die Bettdecke über den Kopf. Die Rollläden wurden jeden Tag dreißig Minuten vor dem Klingeln des Weckers hochgefahren. Da keine dringende Obduktion anstand und bis zum Termin mit Florian noch reichlich Zeit war, dämmerte sie wieder ein.

Ihr Unterbewusstsein begann, um die Ereignisse des letzten Abends zu kreisen. Sie sah sich selbst, wie sie im Autopsiesaal stand und den unheimlichen Geräuschen lauschte. Jedes Mal ertönte ein Klacken, wenn eine Leichenbox im Kühlraum geöffnet wurde. Das Geräusch wiederholte sich in regelmäßigen Abständen. Dann fiel das Licht im Flur aus und sie verließ den Saal. Eine innere Stimme wollte Julia zum Umkehren bewegen, aber sie musste unbedingt wissen, wer sie zu Boden geworfen hatte. Sie bewegte sich wie in Zeitlupe. Sie hörte es klacken und öffnete die Tür zum Kühlraum. Grelles Neonlicht blendete sie für ein paar Sekunden, trotzdem machte sie ein paar Schritte hinein. Ihr Blick heftete sich auf die Silhouette eines Mannes vor dem Regal mit den Kühlfächern. Er hockte auf dem Boden und schob gerade eine Leiche zurück. Die Schienen quietschten, während die

Bahre in die Wand glitt. Jetzt kam der Punkt in Julias Erinnerung, an dem alles durcheinanderging. Wie ein Geschoss sprang der Fremde auf sie zu. Julia hatte weder Zeit, zur Seite auszuweichen, noch die Arme in die Höhe zu reißen. Der Mann rannte sie einfach um. Sie fiel und schlug hart auf dem Boden auf. Augenblicklich herrschte Dunkelheit um sie herum. Julia durchlebte diese Szene wieder und wieder in der Hoffnung, einen Blick auf das Gesicht des Mannes zu erhaschen. Doch es blieb versteckt im Schatten unter einer Kapuze.

Endlich klingelte der Wecker und erlöste sie aus den quälenden Gedankenschleifen. Sie schlug die Augen auf und stieß die Decke von sich. Zwei, drei Sekunden vergingen, dann sprang Julia aus dem Bett, um direkt unter die Dusche zu gehen. Das warme Wasser tat gut. Ihr Geist wurde ruhiger, die Gedanken klarer und zielgerichteter. Sie musste die Sache im Kühlraum des Instituts abhaken. Sie hatte das Gesicht des Mannes nicht gesehen. Das hatte sie nach den vielen Wiederholungsschleifen begriffen. Selbst wenn er ihr heute über den Weg liefe, sie könnte ihn nicht wiedererkennen. Außerdem war es wahrscheinlich unsinnig, diesen Vorfall mit der toten Frau im Moor in Verbindung zu bringen. Vielleicht war ein Nekrophiler ins Institut eingebrochen, der auf der Suche nach absonderlicher Befriedigung war. Genauso gut war es denkbar, dass sich ein paar Studenten einen Scherz erlaubt hatten. Das wäre nicht das erste Mal. Erst vor ein paar Monaten hatte der Sicherheitsdienst einen jungen Mann ertappt, der mit seinem Smartphone Fotos schießen wollte. Er war Anwärter einer berüchtigten Studentenverbindung, die den Besuch einer Leichenhalle als Mutprobe für die Aufnahme in die

Bruderschaft ansah. Es konnte sich natürlich auch um einen simplen Einbrecher handeln, der auf der Suche nach Wertgegenständen gewesen war.

Julia schob die Gedanken beiseite und konzentrierte sich ganz auf das warme Wasser, das über ihre Haut lief und ihre angespannten Muskeln lockerte. Sie wusch sich mit einem Duschgel, das nach Granatapfel duftete. Erfahrungsgemäß überdeckte der intensive Geruch das Desinfektionsmittel und auch alle anderen Noten, die im rechtsmedizinischen Institut durch die Luft waberten. Früher hatte Julia richtige Probleme mit dem Geruch des Todes gehabt. Sie entwickelte einen wahren Waschzwang und versprühte Tonnen an Duftneutralisierer in ihrer Wohnung, weil sie das Gefühl hatte, dass der Tod in jede Ritze kroch und mit seinen Ausdünstungen ihre Umgebung vergiftete. Irgendwann allerdings hatte sie ihn nicht mehr gerochen. Der Ekel war einfach verschwunden, beinahe von heute auf morgen. Julias Nervensystem hatte den Geruch schlicht ausgeschaltet wie ein Neugeborenes, dessen Gehirn nach einer Weile Geräusche ausblendet, sobald sie als ungefährlich eingestuft worden sind. Sie drehte den Wasserhahn zu und trocknete sich ab. Dann föhnte sie sich die schwarzen Haare und betrachtete sich dabei im Spiegel. Ohne Brille sah sie ihr Gesicht nur verschwommen. Sie war schon als kleines Mädchen extrem kurzsichtig gewesen. Doch sie mochte, was sie sah. Ihre blasse Haut war nahezu unberührt von der Sonne. Keine Flecken, Sommersprossen oder sonstige Pigmentierungen trübten den milchigen Schimmer, der ihr eine geradezu unnahbare Aura verlieh. Julia beendete ihre Morgenwäsche und schlüpfte in eine schwarze Stretchhose und eine weiße Bluse. Die Sachen gehörten zu ihrem Standardrepertoire. Aus Mode machte sie sich nicht besonders viel. Sie liebte Kombinationen aus Schwarz und Weiß. Sie unterstrichen ihre Erscheinung, die ihr im Institut den Ruf der Eislady eingebracht hatte. Sie ärgerte sich über diesen Ruf der Unnahbaren. Julia mochte den Kontakt zu anderen Menschen. Sie lachte gerne und wollte auch alles andere als allein sein. Doch seit Michaels Tod hatte sie eine Mauer um sich herum errichtet, die es ihr schwer machte, Zugang zu anderen Menschen zu finden. Immer wieder nahm sie sich vor, sich mehr für andere zu öffnen. Sie hatte sogar schon über professionelle Hilfe nachgedacht, die Realisierung aber jedes Mal aufgeschoben. Heute war jedenfalls nicht der richtige Tag für solche Gedanken. Sie würde gleich mit Florian Kessler und der Spurensicherung dem Mord an dem Mädchen aus dem Moor auf den Grund gehen.

Wie gewohnt verließ sie die Wohnung, ohne etwas gegessen zu haben. Ihr Magen protestierte nur schwach – als wüsste er, dass Widerstand zwecklos war. Julia stieg in ihr Auto und machte sich auf den Weg zu Florian, der sie bereits vor der Haustür erwartete. Als sie die beiden großen Kaffeebecher in seiner Hand erblickte, stahl sich unwillkürlich ein Lächeln auf ihr Gesicht.

»Du hast meinen größten Wunsch erraten«, begrüßte sie ihn und zwinkerte ihm zu, während sie genussvoll einen Schluck Kaffee die Kehle hinabrinnen ließ.

»Das war nicht schwer«, erwiderte Florian und grinste umwerfend. »Du verlässt morgens immer nüchtern das Haus und im Moor gibt es keinen Kiosk. Es ist also sozusagen eine notwendige, lebensrettende Maßnahme von mir. Schließlich musst du uns den Abfalleimer zeigen, in dem du die Sachen gefunden hast.« Zwei Grübchen erschienen auf seinen Wangen. »An Croissants habe ich natürlich auch gedacht«, erklärte er lachend und zauberte eine Tüte unter seiner Jacke hervor, aus der es herrlich duftete.

Julia verschlang ihr Croissant innerhalb weniger Augenblicke. Ein wohliges Gefühl breitete sich in ihrer Magengrube aus.

»Ich verstehe gar nicht, warum du nicht frühstückst. Du bist immer so hungrig, wenn ich dich treffe«, stellte Florian fest und trat ihr sein Croissant auch noch ab. Sie zögerte.

»Jetzt nimm schon. Ich war heute Morgen schon laufen und habe bereits einen großen Eiweiß-Drink intus.«

Julias Magen setzte sich laut knurrend durch. Sie biss herzhaft in das Gebäck, während sie die bekannte Strecke zum Moor navigierte. Die Straßen waren voll, denn um diese Uhrzeit waren Tausende Menschen in Köln unterwegs zu ihren Arbeitsplätzen. Trotzdem kamen sie einigermaßen zügig voran und erreichten binnen vierzig Minuten ihr Ziel. Julia steuerte auf den kleinen Parkplatz zu, auf dem sie einen Tag zuvor die Kleidung der toten Abiturientin entdeckt hatte. Die Atmosphäre war heute Morgen eine völlig andere. Das lag nicht an den Temperaturen oder der Helligkeit. Das Wetter war stabil und nahezu identisch. Es lag auch nicht an dem Auto mit dem platten Reifen, das immer noch im Schatten der Bäume ausharrte und auf seinen Besitzer wartete. Vielmehr verwandelte das Blitzlichtgewitter aus den Kameras der Spurensicherung den Ort in eine schillernde, belebte Bühne. Gestern noch hatte Julia tatsächlich Angst gespürt. Sie war sich allein und schutzlos vorgekommen. Der Parkplatz war unheimlich gewesen. Das grausame Verbrechen, das unweit von dieser Stelle im Moor geschehen war, strahlte bis hierher aus und wurde von den Schatten verstärkt, die durch die hohen Baumkronen und die Sommersonne entstanden. Heute jedoch glich dieser Ort eher einer Invasion von Außerirdischen. Der Platz wimmelte von weiß gekleideten Menschen, die mit Pinseln, Pinzetten und Tüten hantierten und alles aufsammelten, was ihnen zwischen die Finger kam.

»Ist das dort der Mülleimer?«, fragte Anna Schubert zur Begrüßung. Sie war voll in ihrem Element und kam direkt zur Sache.

Julia nickte und schlug die Wagentür zu. »Ja, genau der ist es. Gleich dahinter beginnt der gelbe Pfad, der durch den Wald ins Moor führt.«

»Kannst du uns schon etwas zur Kleidung des Opfers sagen?«, fragte Florian die Leiterin der Spurensicherung.

Diese zuckte hilflos mit den Schultern. »Ich stehe vor einem Rätsel«, erklärte sie und rollte mit den Augen. Florians Augenbrauen schossen fragend in die Höhe.

»Wie soll ich es erklären …« Anna Schuberts Worte verlangsamten sich plötzlich. Auf ihrer Stirn erschienen tiefe Falten. »Ich kann nicht bestätigen, dass es sich um die Kleidung der vermissten Melissa Hornberg handelt. Der gefundene Bibliotheksausweis legt das zwar nahe, aber beweisen kann ich es nicht. Ich kann auch nicht sagen, ob das Mädchen aus dem Moor und Melissa Hornberg wirklich identisch sind.« Sie machte eine Pause und wischte eine Schweißperle ab. »Und zu meinem großen Bedauern kann ich noch nicht einmal nachweisen, dass die Frau, der die sichergestellte Kleidung gehörte, überhaupt Opfer eines Verbrechens geworden ist …« Sie schnaufte bei den letzten Worten und zuckte erneut mit den Schultern.

Florian starrte sie an und wartete auf eine Erklärung.

»Die Sachen waren doch voller Blut«, warf Julia ein.

»Das ist vollkommen richtig, aber es handelt sich nicht um das Blut einer Frau. Das konnten wir zweifelsfrei ermitteln«, brachte Anna Schubert schließlich hervor und zögerte abermals einen Moment, bevor sie sagte: »Genauer gesagt, es handelt sich noch nicht einmal um menschliches Blut. Es ist Hühnerblut.«

»Was?« Florians Augenbrauen zogen sich zusammen. »Das verstehe ich nicht.«

»Ich kann es momentan auch nicht erklären. Wir haben die Analyse zwei Mal durchgeführt. Das Ergebnis ist eindeutig. Auf der Kleidung befindet sich nicht ein Tropfen menschliches Blut. Aus diesem Grund kann ich auch erst einmal keinen unmittelbaren Zusammenhang zwischen der Toten und der Kleidung herstellen.«

Florian fuhr sich nachdenklich durch die Haare. »Das ist doch unfassbar«, sagte er schließlich. »Jetzt kann ich den Eltern erklären, dass ihre Tochter anscheinend tot ist. Wir es aber nicht hundertprozentig wissen, da ihre Leiche verschwunden ist und wir es nur anhand des Bibliotheksausweises und der Kleidung vermuten. Und als ob das nicht bitter genug wäre, muss ich sie dann noch fragen, ob ihre Tochter in letzter Zeit etwas mit Hühnern zu tun hatte.«

»Ehrlich gesagt, je länger ich darüber nachdenke, desto weniger überraschend finde ich die Sache mit dem Blut«, sagte Julia. »Die Leiche des Mädchens wies auf den ersten Blick keine großflächigen oder tiefen Verletzungen auf, die die blutgetränkte Kleidung erklären könnten. Außerdem hast du selbst gesagt, dass der Täter das Opfer womöglich ehren wollte. Er hat ihm demzufolge nicht unnötig wehgetan.«

»Das ist richtig«, erwiderte Florian. »Ich hatte nur gehofft, dass die Kleidung uns in irgendeiner Form weiterbringt. Es hätte ja auch das Blut des Täters darauf sein können.«

»Vielleicht finden wir ja noch andere Spuren«, sagte Anna tröstend. »Ich schlage vor, wir beginnen mit dem Mülleimer und arbeiten uns auf der gelben Wegroute bis ins Moor vor.« Sie drehte sich um und gab ihren Mitarbeitern die entsprechenden Anweisungen.

Julia lief zu dem Abfalleimer und beobachtete, wie ein Kollege der Spurensicherung den Inhalt in eine Asservatentüte beförderte. Bonbonpapier, eine zerknüllte Zeitung, verfaulte Essensreste und jede Menge Zigarettenkippen kamen zutage. Nichts, was mit der Toten unmittelbar in Verbindung gebracht werden konnte. Aber möglicherweise fand sich auf einem der Zigarettenstummel ein Hinweis, der sie zum Täter führte. Sie sah zu dem Auto mit dem platten Reifen, das gerade von Florian und ein paar Kollegen inspiziert wurde. Die Kofferraumklappe öffnete sich schwungvoll, aber niemand zuckte bei dem Blick ins Innere zusammen. Offenbar barg der Wagen keine besonderen Geheimnisse. Julia beschloss deshalb, den beiden Männern der Spurensicherung zu folgen, die sich eben auf den Weg ins Moor aufmachten. Sie lief hinter den beiden her. Die Männer untersuchten Schritt für Schritt den schmalen Pfad nach Abdrücken. Ab und zu hielten sie inne und kennzeichneten Spuren mit bunten Schildern. Je weiter sie vorankamen und je höher die Sonne in den Mittagshimmel stieg, desto heißer wurde es. Julia begann zu schwitzen. Einer der Männer blieb stehen und betrachtete ein paar abgebrochene Zweige.

»Hier hat jemand den Weg verlassen«, erklärte er und klebte neongelbes Band um einen beschädigten Ast. Dann folgte er der Schneise in den Wald hinein. Julia blieb hinter ihnen. Zweige schlugen ihr ins Gesicht. Sie hob schützend die Arme nach oben. Trotz aller Vorsicht verfing sie sich in einem Dornenbusch und riss sich die Haut schmerzhaft auf. Die Mitarbeiter der Spurensicherung drangen immer tiefer vor. Plötzlich blieb einer von ihnen stehen.

»Ich glaube, hier ist nichts mehr«, sagte er und drehte sich um. »Wir sollten zum Hauptpfad zurückkehren. Was meinst du, Christoph?«

Sein Kollege antwortete nicht. Der Mann stand wie angewurzelt da, ohne eine Reaktion auf die Frage zu zeigen. Seine Augen waren starr nach oben gerichtet. Julia machte einen Schritt vor und folgte seinem Blick. Sie betrachtete die dicken Baumstämme, weit verzweigte Äste und Tonnen an sattgrünen, rauschenden Blättern. Die Sonne zwängte sich durch jede ersichtliche Lücke und blendete Julia. Sie blinzelte und fixierte eine dicke Verzweigung am Stamm einer Birke. Der Baum war kräftig. Mächtige Äste reckten sich in alle Himmelsrichtungen. Der Anblick wirkte zunächst harmlos, wären da nicht die Haare gewesen, die sich leicht im Wind bewegten. In ungefähr vier Metern Höhe wurde ein menschlicher Kopf sichtbar, den Julia erst nach und nach wahrnahm. Ihr Blick wanderte weiter und erkannte den

Hals, den Rumpf, Arme und Beine einer Frau, die vom Ast der Birke kaum zu unterscheiden waren.

»Was ist denn?«, fragte der größere Kollege verwirrt.

Der andere schwieg noch immer. Julia hatte es ebenfalls die Sprache verschlagen. Stumm zeigte sie mit dem Finger auf die Entdeckung.

»Was zum Teufel …« Der Mann brach mitten im Satz ab. »Ach, du Scheiße«, sagte er dann. »Wir brauchen sofort Verstärkung.«

17

»Du lieber Himmel. Wie ist die Frau denn da hochgekommen?« Florians Stimme war belegt. Zwölf Polizisten standen versammelt unter der alten Birke und starrten nach oben. Die Fotografin schoss unablässig Bilder. Ihr Blitz konkurrierte mit den Sonnenstrahlen, deren greller Schein die Sicht auf den Fund erschwerte.

»Wir brauchen eine Leiter«, stellte Julia fest und lockerte ihren Nacken, der sich durch die angespannte Kopfhaltung mit einem leichten Ziehen bemerkbar machte.

»Die müssen wir erst organisieren«, sagte Anna Schubert, ohne den Blick von der Toten abzuwenden, die nahezu kunstvoll mit der Birke zu verschmelzen schien. Die Haut war weiß gefärbt und die dunklen Flecken darauf sollten wohl das typische Muster eines Birkenstammes nachahmen.

»Könnte diese Frau unsere Moorleiche sein?«, fragte Florian zu Julia gewandt.

»Das kann ich von hier unten nicht beurteilen. Die Frau ist blond, das könnte passen. Wir müssen dringend näher ran.«

Es dauerte fast eine Stunde, bis endlich Leitern und eine Hebebühne eintrafen. Julia kletterte nach der Spurensicherung hinauf, die zuerst Fotos von sämtlichen Details gemacht hatte. Sie sollte versuchen, die Leiche zu identifizieren. Mittlerweile hatte die Sonne nahezu den Zenit erreicht. Es war unerträglich heiß und stank bestialisch nach Verwesung. Julias Brille machte Schwierigkeiten. Ständig rutschte sie ihr den verschwitzten Nasenrücken hinunter. Sie wischte sich den Schweiß zum gefühlt hundertsten Mal ab und schob die Brille wieder an die richtige Position. Sie betrachtete den toten Frauenkörper. Er war nur an der sichtbaren Seite bemalt. Offenbar war das Bodypainting zur Tarnung des Leichnams eingesetzt worden. Der Mörder musste künstlerisch begabt sein. Er hatte die dunklen Flecken der Rinde auf der Haut des Opfers fortgeführt. Die Borke war so naturgetreu nachempfunden, dass Julia ganz genau hinsehen musste, um die Täuschung zu erkennen. Sie streifte Gummihandschuhe über und tippte mit dem Zeigefinger auf das aufgemalte Muster. Weiße Farbe blieb an ihrer Fingerspitze hängen.

»Die Leiche wurde erst hier oben angemalt. Könnt ihr auf dem Boden Farbspritzer entdecken?«, rief sie nach unten, wo sich die komplette Mannschaft der Spurensicherung versammelt hatte.

Julia fuhr mit der Untersuchung fort. Ihr Blick wanderte über den Bauch, die Brust bis hinauf zum Hals des Opfers. Am Übergang zum Kinn befand sich ein großflächiges Mal. Vorsichtig fuhr sie mit dem Finger darüber. Das war keine Farbe. Das Muttermal war echt. Sie schaute sich das Gesicht an. Die Augen waren geschlossen, der Mund leicht geöffnet. Eine Reihe makelloser Zähne war erkennbar. Die Gesichtszüge waren zart, das Mädchen blutjung. Julia schluckte. Ihr kleiner Bruder schlich sich bedrückend in ihre Gedanken. Es war tragisch, den Tod eines so jungen Menschen zu sehen, der noch das ganze Leben vor sich gehabt hätte. Julia warf einen Blick nach unten. Florians Augen waren auf sie gerichtet.

»Es ist ein anderes Mädchen«, stieß sie heiser hervor und registrierte die Veränderung in Florians Gesicht. Eine Mischung aus Überraschung und Entsetzen spiegelte sich darin.

Julia betrachtete die Haut des Mädchens. Sie war stark ausgetrocknet, an etlichen Stellen entdeckte sie Tierfraß. Der Verwesungsprozess war weit vorangeschritten. Das Opfer musste schon vor einer ganzen Weile hier oben fixiert worden sein. Julia fragte sich, ob das Mädchen bereits länger tot war als die Frau aus dem Moor. Prüfend analysierte sie den Zustand des Körpers und kam zu einem eindeutigen Ergebnis. Das Baummädchen war definitiv schon länger tot. Sie berührte den Holzpflock, der aus der Brust des Mädchens herausragte. Er hatte sich direkt ins Herz gebohrt. Julia betrachtete das Holz kritisch. Es war höchst wahrscheinlich, dass das Mädchen an einem anderen Ort getötet worden war. Sie konnte sich nicht vorstellen, dass es hier oben im Baum passiert war. Selbst wenn der Täter die Frau ruhiggestellt hatte, war es fast unmöglich, ihr einen Pflock ins Herz zu rammen, ohne dass dabei der Körper vom Baum fiel. Er hatte das Holz mit einer solchen Wucht in die Brust getrieben, dass mindestens zwei Rippen gebrochen waren. Augenfällig schien das wenige Blut, das aus der Wunde ausgetreten war. Genauer gesagt gab es so gut wie keines. Offenbar hatte der Täter die Leiche gewaschen. In Julias Fingern kribbelte es. Sie wollte unbedingt mit der Obduktion beginnen. Diesmal durfte der Leichnam nicht verschwinden, denn sie war sich sicher,

Spuren des Mörders zu finden. Zumindest konnte sie seine Handschrift lesen und Florian konnte aus allen Hinweisen ein Täterprofil konstruieren.

Ein farbiges Tattoo unter dem Bauchnabel fiel ihr ins Auge. Es war anders gestaltet als das auf der Haut der Moorleiche, aber die Farben erinnerten Julia an das erste Tattoo. Sie ließ das Bild einen Moment auf sich wirken und kletterte dann wieder nach unten.

»Was ist mit ihr passiert?«, fragte Florian ungeduldig, bevor sie die letzte Sprosse genommen hatte.

»Ihr wurde ein Pflock durchs Herz gerammt. Ich muss es noch genauer untersuchen, aber ich glaube, sie war auf der Stelle tot.« Sie erklärte Florian, was sie gesehen hatte. Dann schickten sie erneut die Spurensicherung nach oben. Nachdem die Beweisaufnahme beendet war, wurde der Leichnam des Mädchens vom Baum herabgelassen. Dazu benutzten die Kollegen eine Trage, die an mehreren Gurten heruntergelassen wurde. Die Tote verschwand in einem Sarg und danach im selben Leichenwagen wie die Moorleiche, nur mit dem Unterschied, dass diesmal eine Polizeieskorte das schwarze Auto bis ins rechtsmedizinische Institut begleitete.

18

Er legte zufrieden sein Fernrohr ab, setzte sich und zündete sich eine Zigarette an. Genussvoll sog er den Rauch ein und stieß ihn ganz langsam wieder aus. Endlich hatten sie *Muyal* gefunden. So nannte er das wunderschöne Mädchen. Der Name bedeutete so viel wie *Wolke des Himmels*, und Muyal hatte diesem Namen wirklich alle Ehre gemacht. Ihre Augen waren so blau und klar, dass er sich darin hatte spiegeln können. Rein und unschuldig war sie und er hatte sie geehrt. Der Platz auf dem Baum erhob sie zu den Göttern, denen er gehuldigt hatte. Zufrieden trat er die Zigarette aus und nahm noch einmal das Fernrohr zur Hand. Eine Frau mit schwarzen Haaren war auf eine Leiter geklettert und begutachtete sein Kunstwerk. Für wenige Sekunden drehte sie sich um und er konnte ihr Gesicht sehen. Die Frau war sehr blass und trug eine markante Brille, die mit dem dunklen Haar einen perfekten Kontrast zu ihrer Haut bildete. Obwohl sie überhaupt nicht in sein Frauenschema passte, war sie doch auf ihre Art attraktiv. Sie wandte sich wieder ab und verweilte noch ein wenig vor Muyal, bevor sie die Leiter hinabstieg und mit einem blonden Mann sprach, der wahrscheinlich der leitende Kriminalkommissar des Falls war. Sie hatten nach *Kinich* gesucht, dem *Gesicht der Sonne*. Aber sie hatten sie nicht gefunden. Er hatte sie zurückgeholt. Sie war noch nicht so weit. Jede von ihnen musste eine gewisse Zeit an ihrem vorbestimmten Ort verweilen. Der Spaziergänger hatte ihm einen Strich durch die Rechnung gemacht. Muyal war diejenige, deren Zerfall so weit vorangeschritten war, dass er sie jetzt der Erde übergeben wollte. Deshalb hatte er dafür gesorgt, dass sie entdeckt werden konnte. Er wusste, dass ihre Kleidung die Polizei auf die richtige Spur bringen würde. Er grinste als er an das Hühnerblut dachte. Sie würden eine Weile daran herumrätseln.

Zwar bedauerte er auf der einen Seite, dass sie nicht mehr dort oben in der Birke weilte, wo sie eins geworden war mit der Natur. Auf der anderen Seite wäre von ihrer Schönheit bald nichts mehr übrig gewesen. Am Ende wäre sie gar nicht entdeckt worden, das wäre schade gewesen. Ob die schwarzhaarige Frau seine Kunst bestaunt hatte? Er rief sich ihren wachen, klugen Blick ins Gedächtnis. Vielleicht. Er hoffte es zumindest. Und der große Blonde mit den weichen Augen. Er hatte doch bestimmt einen Sinn für das Schöne. Er konnte sich vorstellen, dass der Kommissar sein Werk verstand. Ein Werk, das viel größer war als die Menschheit selbst. Ein Werk, das wichtig war für ihn, aber auch für alle anderen, die leben wollten und die deshalb Opfer erbringen mussten, um die Götter milde zu stimmen. Es war von höchster Bedeutung, dass diese jahrtausendealte Huldigung fortgeführt wurde. Das war seine Aufgabe. Er war dazu auserkoren und er würde seine Aufgabe gut machen. Nicht so wie die anderen, die zu täuschen versuchten. Nein, davon hatte er genug. Viel zu lange hatte er zugesehen, bevor er die Dinge endlich selbst in die Hand nahm und damit begann, den Göttern zu gefallen. Sie zu befriedigen. Ihre Gier nach Blut und Schönheit zu stillen. Und nach der Unschuld.

Er griff nach seiner Kamera und schoss ein paar Fotos. Er besaß ein Profigerät, mit einem Zoomobjektiv, das das Geschehen ganz nah heranholen konnte. Er wollte alles dokumentieren. Für später, wenn er es geschafft hatte und sich die Dinge wieder ins Gedächtnis rufen wollte. Er seufzte und setzte den Deckel aufs Objektiv. Schluss für heute, dachte er und packte die Kamera und das Fernrohr in die Tasche. Er hatte noch viel zu tun. Der Kreis musste vollendet werden und *Nicte*, seine Blume, wartete schon.

19

Hinter Florians Stirn pochte es. Es war der unerträgliche Gestank, der ihm zu schaffen machte. Er hatte unbedingt bei der Obduktion des neuen Opfers dabei sein wollen. Es war früher Nachmittag und er hatte noch keine Zeit für ein Mittagessen gehabt. Genau wie Julia, der man jedoch nichts anmerken konnte. Sie stand am Autopsietisch und untersuchte konzentriert den Mädchenkörper. Emanuel assistierte ihr. Florian fragte sich, ob der junge Mann schon etwas gegessen hatte. Er holte tief Luft und spürte gleich darauf eine leichte Übelkeit, die er dem Leichengeruch zuschrieb. Trotzdem waren seine Gedanken erfüllt von Essen. Seinen letzten Schokoriegel hatte er Julia abgetreten. Ein wenig bereute er das jetzt. Andererseits hatte er es gerne getan. Er mochte es, wenn sie sich über seine Aufmerksamkeiten freute und wenn ihr blasser Teint von leichtem Rot überzogen wurde. Diese Veränderung war kaum merklich. Am Anfang war es ihm überhaupt nicht aufgefallen. Er hatte Julia eigentlich nie beachtet. Ein Grund dafür war, dass er bis vor vier Jahren mit einem Kollegen von ihr, der inzwischen pensioniert war, zusammengearbeitet hatte. Dazu kam die Tatsache, dass Julia in keiner Weise dem Frauentyp entsprach, der ihn anzog. Aber je länger er sie kannte, desto interessanter fand er sie. Merkwürdigerweise gehörte sie zu den wenigen Menschen, mit denen er reden konnte. Bei Frauen blieb er normalerweise auf einem recht oberflächlichen Niveau. Es kümmerte ihn nicht sonderlich, ob sie beruflich erfolgreich waren oder was sie sonst in ihrem Leben bewegte. Er war jung, er war ein Mann und er wollte sich noch lange nicht binden. Es gab zwei wichtige Kriterien, die eine Frau erfüllen musste, um für ihn interessant zu sein: attraktiv und nicht auf der Suche nach etwas Festem. Er befand sich in einem Lebensstadium, in dem er seine Freiheit genießen und Abenteuer erleben wollte. Er wusste, dass es schlagartig damit vorbei wäre, sobald er beschloss, eine Familie zu gründen. So weit war es aber noch nicht. Deshalb sortierte er alle Bekanntschaften aus, die in ihm mehr sahen als nur eine flüchtige Affäre. Er wollte weder in irgendwelchen Beziehungsschlamassel hineingezogen werden noch die Frauen verletzen, mit denen er sich einließ.

Mit Julia verhielt es sich völlig anders. Ihre ständigen Alleingänge nervten ihn wahnsinnig, manchmal auch ihr unersättliches Interesse an seiner Arbeit. Julia hatte immer Angst, etwas zu verpassen oder zu übersehen. Anfangs hielt er sie für eine krankhaft ehrgeizige Persönlichkeit, für die alle Punkte stets gleich bedeutsam waren. Erst nach und nach hatte er ihre Ideen zu schätzen gelernt. Sie war unheimlich intelligent. Er betrachtete ihre milchig weiße Haut, die unter der hellen Lampe über dem Autopsietisch regelrecht strahlte. Einen winzigen Moment lang fragte er sich, wie weich sie sich anfühlen würde. In seinen Fingerspitzen zuckte es.

Florian schob den Gedanken beiseite. Julia war nicht sein Typ. Unabhängig davon wusste er, dass er die Finger von ihr lassen musste. Sie gehörte nicht zu den Frauen, die eine schnelle Affäre suchten. Das Letzte, was er wollte, war, sie zu verletzen und womöglich noch ihre Freundschaft aufs Spiel zu setzen.

»Das Opfer weist keine Abwehrverletzungen auf«, sprach Julia in das Diktiergerät, das sie in der linken Hand hielt, und unterbrach damit Florians Gedanken.

»Die Leiche wurde mit Wasser und einem grünen Duschgel abgewaschen. Die Reste des Gels gehen ans Labor.« Sie machte eine kurze Pause und ergriff mit rechts die Hand der Toten. »Die Finger sind ebenfalls unversehrt. Unter den Nägeln befinden sich Hautpartikel. Es sind weder Schmutz noch Blut nachweisbar. Eine Probe geht auch ins Labor.«

Emanuel fotografierte das Tattoo unterhalb des Bauchnabels.

»Auf dem Unterbauch der Toten befindet sich ein Tattoo«, fuhr Julia fort. »Das Motiv ist unklar. Es besteht aus mehreren Symbolen. Es finden sich darin die Farben blau, gelb, rot und grün.« Sie drückte die Pausentaste des Diktiergeräts und beugte sich über das Tattoo. Dann ließ sie die Taste wieder los und sprach weiter: »Ein Symbol sieht aus wie eine Wolke. Darunter verläuft eine blaue Wellenlinie, vielleicht ein Zeichen für Wasser. Das Tattoo selbst hat die Form eines Kuchenstücks und beträgt schätzungsweise ein Zehntel eines Kreises.«

Emanuel fotografierte erneut, diesmal die Füße des Opfers.

»Unterleib, Beine und Füße sind unauffällig. Das linke Knie weist außen eine dunkle Verfärbung auf. Das könnte der fortgeschrittenen Verwesung geschuldet sein. Genauso gut könnte es sich um eine Prellung handeln. Ich werde die Haut im nächsten Schritt ablösen, um die Ursache festzustellen.«

Emanuel beeilte sich, die betreffende Stelle mit der Kamera festzuhalten, während Julia fortfuhr: »Unter den Zehennägeln befinden sich ebenfalls weder Blut noch Schmutz. Ein Abstrich geht ins Labor.«

Florian wartete schweigend ab, bis Julia die äußere Leichenschau beendet hatte. Als sie anschließend damit begann, die Organe zu entnehmen, klingelte sein Telefon.

»Kessler«, meldete er sich.

Anna Schubert war am anderen Ende.

»Florian, ich habe Neuigkeiten. Wir haben die Fingerabdrücke auf dem Wagen mit dem platten Reifen überprüft. Sie stammen von mindestens drei Personen. Jetzt halt dich fest …« Sie machte eine längere Pause. »Wir haben Abdrücke der Toten aus dem Birkenbaum identifiziert.«

»Das sind ja interessante Nachrichten.« Florian presste den Hörer dichter ans Ohr.

»Ja, und das ist nicht alles. Ich konnte denselben Fingerabdruck auf einem Blusenknopf der Kleidung nachweisen, die Julia Schwarz in dem Mülleimer gefunden hat. Ich warte noch auf die finale Bestätigung, aber ich gehe davon aus, dass es sich bei der Toten auf der Birke um Melissa Hornberg handelt. Ein Mitarbeiter hat sich ihr *Facebook*-Profil angesehen. Das Mädchen hat einen Leberfleck unter dem Kinn, genau wie unsere Tote. In einer Stunde erwarte ich die DNA-Ergebnisse. Vielleicht kannst du uns von den Eltern die Haarbürste des Mädchens oder was Ähnliches organisieren. Dann wissen wir es genau, unabhängig davon, ob die Eltern ihre Tochter identifizieren.«

Florian bedankte sich und legte auf. Das war ein Fortschritt. Immerhin kannten sie jetzt eines der Opfer. Die

Suche nach der Moorleiche machte Annas Entdeckung nicht gerade leichter. Von ihr hatten sie nichts außer ein paar Fotos vom Fundort. Sowohl die sterblichen Überreste der Frau als auch ihre Kleidung blieben weiter verschwunden. Florian dachte nach. Es gab zwei Punkte, die er als Nächstes zu erledigen hatte. Er musste die Eltern von Melissa Hornberg aufsuchen, ihnen die schlimme Botschaft vom Tod ihrer Tochter überbringen und ein Haar für den DNA-Abgleich besorgen. Außerdem musste er den Halter des Wagens mit dem Platten ausfindig machen. Der Besitzer war hochgradig verdächtig, denn das tote Mädchen hatte nachgewiesenermaßen direkten Kontakt mit dem Fahrzeug gehabt, das sie auf dem kleinen Parkplatz des Naturschutzgebietes gefunden hatten.

»Ruf mich an, sobald du mit der Obduktion fertig bist«, rief er Julia zu und stürmte voller Tatendrang davon.

20

»Du bist schön. Sogar sehr schön!« Herzchen und Smiley mit Kussmund folgten Tobis Nachricht. Hannah saß wie angewurzelt vor dem Bildschirm und las seine Zeilen immer und immer wieder. Ihr Herz pochte so laut, als stünde sie vor einer wichtigen Klassenarbeit. Sie war gerade erst vom Tanztraining zurückgekehrt. Obwohl sie meist sofort unter die Dusche sprang, war sie diesmal zuerst zum Laptop gegangen. Sie duschte nicht gerne in der Sporthalle. In den schmuddeligen Waschräumen gab es nur unzureichendes Licht, zu kleine Spiegel und den großen Föhn wollte sie auch nicht jedes Mal mitschleppen. Außerdem hatte sie eine neue Frisur ausprobiert. Eine, die sie ein wenig erwachsener wirken lassen sollte. Sie hatte sich extra Lockenwickler ihrer Mutter geliehen. Die wusste natürlich nichts davon. Hannah hatte nur so viele aus dem Korb im Badezimmer genommen, dass es unmöglich auffallen konnte. Ihre Mutter besaß Lockenwickler in allen erdenklichen Farben und Formen, ganz altmodische aus Metall oder neue Schaumstoffmodelle in Hellblau und Pink, die man sogar in der Nacht tragen konnte. Das Ergebnis war aus Hannahs Sicht optimal. Ihre ohnehin lockige Mähne wurde noch fülliger. Außerdem sah sie damit ordentlicher und nicht so wild aus. Beim ersten Date mit Tobi musste sie einfach perfekt aussehen. Er sollte sich auf der Stelle unsterblich in sie verlieben. Zwar stand ein genauer Termin noch nicht fest, jedoch konnte es schließlich nichts schaden, vorbereitet zu sein. Doch Zweifel zerstörten plötzlich ihre schöne Fantasie. Ob er überhaupt noch Interesse hatte? Immer wieder sprach er davon, sich mit ihr zu treffen, aber noch nie hatte er einen konkreten Vorschlag gemacht.

Mit einer tiefen Sorgenfalte auf der Stirn checkte sie sein Profil. Verflucht, er war online. Genau jetzt und ohne sie zu kontaktieren. Die Schmetterlinge in ihrem Bauch wurden zu Betonklötzen, die sich bleischwer und kantig in ihren Gedärmen festsetzten. Ob er doch noch mit anderen Mädchen chattete? Eigentlich war die Frage überflüssig. Was sollte er sonst auf einer Dating-Internetplattform tun? Hannah seufzte schwer. Ob er ihr nur etwas vormachte? Sie klickte sich durch andere Seiten, um sich ein wenig abzulenken. Sie wartete genau zwei Minuten ab und prüfte dann abermals seinen Online-Status. Tobi war immer noch im Netz. Ihre beste Freundin Mia kam ihr in den Sinn. Ob er etwa mit ihr chattete? Schließlich waren sie ebenfalls verknüpft.

Hannahs Nervosität wuchs ins Unermessliche. Sollte sie ihn einfach anschreiben und sehen, ob er reagierte? Unschlüssig kratzte sie mit den Fingernägeln über die Schreibtischplatte. Sie öffnete ein Chatfenster, zögerte jedoch. Einem Impuls folgend griff sie zum Handy und schickte eine Nachricht an Mia.

»Hi Mia, bin vom Tanzen zurück. War ganz schön anstrengend. Lucas war nervig. Was machst du gerade?«

Sie sandte die Nachricht ab und wartete. Normalerweise antwortete Mia innerhalb von Sekunden, es sei denn, sie war beschäftigt. Verdammt. Beschäftigt *womit*?

Oder vielmehr mit *WEM*? In Hannahs Gedanken überstürzten sich die Horrorvisionen: sie, Mia und Tobi zusammen im Schwimmbad – nur leider in der falschen Konstellation. Tobi und Mia hielten Händchen und sie stürzte sich frustriert vom Dreimeterbrett. Oder sie, Mia und Tobi – diesmal vor der Schule. Alle starrten ihn an, wie er in knackigen Jeans ihre beste Freundin abholte. Verflucht. In dem Augenblick klingelte es an der Tür. Hannah hörte ihre Mutter die Treppe heraufkommen. Blitzschnell klappte sie den Computer zu. Die Tür zu ihrem Zimmer wurde ohne Vorwarnung aufgerissen.

»Hannah. Es ist für dich.«

Zornig brauste Hannah herum und funkelte ihre Mutter an, die sie jedoch gar nicht ansah, sondern mit dem Besucher beschäftigt war.

»Das Abendessen ist gleich fertig. Wenn du möchtest, kannst du gerne bleiben«, hörte sie ihre Mutter sagen.

Hannahs Empörung über das Eindringen in ihre Privatsphäre wich der Überraschung. Ein dunkler Schopf tauchte hinter ihrer Mutter auf. Hannahs Miene gefror augenblicklich zu Eis. Was wollte der denn hier? Sie starrte den großen Jungen an, der sich einfach an ihrer Mutter vorbei ins Zimmer schob.

»Lucas«, schnaubte sie, ohne sich von der Stelle zu rühren. Einen schrecklichen Moment lang überlegte sie, ob sie die Nachricht an Mia aus Versehen an ihn gesendet hatte. *Lucas war nervig.* Sie saß da wie das Kaninchen vor der Schlange.

»Ich wollte mit dir reden«, hob Lucas an.

Mist. Sie hatte die Nachricht an ihn geschickt. Sie saß in der Patsche.

»Ich weiß, dass es manchmal ein wenig …« Lucas hielt inne und deutete auf ihr Bett. »Darf ich?«

Na prima. Sie nickte mechanisch und er setzte sich auf die Kante. Wenn er schon sitzen musste, um ihr eine Standpauke zu halten, war es besonders schlimm. Eine leichte Röte überzog sein Gesicht. Hannah biss sich auf die Unterlippe.

»Also, manchmal ist es ein wenig angespannt zwischen uns beiden.«

In Hannah ratterten die Gedanken. Sollte sie sich direkt entschuldigen? Erklären, dass sie es nicht so gemeint hatte und er eigentlich gar nicht nervig war? Dass die Nachricht überhaupt nicht für ihn bestimmt war und sie es durchaus verstehen konnte, wenn er mit ihr schimpfte, weil sie mal wieder nicht genug geübt hatte? Doch ihre Mundhöhle war wie ausgetrocknet. Sie brachte keinen Ton heraus.

Lucas rieb die Hände aneinander und senkte den Blick. Er starrte auf einen imaginären Punkt irgendwo auf ihrem Teppich. »Ich wollte dich deshalb fragen, ob ich dich zum Essen einladen darf. Vielleicht zu einer Pizza bei Pepe. Natürlich nur, wenn du Lust hast.«

Hannah war so angespannt, dass sie kein Wort verstand. Sie wartete auf seine Kritik. Auf die Aufforderung, dass sie mehr üben und sich besser konzentrieren müsste. Dass er sich mit ihr nicht ständig blamieren wollte. Dass es nicht ausreichte, wenn sie einmal gut war und beim nächsten Mal wieder patzte. Im Hinterkopf schwirrte zudem immer noch ihre Sorge wegen Tobi herum, der nicht mehr mit ihr chattete, obwohl er online war. Und auch Mia, die sonst stets sofort antwortete und es heute nicht tat, weil sie beschäftigt war – wahrscheinlich mit Tobi. Hannahs Kopf platzte fast unter der Gedankenlast.

Lucas sah sie direkt an. »Ich wollte mich entschuldigen. Ich war heute nicht besonders nett zu dir.« Er knetete die Finger. »Es tut mir leid.«

Wow. Endlich drangen seine Sätze zu ihr durch. Er wollte sich entschuldigen?

»Okay«, sagte sie, weil ihr auf die Schnelle nichts Besseres einfiel.

»Okay was? Gehst du mit mir essen?«

Richtig, er hatte sich nicht nur entschuldigt. Er wollte mit ihr Pizza essen. Hannah konnte es nicht glauben. Sie blinzelte, nur um sicherzugehen, dass Lucas nicht wie eine Fata Morgana von ihrer Bettkante verschwand.

»Okay«, wiederholte sie, wobei sie das Wort eher wie eine Frage betonte. Auf Lucas' Gesicht erschien ein Lächeln. Er sah ihr in die Augen, und Hannah spürte, wie ihr die Röte ins Gesicht stieg. Irgendetwas war in seinem Blick, das ihr noch nie aufgefallen war. Die Situation war ihr peinlich. Insbesondere, weil Hannah spüren konnte, dass sich die Röte explosionsartig ausbreitete. Sie war sicherlich knallrot. Schnell senkte sie den Blick. Was war nur mit ihr los?

»Also, wenn du nichts dagegen hast, hole ich dich morgen Abend ab. Wie wäre es so um sieben?«, schlug Lucas vor und erhob sich.

Hannah schaffte es endlich, sich zu rühren.

»Ja, gerne«, brachte sie mühsam hervor und stand ebenfalls auf.

»Gut, dann sehen wir uns morgen.« Lucas stapfte unbeholfen einen Schritt zur Seite. Er schien es plötzlich eilig zu haben und bewegte sich auf Hannahs Zimmertür zu. Anschließend drückte er die Klinke.

»Was ist mit dem Abendessen?« Auf einmal fiel Hannah es wieder ein. »Meine Mutter hat dich doch gefragt, ob du bleiben möchtest.«

Er drehte sich um und blitzte sie an. »Ich muss leider nach Hause«, erklärte er. »Bei uns gibt es heute Braten. Mein Vater hat Geburtstag.«

»Oh«, sagte Hannah bloß und sah, wie er die Hand zum Abschied hob. Die Tür fiel zu und Hannah stand einige Sekunden regungslos da. Dann holte sie tief Luft und setzte sich wieder auf ihren Stuhl. Hatte Lucas sie gerade zu einem Date eingeladen, fragte sie sich mit pochendem Herzen und fuhr sich mit den Fingern über die erhitzten Wangen. Das konnte nicht sein. Er hatte sich nie für sie interessiert. Sie musste an seinen Blick denken und war sich auf einmal nicht mehr so sicher. Er hatte sie auf diese ganz bestimmte Art und Weise angesehen. Aufgewühlt sprang sie auf und vollführte eine neue Abfolge von Schritten, die sie heute mit Lucas geübt hatte. Euphorisch hüpfte sie auf den Zehenspitzen durchs Zimmer. An ihrem Kleiderschrank war ein großer Spiegel angebracht. Hannah betrachtete sich darin, während sie fehlerfrei die Hüften schwang. Sah sie sexy aus? Sie warf ihre lockige Mähne nach hinten und lächelte. Ja, dachte sie. Sie sah sogar verdammt sexy aus.

Das Piepen ihres Handys brachte sie aus dem Takt. Das musste Mia sein. Sie las die Mitteilung und spürte unendliche Erleichterung. Das hatte sie ganz vergessen. Mia spielte Tennis und hatte heute einen wichtigen Wettkampf gehabt. Sie konnte also überhaupt nicht mit Tobi gechattet haben. Ohne dass sie es bewusst steuerte, griffen Hannahs Finger zum Laptop und tippten das Passwort ein. Sie hatte keine neuen Nachrichten. Enttäuscht schaltete sie das Gerät ab. Wenige Sekunden später piepte ihr Handy erneut. Diesmal war es eine Nachricht von Tobi. Mit klopfendem Herzen las sie seine Mitteilung. Was er schrieb, kam allerdings einer Katastrophe gleich. O nein, stöhnte sie. Es ging plötzlich alles schief. Sie sah Lucas vor sich und gleichzeitig Tobi. Was sollte sie nur tun? Endlich schlug Tobi ein konkretes Treffen vor. Doch konnte sie sich nicht freuen, denn er wollte sich ausgerechnet morgen Abend mit ihr verabreden. Schöner Mist. Sie saß mitten in der Patsche.

21

Julia arbeitete sich müde durch die hochauflösenden Aufnahmen. Der Bildschirm flackerte. Emanuel hatte sehr viele Fotos gemacht. Das war extrem hilfreich. So konnte sie die Nahaufnahmen vom Tattoo aus verschiedenen Perspektiven betrachten. Sie klickte vor und zurück, erhöhte die Taktfolge, sodass die Bilder beinahe wie ein Videofilm vor ihr abliefen. Was zum Teufel sollte dieses Motiv darstellen? Diese Frage stellte sie sich gefühlt zum hundertsten Mal. Sie nahm die Brille ab und rieb sich die Augen. Ihr Hirn ratterte, versuchte eine Erinnerung oder wenigstens eine Idee aus den Tiefen ihres Bewusstseins auszugraben, aber nichts passierte. Sie hatte so etwas noch nie vorher gesehen. Oder etwa doch? Sie öffnete einen anderen Ordner mit den Bildern von der Toten aus dem Moor. Julia betrachtete die Fotos konzentriert. Zunächst konnte sie keine bedeutsamen Gemeinsamkeiten zwischen den beiden Opfern erkennen. Jedenfalls wenn man die Todesarten miteinander verglich. Die erste Frau war wahrscheinlich ertränkt worden. Zwar fehlte Julia der endgültige Beweis, aber alles, was sie am Tatort gesehen hatte, sprach dafür. Die zweite Tote, bei der es sich mit großer Sicherheit um Melissa Hornberg handelte, war durch die massive Verletzung des Herzens gestorben. Der Täter hatte ihr einen Pflock mitten in die Brust gerammt. Das Herz der jungen Frau war sofort stehen geblieben und ihr Tod binnen weniger Minuten eingetreten. Die Bemalung des Opfers und das Fixieren an einem Birkenstamm unterschied sich fundamental von der Auffindesituation der Moorleiche. Es gab aber auch erhebliche Gemeinsamkeiten. Da waren die blonden, langen Haare und die Jugend der Mädchen. Zudem lagen die beiden Fundorte so nahe beieinander, dass man unweigerlich einen Zusammenhang zwischen den Toten herstellen musste. Die Wahrscheinlichkeit, dass die Mädchen demselben Täter zum Opfer gefallen waren, war hoch. Am augenfälligsten an beiden Leichen waren die Tattoos unterhalb des Bauchnabels und die fehlenden Abwehrverletzungen. Dafür hatte Julia inzwischen eine Erklärung. Im Blut der Baumleiche fanden sich Alkohol und ein Betäubungsmittel, das in Krankenhäusern für Vollnarkosen eingesetzt wurde. Das Mädchen hatte die Pfählung mit großer Sicherheit nicht bewusst miterlebt. Auch wenn Julia die Tötungsmethode mit dem Holzpflock als äußerst brutal empfand, so musste das Opfer trotzdem keine unnötigen Schmerzen erleiden. Dem Täter ging es also offenbar nicht um das Foltern oder Quälen der Frauen.

Sie klickte sich weiter durch die Fotos der Moorleiche. Es gab nur ein Bild, das sie im Augenblick interessierte. Es war entstanden, als das Mädchen im Leichensack lag, kurz vor dem Abtransport. Die Aufnahme zeigte eine bunte Zeichnung auf der Haut unterhalb des Bauchnabels. Der Körper war von grünlichem Schleim aus dem Moor bedeckt, sodass Julia das Tattoo nur unzureichend erkennen konnte. Sie hatte nur einen Ausschnitt vom Dreck befreit. Trotzdem positionierte sie mit ein paar Mausklicks die Tattoos der beiden Leichen nebeneinan-

»Oh, das ist ja schrecklich«, erwiderte Julia. Eine Gänsehaut breitete sich auf ihren Unterarmen aus. »Waren sie denn gar nicht betroffen?«

»Ich glaube, die Mutter schon. Aber sie steht dermaßen unter dem Einfluss ihres Mannes, dass sie wie gesagt die ganze Zeit schweigend dasaß. Selbst als ich gefragt habe, ob die Frau auf dem Foto ihre Tochter sei, hat sie nur genickt.« Florian seufzte gedehnt. »Der Vater hatte eine Alkoholfahne, die mir jetzt noch in der Nase steckt.«

»Meinst du, die Eltern haben etwas mit Melissas Tod zu tun?«

»Das kann ich mir eigentlich nicht vorstellen. Trotzdem muss ich das natürlich überprüfen. Der Täter hat aus meiner Sicht nicht impulsiv gehandelt. Melissas Vater ist Alkoholiker. Ich traue ihm nicht zu, eine solche Tat zu planen. Der Mutter offen gestanden auch nicht. Die ist nur ein Schatten ihrer selbst. Die Haussklavin ihres Mannes. Sie steht so stark unter seiner Fuchtel, dass sie mit Sicherheit nicht einmal ohne seine Erlaubnis das Haus verlassen darf.«

»Aber sie könnte Melissas Vater decken, oder?«, warf Julia ein.

»Das würde sie ganz bestimmt tun. Wie gesagt, ich glaube jedoch nicht, dass die beiden etwas mit Melissas Tod zu tun haben. Melissa war in den letzten Wochen auch nicht mehr zu Hause. Sie hat in einem Frauenhaus gelebt, weil sie von ihrem gewalttätigen Vater wegwollte. Ich habe dort angerufen.« Er machte eine Pause. »Eigentlich wollte ich dich fragen, ob du mit mir essen gehen möchtest. Ich brauche dringend ein Steak und ein Bier. Hast du Lust?«

Julia ging im Geist die nächsten Aufgaben durch. Die Obduktion des Mädchens hatte sie abgeschlossen. Sämtliche Proben waren im Labor. Die meisten Ergebnisse standen noch aus und würden frühestens am nächsten Tag vorliegen. Erst dann könnte sie den Bericht schreiben. Vielleicht fanden sich in den Laborergebnissen auch noch neue Hinweise, denen sie nachgehen musste. Aber im Grunde hatte das alles Zeit bis morgen.

»Gerne«, sagte sie schlicht.

»Ich hole dich in zehn Minuten ab.«

22

Obwohl es mitten in der Woche war, hatten sie gerade noch einen Tisch in dem beliebten Kölner Restaurant ergattert. Es lag ein wenig außerhalb der Innenstadt und war französisch angehaucht. Der Koch war für seine außergewöhnlichen Kreationen bekannt. Julia studierte die Speisekarte und merkte, wie ihr das Wasser im Mund zusammenlief. Sie hatte kein Mittagessen gehabt und ihr Magen knurrte wie verrückt. Florian war zur Bar gegangen und kam mit einem Aperitif zurück.

»Ich hoffe, du magst Hugo«, sagte er und stellte Julia ein Glas dcs Proseccos mit Holunderblütensirup vor die Nase. Die Gläser waren bauchig und beinhalteten neben der Flüssigkeit etliche frische Minzblätter und Eiswürfel.

Julia nickte und trank gierig einen Schluck. Der Alkohol breitete sich wärmend in ihrem nüchternen Magen aus.

»Hat die Obduktion noch etwas Wichtiges ergeben?« Florian nahm ihr gegenüber Platz. Julia fielen leichte Augenringe auf, die Florian sonst nie hatte. Sein Tag war anstrengend gewesen.

»Nichts, was ich dir nicht schon erzählt habe. Es gibt keine Hinweise auf den Täter. Ich habe an der Leiche Talkumspuren gefunden. Vielleicht sind sie identisch mit denen von der Holzunterlage der Moorleiche.«

»Damit hätten wir ein weiteres Indiz dafür, dass es sich um denselben Täter handelt. Möglicherweise sind es auch mehrere.« Florian leerte sein Glas in einem Zug. Dann richteten sich seine Augen wieder auf Julia. »Melissa Hornberg war ein armes Ding. Sie hatte ein wirklich bescheidenes Leben, und als sie endlich den Sprung raus aus dieser verrückten Familie in ein Frauenhaus geschafft hatte, musste sie ausgerechnet einem Killer über den Weg laufen. Das Leben ist mitunter echt grausam.«

Julia musste bei Florians Worten an Michael denken. Ja, das Leben konnte tatsächlich unerbittlich sein. Manchmal war man einfach nur zur falschen Zeit am falschen Ort und das Schicksal schlug zu. Niemand war davor gefeit.

»Der Vater hat nicht einmal mit der Wimper gezuckt, als ich ihn über den Tod seiner Tochter in Kenntnis gesetzt habe. Die ganze Wohnung war ein einziges Dreckloch. In einem ungepflegten Gebäude aus den Siebzigerjahren in einer großen Wohnsiedlung. Fünfzehnter Stock mit einem Fahrstuhl, der so eng und stickig war, dass ich beinahe Beklemmungen bekommen habe.« Florian schüttelte den Kopf. Er wirkte, als spräche er eher zu sich selbst.

»Melissas Mutter besteht nur aus Haut und Knochen. Ihr Gesicht ist eingefallen. Die Augen fast so groß wie die Höhlen. Ihr Blick ist der eines gefangenen Tieres, der ständig hin und her huscht.« Erneut schüttelte er den Kopf. »Dabei gibt es in der gesamten verfluchten Wohnung nur eine einzige Gefahr. Nämlich den alten Saufkopf. Verdammt. Wäre er nicht gewesen, hätte Melissa nie von zu Hause fortgemusst. Sie hätte sich wohlgefühlt, einen Schulabschluss gemacht, Freunde getroffen. Ein normales Teenagerleben geführt. So hat sie sich wahrscheinlich aus Einsamkeit heraus auf den falschen Typen eingelassen.« Florian unterbrach seinen Vortrag, um bei der Kellnerin das Essen und weitere Drinks zu bestellen. Anschließend fuhr er im selben nachdenklichen Erzählton fort: »Melissa war eine gute Schülerin gewesen. Noch ein oder zwei Jahre, dann hätte sie das Abitur mit ordentlichen Noten bestanden. Danach hätte ihr die ganze Welt offengestanden.« Wieder pausierte er und nahm seinen Drink entgegen. Er leerte das Glas in einem Zug bis zur Hälfte und machte dabei ein Gesicht, als wäre er kurz vor dem Verdursten.

Julia betrachtete Florian, mit dem sie bereits viele Jahre zusammenarbeitete. So bedrückt hatte sie ihn selten erlebt. Florian war ein Mann, der sein Leben unter Kontrolle hatte. Das spiegelte sich in seinem gesamten Verhalten wider. Sogar in der Wahl seines Hobbys. Als Triathlet musste man nicht bloß hart trainieren, sondern auch in der Lage sein, sich seine Kräfte einzuteilen. Nur dadurch war es möglich, dass der Organismus die Strapazen überstand. Ohne Selbstdisziplin und Kontrolle scheiterte man unweigerlich schon im ersten Drittel der zu bewältigenden Strecke.

»Gibt es etwas Neues zum weißen Lieferwagen?«, fragte sie, um ihn auf andere Gedanken zu bringen. Sie kannte das von sich selbst. Manchmal musste man versuchen, die Emotionen beiseitezuschieben und sich auf Fakten zu konzentrieren. Ansonsten wurde das Loch allzu tief, in das man hineinzufallen drohte, sobald man sich zu sehr von negativen Gedanken herunterziehen ließ. Ihre Taktik funktionierte. Florian unterbrach seinen monotonen Redefluss. Seine versteinerte Miene wurde wieder lebendiger.

»Die Kollegen haben fünfzehn Wagen überprüft. Aber wir hatten bisher kein Glück. Der Lieferwagen ist wie vom Erdboden verschluckt, genau wie die Leiche. Es wurde sogar eine Videoanalyse durchgeführt und versucht, das Gesicht des Mannes kenntlich zu machen.« Er zuckte mit den Achseln. »Der Kerl hat gewusst, dass die Kameras ihn aufnehmen. Es gab nicht mal den Bruchteil einer Sekunde, in dem er unaufmerksam war und uns das Gesicht gezeigt hat.« Florian begann auf einmal zu strahlen. »Einen Trumpf haben wir allerdings noch in der Hand. Ich habe den Besitzer des Wagens auf dem Parkplatz ermittelt. Stell dir mal vor, es handelt sich um einen aktenkundigen Sexualstraftäter. Der Mann heißt Mario Wengler, zweiundfünfzig Jahre alt, und er saß bereits wegen Vergewaltigung ein. Der Kerl ist seit fünf Jahren wieder auf freiem Fuß.«

»Und das erzählst du mir erst jetzt?«, stieß Julia überrascht aus. Die Gabel, die sie gerade in das Steak stechen wollte, fiel ihr aus der Hand.

Florian setzte ein wissendes Grinsen auf. »Ach, komm schon. Jetzt sei bloß nicht sauer. Du hast mir auch nicht sofort vom Verschwinden der Moorleiche erzählt.«

Seine Antwort empörte Julia. Eben noch hatte sie Florian bedauert und jetzt war sie wütend auf ihn. Was bildete dieser Mann sich eigentlich ein? Wollte er ihr tatsächlich eine so billige Retourkutsche verpassen?

»Ich habe dich aber nicht absichtlich im Dunkeln gelassen, sondern die Situation einfach falsch eingeschätzt«, erklärte sie und biss wütend auf das Stückchen Steak, das sie inzwischen aufgespießt hatte. Genau in diesem Moment kam die Kellnerin an den Tisch, die Florian mit unverhohlenem Interesse anstarrte. »Kann ich noch etwas für Sie tun?«, fragte sie Florian, ohne Julia zu beachten.

Julia kaute auf dem Steakbissen und funkelte Florian an, der seine ganze Aufmerksamkeit auf die blonde, gut aussehende Bedienung richtete. Seine Augen wanderten über ihren Körper und Julia hätte am liebsten laut geschrien. Die Situation war absurd. Das Letzte, was sie wollte, war, Zeugin eines oberflächlichen Flirts zu werden. Doch sie wusste, dass es sie im Grunde genommen nichts anging, und verkniff sich deshalb jeden spitzen Kommentar. Stattdessen kaute sie weiter ihr Steak und versuchte, sich zu beruhigen.

Sie würgte das Fleisch hinunter und schob sofort ein neues Stück hinterher. Ihre Stimmung verbesserte sich langsam, je mehr sich ihr Magen füllte. Sie erlangte die Kontrolle über ihre Emotionen zurück, trank einen Schluck und fragte sich bereits, warum sie sich überhaupt aufgeregt hatte. Sollte Florian doch ruhig mit Informationen haushalten. Es spielte keine Rolle, ob sie Neuigkeiten eine Stunde früher oder später erfuhr. Sie sah, wie die Kellnerin Florian ihre Handynummer gab und ihm zum Abschluss zuzwinkerte. Auch darüber wollte sich Julia im Moment nicht aufregen. So war Florian nun einmal. Gutaussehend, sportlich und dazu noch Kriminalkommissar. Es war klar, dass die meisten Frauen auf ihn flogen. Obwohl sie es nicht wollte, verglich sie sich einen Wimpernschlag lang mit der Blondine, die mit den Hüften wackelte, als ginge es um einen Modelauftritt.

»Ich habe es echt nicht so gemeint«, fuhr Florian plötzlich fort.

Julia löste sich von dem Anblick der Kellnerin und stellte erstaunt fest, dass Florian nicht diese, sondern sie unverwandt ansah.

»Ich wollte es dir eigentlich sofort erzählen. Aber der Besuch bei Melissas Eltern hat mich so aufgeregt, dass ich das zuerst loswerden wollte. He …« Er schwieg und wartete, bis Julia ihn richtig ansah. »Ich weiß unsere Zusammenarbeit wirklich zu schätzen. Ich rede gerne mit dir, und ich würde nichts tun, was dich aufregt. Es war ein blöder Spruch von mir und es sollte schon gar keine billige Retourkutsche werden.« Seine Hand schob sich über den Tisch und Julia zuckte unwillkürlich zusammen. Ihren Blick senkte sie nicht. Sie glaubte ihm. Ein winziges Lächeln schlich sich in ihr Gesicht.

»Ich habe auch einen Vorschlag zur Wiedergutmachung«, erklärte Florian und lehnte sich wieder zurück. »Wie wäre es, wenn du morgen früh mitkommst? Unser Mann wohnt etwas abgelegen in einer Waldhütte. Martin Saathoff wird mich begleiten, sozusagen als Urlaubsvertretung für meinen Partner. Was meinst du?«

»O ja, das mache ich.« Julias Stimmung hob sich augenblicklich. »Wenn wir die Gelegenheit bekommen, werde ich mich genau umschauen. Vielleicht entdecken wir ja Gummihandschuhe und ein paar Holzpflöcke.«

»Ja, und am besten noch die Bodypainting-Farben, die der Kerl zur Tarnung seines Opfers auf der Birke benutzt hat«, ergänzte Florian und prostete Julia zu.

Der Rest des Abends verging wie im Flug. Kurz vor Mitternacht machten sie sich auf den Heimweg, nicht, ohne dass Julia unbewusst ein kleines Detail registrierte. Florian hatte den Bierdeckel mit der Telefonnummer der Kellnerin auf dem Tisch im Restaurant liegen lassen.

23

Erst jetzt wurde Julia wieder bewusst, wie viel Wald es in dieser Gegend gab. Es war kurz nach acht Uhr morgens. Florian saß am Steuer und neben ihm sein Kollege Martin Saathoff, der nicht sonderlich gesprächig wirkte. Sie waren seit über dreißig Minuten unterwegs und er hatte bisher nicht mehr als ein brummiges *Morgen!* über die Lippen gebracht. Julia hatte es sich auf der Rückbank bequem gemacht. Sie kaute auf einem belegten Brötchen herum, das sie an einer Tankstelle im Kölner Süden gekauft hatte. Sie starrte aus dem Fenster und ließ die Bäume an sich vorbeiziehen. Die Straße war so schmal, dass nur ein Auto passieren konnte. Das hohe Gras entlang der Fahrbahn war in unregelmäßigen Abständen platt gefahren. Das kam immer dann vor, wenn ein Wagen dem Gegenverkehr ausweichen musste. Wie konnte man bloß in einer so abgelegenen Gegend wohnen, fragte sich Julia. Kein Supermarkt, kein Kino oder Theater, nicht einmal eine Siedlung war weit und breit zu sehen. Das Ganze war ihr unbehaglich, denn sie waren schlicht im Nirgendwo unterwegs. Sie blickte auf ihr Handy und fühlte sich bestätigt, selbst der Empfang hier draußen war miserabel. So etwas konnte nur ein Einzelgänger aushalten.

Die Sonne hatte Schwierigkeiten, ihre Strahlen durch die dichten Baumkronen bis auf die schmale Schneise, auf der sie unterwegs waren, zu schicken. Julia dachte an das Baummädchen. Es war nicht auf dem Baum gestorben, sondern an einem anderen Ort. Würden sie diesen Ort nun mitten im Wald finden? Ihr Blick durchkämmte das dichte Unterholz aus Brombeersträuchern, kleinen Büschen und abgestorbenen Ästen. Florian bremste den Wagen ab und bog in einen noch schmaleren Waldweg ab.

»Wir sind gleich da«, erklärte er. Julias Unwohlsein verstärkte sich. Sie mochte Florian, insbesondere, weil er sie in seine Arbeit einbezog. Er legte Wert auf ihre Meinung. Doch heute überwog ihre innere Anspannung. Sie wollte am liebsten umkehren. Noch nie hatte sie einem möglichen Täter gegenübergestanden. Schon gar keinem, der bereits wegen sexuellen Missbrauchs vorbestraft war. Die Vorstellung, einem solchen Monster in die Augen blicken zu müssen, überzog sie mit einer Gänsehaut.

»Wie hieß der Kerl noch mal?«, fragte Martin Saathoff.

»Mario Wengler, zweiundfünfzig Jahre alt, wegen Vergewaltigung zu einer Haftstrafe von drei Jahren verurteilt und seit fünf Jahren wieder auf freiem Fuß«, ratterte Julia wie aus der Pistole geschossen herunter, noch bevor Florian etwas sagen konnte.

»Und wie kommen wir noch einmal auf den Mistkerl?«, fragte Saathoff weiter.

»Haben Sie die Akte denn nicht gelesen?« Julia war fassungslos. Sie kannte Saathoff nur vom Sehen. Er arbeitete mit einem ihrer Kollegen zusammen. Inkompetent hatte er bisher nicht auf sie gewirkt.

Saathoff registrierte ihren gereizten Unterton und drehte sich jäh zu ihr um. Sein faltiges Gesicht verschwand beinahe zu einem Drittel hinter einem riesigen

Schnauzbart, der ebenso ungekämmt aussah wie seine dunklen, von Grau durchzogenen Haare.

»Lady. Ich war die halbe Nacht unterwegs auf der Suche nach Drogendealern. Ich habe genau vier Stunden Schlaf bekommen. Da war keine Zeit mehr für ein ausgiebiges Aktenstudium.«

Lady. Wie sie diesen Ausdruck hasste. Das Wort biss sich in ihrem Kopf fest. Sie wusste, dass viele Kollegen sie *die Eislady* nannten. Aber nur weil sie ein Ziel vor Augen hatte und ihre gesamte Energie in die Arbeit und Aufklärung von Gewaltverbrechen steckte, war sie noch längst kein gefühlloser Mensch. Es waren die Täter, die dafür sorgten, dass sie ständig neue Morde bearbeiten musste. Die waren aus Eis und quälten oder töteten ihre Opfer ohne einen Hauch von Gefühl, nicht sie. Sie funkelte Saathoff wütend an.

»Die Akte liegt unterm Vordersitz«, warf Florian ein und stoppte den Wagen, damit Saathoff sich bücken konnte. »Wirf wenigstens einen Blick auf das Foto, damit du dich nicht auf den falschen Mann stürzt, falls er nicht alleine ist.«

Saathoff grunzte Unverständliches, zog jedoch die Akte hervor.

»Es war seine Lebensgefährtin«, sagte er plötzlich. »Die Frau war fast vierzig, als er über sie herfiel.« In seine Stimme hatte sich ein gehässiger Unterton eingeschlichen.

»Ja und?«, sagte Florian und fuhr wieder los.

»Ich dachte, die ermordeten Mädchen waren höchstens zwanzig«, erwiderte Saathoff, und man konnte ihm anhören, dass er von der ganzen Aktion nicht besonders viel hielt.

»Das stimmt. Aber deswegen müssen wir den Mann trotzdem überprüfen. Immerhin fanden sich Fingerabdrücke der Toten auf seinem Wagen«, antwortete Florian gelassen.

»Das Auto ist seit Monaten abgemeldet. Vermutlich hat er es dort abgestellt, um die Kosten für den Schrotthändler zu sparen.« Saathoff klappte die Akte demonstrativ zu und schob sie zurück unter den Sitz. »Meinetwegen. Ziehen wir das Ding schnell durch. Ich habe heute noch eine Menge wichtiger Dinge zu tun.« Er zwirbelte mit den Fingern seinen Bart und gähnte gelangweilt.

Julia platzte fast vor Wut. Sie konnte Saathoff nicht ausstehen. Trotzdem verkniff sie sich jeglichen Kommentar. Aus Erfahrung wusste sie, dass es zwecklos war, solche selbstgefälligen Idioten zur Vernunft bringen zu wollen. ›Der Klügere gibt nach‹, sagte ihr Vater stets, wenn sie sich über solche Menschen aufregte.

Florian steuerte den Wagen immer tiefer in den Wald hinein. Der Weg hatte sich in eine Buckelpiste verwandelt. Das Auto holperte über dicke Baumwurzeln, die sich im Laufe der Zeit den Weg an die Oberfläche gebahnt hatten und jetzt quer über dem Weg lagen wie knorrige Störenfriede, die jeden Besucher des Waldes verweisen wollten. Das Licht hatte sich auch verändert. Hatten sie sich anfangs durch üppigen Laubwald bewegt, umgab sie nun ein Nadelwald, dessen dunkles Grün die Sonne zu verschlucken schien. Kies knirschte unter den Rädern. Jemand hatte die schlimmsten Schlaglöcher beseitigt. Vor ihnen erschien ein Blockhaus, das erstaunlich gut in Schuss war und zudem recht groß wirkte.

Sie stiegen aus, und Julia trat in eine schlammige Pfütze, über der sich Hunderte schwarze Stechmücken und andere Insekten tummelten. Die drei verharrten für einen Moment und schauten sich um.

»Ich sehe kein Auto«, sagte Florian und runzelte die Stirn. Seine Augen suchten das Grundstück ab. Nicht weit von ihnen ragten zwei nackte Betonpfeiler aus dem Boden, die wohl als Pfosten für ein Zufahrtstor gedacht waren. Lediglich die verrosteten Angeln und die schiefe Hausnummer zeugten von ihrer Funktion. Gleich dahinter verbesserte sich der Zustand des Grundstücks deutlich. Der Rest des Weges war vollständig mit Kies ausgelegt. Gestutzte Sträucher rechts und links säumten die Auffahrt bis zur Haustür. Das Haus bestand aus makellosen Holzbalken, die frisch gestrichen waren. Es gab ein paar kleine Fenster, die keine Gardinen besaßen und sie wie trübe Augen anstarrten.

»Dahinten steht ein Motorrad«, erwiderte Julia, der das Blitzen des Sonnenlichts im Seitenspiegel des Fahrzeugs aufgefallen war.

»Der Helm liegt auf dem Sitz«, ergänzte Saathoff und führte die rechte Hand an den Gürtel, der seine Pistole hielt.

Julias Herzschlag beschleunigte sich leicht. Der Bewohner schien also zu Hause zu sein.

»Okay, dann klingeln wir mal«, sagte Florian und setzte sich in Bewegung. Vor der Haustür blieb er stehen und stutzte. Es gab keine Klingel. Kurzerhand pochte Florian an die Tür. Saathoff trat zur Seite und schaute durch eines der Fenster. Julia hielt sich im Hintergrund.

»Scheint keiner drin zu sein«, knurrte Saathoff und wechselte die Seite, um durch ein anderes Fenster zu blicken.

Florian klopfte erneut. Diesmal stärker.

»Hier ist auch niemand.« Saathoff stellte sich neben Florian auf und donnerte mit der Faust gegen die Tür. »Hallo, ist jemand zu Hause?«, rief er so laut, dass Julia zusammenzuckte.

Obwohl ihr die Situation unheimlich war, entschied sie, sich umzusehen.

»Ich gehe mal kurz ums Haus«, erklärte sie und machte sich auf den Weg. Die Frontseite des Hauses maß locker fünfzehn Meter. Sie lief bis zur Ecke und bog ab. Kleine, aber dafür ziemlich dicht gewachsene Tannen erschwerten ihren Weg. Die Nadeln verhakten sich in Julias Haaren. Sie schob die piksenden Äste zur Seite. Noch einmal stellte sie fest, wie groß das Haus war. Achtzehn Schritte benötigte sie bis zur Rückseite. Immerhin wuchsen dort keine lästigen Tannen. Dafür raubten hohe Bäume fast das gesamte Licht. Sie suchte das Haus nach einem Hintereingang ab und fand ein paar Treppenstufen, die hinunter zu einer schmalen Holztür führten. Rechts und links daneben verlief eine Reihe schmaler Fenster, die zum Souterrain gehörten. Sie ging auf die Knie und blickte hinein. Drinnen war es schummrig. Sie konnte zunächst nur einige Konturen erkennen, doch nach und nach passten sich ihre Augen an. Sie sah einen Tisch. Nein, mehrere Tische, auf denen irgendetwas lag. Waren das Säcke oder Decken? Ihr Blick blieb an einem Gegenstand hängen, der sie im ersten Moment an einen altmodischen, mehrarmigen Kerzenständer erinnerte. Ihr Hirn ratterte, weil sie zugleich wusste, dass dort etwas anderes lag. Etwas, das ihr einen Schauer über den Rücken jagte, noch bevor sie es endlich zuordnen konnte.

Es war ein Hirschgeweih. Jetzt erkannte Julia auch die anderen Dinge, die auf den Tischen verteilt lagen. Felle, Knochen, ausgestopfte Tiere. Edelstahlschalen mit konturlosem, breiigem Inhalt, der sie an Organe oder Hirnmasse erinnerte. Ihr Blick fiel auf einen Stuhl. Dort lag etwas, das aussah wie ein Kopf. Genauer gesagt wie ein menschlicher Kopf. Unter dem Stuhl lag ein abgetrennter Unterarm. Das reichte. Sie hatte genug gesehen. Sie sprang auf, rannte zurück und kämpfte sich durch die Tannen zur Vorderseite des Hauses, wo Florian und sein missmutiger Kollege vor der Eingangstür warteten.

Sie japste aufgeregt nach Luft und wollte berichten, was sie gerade gesehen hatte, doch in dem Moment peitschte ein Schuss durch die Luft. Im Bruchteil einer Sekunde warfen sich Florian und Saathoff zu Boden. Julia stand wie zur Salzsäule erstarrt da und konnte sich nicht rühren. Aus dem Augenwinkel bemerkte sie den Lauf eines Gewehres, keine zwei Meter entfernt. Das Fenster war einen Spaltbreit geöffnet. Sie sah einen grauen Haarschopf ungefähr zehn Zentimeter über der Fensterbank.

»Verschwindet von hier!«, schrie ein Mann.

Doch niemand rührte sich. Julia hielt den Atem an.

»Verschwindet!«, wiederholte der Mann und schob den Gewehrlauf etwas weiter heraus. Julia konnte den Rand einer Brille erkennen. Schnell rief sie sich das Foto des gesuchten Mario Wengler in den Sinn. Der trug keine Brille.

»Polizei. Legen Sie die Waffe nieder«, brüllte Florian und richtete sich nahe der Hauswand wieder auf.

Die Antwort war ein erneuter Schuss aus der Schrotflinte. Saathoff zerrte sein Handy hervor und forderte Verstärkung an. Das Fenster wurde aufgerissen und der Mann beugte sich hinaus. Er zielte unmittelbar auf Saathoff. Julia reagierte, ohne nachzudenken. Sie stürzte sich auf den Lauf der Waffe und drückte diesen nach unten. Ein ohrenbetäubender Knall erzeugte ein lautes Pfeifen in ihren Ohren. Sie fiel auf die Knie. Die Schrotflinte landete neben ihr. Julia blickte zu Saathoff, der auf der Seite lag, schmerzgekrümmt. Er griff sich ans rechte Bein. Sein verzerrtes Gesicht sprach Bände. Blut sickerte durch seine Hose. Über ihnen krachte es erneut. Nur für eine Sekunde drehte sie sich um und blickte nach oben. Der Mann hatte das Fenster zugeknallt und war verschwunden. Sie wandte sich wieder um und sah, wie Florian die Haustür eintrat. Seine Miene war leichenblass, aber hoch konzentriert. Julia kam zitternd auf die Beine und stakste zu Saathoff hinüber. Sie wollte wissen, ob er schwer verletzt war. Der Mann stand unter Schock. Julia suchte nach Einschusslöchern in seiner Kleidung. Sie lockerte seinen Hosengürtel und zerrte ihn heraus, um ihm den Oberschenkel abzubinden. Saathoffs Oberkörper war unverletzt. Aus der Wunde im Bein blutete es heftig. Er stöhnte.

»Ganz ruhig liegen bleiben. Es ist nur halb so schlimm, wie es aussieht«, beruhigte ihn Julia und zog den Gürtel straff. Sie griff nach Saathoffs Handy, aus dem sie Stimmen hören konnte.

»Hallo«, sagte sie.

»Verflucht noch mal, was ist da bei euch los?«, tönte es vom anderen Ende.

»Verletzter Polizeibeamter. Schusswunde im Bein mit starker Blutung. Ich brauche dringend einen Krankenwagen«, erwiderte Julia.

»Okay. Die Verstärkung ist auch schon unterwegs.«

»Wie lange dauert das denn noch? Der Verdächtige ist im Haus und Florian Kessler hat sich Zutritt verschafft«, sagte sie. Julia versuchte, sich nicht auszumalen, in welcher Gefahr Florian schwebte.

»Bleiben Sie, wo Sie sind. Die Verstärkung und der Krankenwagen sind in fünfzehn Minuten da.«

24

Drinnen war es noch dunkler, als Julia vermutet hatte. Es roch muffig. Sie erkannte die düstere Note sofort. Die am Zerfall des Lebens beteiligten Mikroorganismen verursachten einen Gestank, der sich in die Nasenschleimhäute einnistete und bei den meisten Menschen unausweichlich Übelkeit verursachte. In diesem Haus verwesten Körper. Julias Nackenhaare stellten sich auf. Sie wusste aus jedem Horrorfilm, dass man nicht alleine in dunkle Räume ging. Schon gar nicht, wenn ein schießwütiger Mann in der Dunkelheit lauerte.

Saathoff hatte sie gewarnt und gebeten, auf die Verstärkung zu warten. Der Polizist lag noch auf dem Boden. Er war nicht schwer verletzt, aber nach einer Weile trotzdem ohnmächtig geworden. Der Grund für seine Bewusstlosigkeit waren die Schmerzen. Die Ohnmacht erlöste das Bewusstsein und stellte den Körper irgendwann auf diese Weise ruhig. Auf jeden Fall würde Saathoff überleben. Julia hatte fünf Minuten gewartet. Dann hatte sie eine unerträgliche Unruhe erfasst. Die Stille in dem Haus sprang sie regelrecht an. Sollte sie tatsächlich einfach untätig abwarten und Florian seinem Schicksal überlassen?

Seit er in diesem grausigen Loch verschwunden war, hatte sie kein Lebenszeichen von ihm vernommen. Sie hatte die Zeit bis zum Eintreffen der Verstärkung abgewogen. Vielleicht dauerte es noch zehn Minuten. Sollte Florian verletzt sein, wäre das womöglich sein Todesurteil. Konnte sie das zulassen und währenddessen in aller Seelenruhe neben seinem leicht verwundeten Kollegen hocken? Sie ließ noch zwei Minuten verstreichen und kam sich dabei wie ein widerlicher Feigling vor. Nach genau acht Minuten Wartezeit traf Julia eine Entscheidung und schlug sämtliche Warnungen in den Wind. Sie hatte schon einmal in ihrem Leben nicht auf ihre innere Stimme gehört. Das hatte fatale Folgen gehabt. Michaels Gesicht erschien für einen Augenblick vor ihr und gab Julia den letzten Kick. Nein, ein weiteres Mal würde ihr das nicht passieren.

Sie hatte sich Saathoffs Pistole geschnappt und das Haus betreten. Je tiefer sie ins Innere des Holzhauses vordrang, desto schlimmer wurde der Gestank. Das Haus verfügte über zwei Etagen und den Keller. Die Finger ihrer rechten Hand umklammerten das kühle Metall der Pistole. Die glatte Oberfläche erinnerte sie an ein Skalpell und verlieh ihr ein gewisses Maß an Sicherheit. Trotzdem fühlte sich die Waffe unnatürlich schwer an. Noch immer vernahm sie nicht das geringste Geräusch, wenn sie vom Hämmern ihres Herzens einmal absah. Unschlüssig stand sie vor der Treppe. Sollte sie zuerst nach oben gehen? Oder hielten sich die beiden in einem Zimmer im Erdgeschoss auf? Ihre Augen suchten nach irgendeinem Anhaltspunkt. Wo war der Verdächtige hingelaufen, nachdem sie ihm die Schrotflinte aus der Hand geschlagen hatte? Ihr Geist ratterte. Was, wenn der Mann eine neue Waffe holen wollte? Wo befand sich also der Waffenschrank in diesem Haus, falls es so etwas überhaupt gab? Obwohl der Keller sie wegen dem, was sie vorher gesehen hatte, interessierte, schloss Julia ihn aus. Nach ihrer Einschätzung bewahrte der Mann seine Waffen griffbereit auf. Also vermutlich im Erdgeschoss. Vielleicht auch im Obergeschoss, weil er von dort aus einen besseren Überblick über die Umgebung des Hauses hatte. Im Keller nahm er Tiere aus. Vielleicht auch noch andere Dinge. Dafür brauchte er jedenfalls keine Schusswaffe.

Sie sperrte die Ohren auf und schlich auf Zehenspitzen über die Holzdielen. Auf der linken Seite sah sie durch eine geöffnete Zimmertür eine Couch mit einem kleinen Tisch, eine Vitrine voller Bier- und Schnapsgläser und einen Fernseher, der mindestens zwanzig Jahre auf dem Buckel hatte. Rechter Hand befand sich eine Tür, vermutlich zur Küche. Julia beschloss, nachzuschauen. Immer noch herrschte absolute Stille. Sie holte tief Luft, dann stieß sie die Tür leicht mit dem Finger auf. Das Holz quietschte, und Julia zuckte augenblicklich zusammen. Sie spähte durch den Spalt. Es war eine Wohnküche. Die Mitte des Raumes wurde von einem Esstisch eingenommen, um den fünf Stühle arrangiert waren. Auf dem Herd an der gegenüberliegenden Wand standen ein Topf und eine Pfanne. Daneben brummte ein Kühlschrank, schätzungsweise aus den Achtzigerjahren. Die Küchenzeile war mit Schüsseln, Tassen und Tellern vollgestopft. An der Decke hing ein präparierter Tierkopf, vermutlich ein Fuchs oder auch ein Marder. Erst auf den zweiten Blick stellte Julia fest, dass aus dem aufgerissenen Maul eine Glühbirne ragte. Sie erschauderte beim Anblick dieser makaberen Lampe.

Julia umklammerte die Pistole und vergewisserte sich, dass niemand im Raum war. Sie wandte sich nach rechts zu einer weiteren Tür. Erneut hielt sie die Luft an und drückte die Klinke herunter. Dahinter war es dunkel. Ein Schwall aus Uringestank und Reinigungsmitteln schlug ihr entgegen, als sie wieder Luft holte. Vorsichtig tastete sie nach dem Lichtschalter und klickte. Die Toilette war auch leer.

Sie machte kehrt und stieg langsam die Treppe hinauf. Einzelne Stufen knarrten nahezu ohrenbetäubend. Spätestens jetzt wusste Wengler, dass er nicht allein im Haus war. Sie lauschte mit rasendem Herzen in die Dunkelheit hinein. Nichts. Durch ein kleines Dachfenster drang spärliches Licht. Julia sah einen langen Gang, von dem mehrere Zimmer abgingen. Sie lief zu dem Fenster und spähte hinaus in der Hoffnung, die Verstärkung wäre bereits eingetroffen. Aber da draußen war keine Menschenseele zu sehen. Sie durchsuchte eine verstaubte Abstellkammer und ein Schlafzimmer, das offenkundig einer Frau gehörte. In dem großen Spiegel über einer Kommode erhaschte sie ihr eigenes Spiegelbild. Ihr Puls raste, als sie ihre großen Augen erblickte, die sie anzustarren schienen. Ein gewaltiger Stierkopf ragte über dem Bett aus der Wand. Nie und nimmer würde Julia in diesem Bett ein Auge zutun können. Angewidert wandte sie sich ab. Auch der nächste Raum war ein Schlafzimmer. Es gehörte eindeutig einem Mann, möglicherweise Mario Wengler. Überall auf dem Boden lag Kleidung herum und es roch unerträglich nach Schweiß.

Julia stöberte durch ein paar weitere verwahrloste Kammern. Da war niemand. Mit klopfendem Herzen stieg sie ins Erdgeschoss zurück und von dort in den Keller hinunter. Irgendwo musste Florian doch stecken. Sie verspürte das Verlangen, seinen Namen zu rufen, und schaute nervös auf ihre Armbanduhr. Wo blieben verdammt noch mal die Verstärkung und der Krankenwagen?

Der Verwesungsgestank wurde mit jedem Schritt stärker. Er löste nach all den Jahren keinerlei Übelkeit mehr in Julia aus. Trotzdem hatte sie ein flaues Gefühl in der Magengrube. Sie sah den abgetrennten Kopf und den Unterarm vor sich und verstärkte automatisch den Griff um die Pistole. Der Kellereingang hatte keine Tür, nur ein schwerer Vorhang hing davor. Julia schob ihn vorsichtig zur Seite. Sie blickte auf einen großen Stapel Tierhäute. Eine ganz spezielle Duftnote von strengen Gerbstoffen ging von ihnen aus. Dahinter standen mehrere offene Kisten. Julia machte einen Schritt und erkannte Knochen darin. Hunderte Knochen von Tieren. Sie atmete tief durch und beschloss, systematisch vorzugehen. Eigentlich zog es sie zu dem Stuhl mit dem Kopf, den sie von außen durchs Fenster gesehen hatte. Aber sie durfte sich nicht von Emotionen leiten lassen. Das konnte ihren eigenen und auch Florians Tod bedeuten. Denn eines war sicher: Der Mann war mit einer Schrotflinte auf sie losgegangen. Er kannte keinerlei Skrupel und war zudem versiert im Umgang mit Messern.

Julia gelangte zu einer Stahltür mit Fenstern im oberen Drittel. Sie reckte sich und lugte hindurch. Kalter Stahl berührte ihre erhitzte Haut und ließ sie frösteln. Der Anblick des Inneren der Kühlkammer tat sein Übriges. Mehrere gehäutete Hirsche und Wildschweine baumelten dort an Edelstahlhaken. Sie zählte zehn Tiere. Hinzu kamen etliche kleine Kadaver von Kaninchen, Füchsen und Rebhühnern.

Es blieb der letzte Teil des Kellers übrig, in dem sie den Kopf und den Unterarm gesehen hatte. Sie ging auf den Stuhl zu, auf dem der Kopf lag. Ihr Herz hämmerte so heftig gegen den Brustkorb, dass sie einige Sekunden brauchte, um das Bild zu verarbeiten. Erst nach einer ganzen Weile begriff sie, dass die Teile nicht echt waren. Erleichtert nahm sie den Kopf in die Hände. Dunkelbraune Augen einer weiblichen Schaufensterpuppe sahen sie an. Sie legte den Kopf zurück und warf einen Blick auf den Arm. Auch dieser bestand aus Plastik. Sie atmete auf und sah sich weiter um. Wohin waren Florian und Wengler verschwunden? Endlich entdeckte sie eine unscheinbare Nische zwischen den Fenstern. Als sie näher trat, erblickte sie die schmale Holztür, die sie schon von außen gesehen hatte.

Julia legte die Hand auf die Klinke. Im selben Augenblick traf sie ein gewaltiger Schmerz. Sie schrie auf und blickte orientierungslos zu dem Licht, das durch die offene Tür auf den Boden fiel. Schatten breiteten sich in ihrem Sichtfeld aus. Der Schmerz hielt sie fest umklammert. Er zog sie nach unten. Ihre Beine knickten weg. Sie bekam keine Luft mehr, und plötzlich versank alles in schwarzer Stille.

25

Florian hatte gesehen, wie sein Partner zu Boden gegangen war. Er musste handeln, wenn er nicht riskieren wollte, dass Wengler sie einen nach dem anderen abknallte. Auf keinen Fall durfte Julia etwas passieren. Er holte aus und trat die Eingangstür mit einer solchen Wucht ein, dass das Holz aus dem Rahmen splitterte. Florian konnte gerade noch Wenglers grauen Haarschopf erkennen. Der Mann rannte die Treppe hinunter. Florian sprintete hinterher, stolperte, fing sich wieder und landete im Untergeschoss des Hauses. Konzentriert hob er die Pistole und blickte sich um. Wengler war verschwunden. Links von ihm klackte etwas. Er entdeckte eine schmale Tür, die ins Freie führte. Draußen hörte er Äste knacken. Das mussten Wenglers Schritte sein. Florian jagte hinterher, über den hinteren Teil des Grundstücks, über einen Bach und über einen Baumstumpf, bis er stehen blieb, weil er Wengler verloren hatte. Seine Augen suchten das Gelände nach Bewegungen ab. Erneut knackte ein Ast. Keine fünfzig Meter entfernt erspähte Florian zitternde Äste, die Wengler auf seiner Flucht zur Seite gebogen hatte und die jetzt mit aller Kraft in ihre Ausgangsposition zurückschwangen. Zwischen den Bäumen tauchte ein grauer Haarschopf auf. Florian stürmte los. Sein Training machte sich bemerkbar. Der Abstand verringerte sich sekündlich.

Wengler rannte schnell, doch als Florian sich auf zehn Meter näherte, machte der Mann einen entscheidenden Fehler. Er sah sich ganz kurz um. Wahrscheinlich wollte er abschätzen, wie groß der Abstand zu seinem Verfolger noch war. Wengler riss erschrocken die Augen auf, als er Florian jetzt direkt hinter sich ausmachte. Er taumelte, nahm wieder Tempo auf und schlug einen Haken. Doch das half ihm nichts. Florian war bereits bis auf wenige Zentimeter herangeprescht und warf sich mit einem gewaltigen Sprung auf den Fliehenden. Geräuschvoll gingen beide zu Boden. Mit geübten Handgriffen legte Florian den Mann lahm. Er durchsuchte seine Taschen nach Waffen, stellte ein Jagdmesser sicher und rollte ihn anschließend auf den Bauch, um ihm die Hände auf dem Rücken zu fesseln.

»Sie sind vorläufig festgenommen«, stieß er hervor und zerrte Wengler hoch.

»Ihr verdammten Hurensöhne!«, schnaufte der Mann. »Was habe ich euch denn getan?«

Florians Blick verfinsterte sich. »Sie haben auf uns geschossen«, erwiderte er ruhig.

»Das waren Warnschüsse! Sie sind ohne Befugnis auf unseren Grund und Boden eingedrungen.«

Florian ließ sich nicht provozieren. Stattdessen betrachtete er den Mann genauer. Auf den Fotos in der Akte hatte Mario Wengler keine Brille getragen. Der Mann vor ihm wies zwar eine große Ähnlichkeit mit dem verurteilten Sexualstraftäter in der Akte auf, trotzdem kam er Florian zu alt vor.

»Wie heißen Sie?«, fragte er und schob den Gefesselten vor sich her, zurück in Richtung Blockhaus.

»Bernd Wengler«, stieß der Mann grantig hervor. »Wer sind Sie denn?«

»Florian Kessler, Kriminalpolizei Köln. Wir sind auf der Suche nach Mario Wengler.« Florian sprach ruhig, obwohl er innerlich brodelte. Sie hatten den falschen Mann erwischt.

»Mein Bruder ist auf der Jagd. Was wollen Sie von ihm?« Florian runzelte die Stirn. Es war fast Mittag. Seines Wissens nach gingen Jäger bevorzugt in den frühen Morgenstunden auf die Pirsch. Als ob Bernd Wengler seine Zweifel spüren könnte, fügte er hinzu: »Er stellt Fallen auf.«

»Wo stellt er sie auf?«, hakte Florian nach, doch Bernd Wengler zuckte nur mit den Achseln.

»Keine Ahnung. Das Revier ist riesig. Ich weiß nur, dass er heute Richtung Süden wollte.«

Na prima, dachte Florian und schob den Mann eilig voran.

»Was für Fahrzeuge besitzen Sie?«, fragte er, ohne den Druck auf die Schultern von Bernd Wengler zu verringern.

»Ein Motorrad, einen Lieferwagen und einen *Ford-Kombi*. Haben Sie sonst noch dämliche Fragen auf Lager?«

Florian trieb Bernd Wengler weiter vor sich her. »Welche Farbe hat der Lieferwagen?«

»Weiß. Was soll die ganze Fragerei? Hat mein Bruder jemanden umgebracht oder was wollen Sie von ihm?« Bernd Wengler blieb unvermittelt stehen, sodass Florian ihm in die Hacken trat.

»Die Fragen stelle ich hier«, erklärte Florian mit Nachdruck. Sie hatten das Haus erreicht. Florian atmete auf, als er sah, dass die Verstärkung und ein Krankenwagen bereits angekommen waren. Eilig übergab er Bernd Wengler an zwei Polizeibeamte und lief zum Krankenwagen hinüber. Martin Saathoff wurde gerade auf einer Liege in das Auto geschoben.

»Wie geht es ihm?«, fragte Florian den Arzt, einen jungen Mann mit Dreitagebart.

»Er ist nur leicht verletzt und vermutlich bald wieder auf den Beinen. Er steht allerdings noch unter Schock. Das ist aber vorübergehend und völlig normal bei Schussverletzungen.«

»Vielen Dank«, sagte Florian erleichtert und warf einen Blick auf Saathoff, der in diesem Moment benommen die Augen öffnete. Er war blass und sein Gesicht wirkte eingefallen. Florian kletterte in den Wagen und legte eine Hand auf die Schulter seines Kollegen.

»Du schaffst das, Kumpel. Alles kommt wieder in Ordnung.«

Saathoff antwortete nicht. Seine Lider flatterten.

»Er braucht jetzt Ruhe«, verkündete der Arzt und bedeutete Florian mit einer Kopfbewegung, dass er den Krankenwagen verlassen solle.

Auf dem Gelände wimmelte es von Polizisten. Florian hielt Ausschau nach Julia, konnte sie aber nirgendwo entdecken.

»Wo ist die Rechtsmedizinerin?«, fragte er einen Polizisten, der in der Nähe stand. Der blutjunge Beamte sah ihn mit großen Augen an. »Ich war mit meinem Partner und Dr. Schwarz aus der Rechtsmedizin vor Ort«, erklärte Florian. Der Mann starrte ihn weiterhin verwirrt an.

»Hier war keine Frau. Nur der verletzte Kollege«, stotterte er.

Florians Puls beschleunigte sich. Was sollte das bedeuten?

»Wo ist der Einsatzleiter?«

Der Polizist zeigte auf einen Mann, der vor dem Hauseingang stand und mit einer Kollegin sprach.

»Danke«, sagte Florian hastig und eilte hinüber zu dem Einsatzleiter.

»Haben Sie die Rechtsmedizinerin Dr. Julia Schwarz gesehen?«, unterbrach Florian das Gespräch der beiden Polizisten. Der Einsatzleiter kniff die Augen zusammen und musterte Florian.

»Lemke. Hallo. Sind Sie der Kollege, der den Verdächtigen verfolgt hat?«

Florian nickte und stellte sich vor.

»Wir sind gerade erst eingetroffen und haben zuerst die Umgebung gesichert und den Verletzten versorgt. Meine Leute wollen jetzt das Haus durchsuchen. Von Ihrer Pathologin war nichts zu sehen, als wir hier ankamen. Martin Saathoff lag alleine und ohnmächtig vor der Tür.«

Florian fröstelte plötzlich. Verdammt, wo steckte Julia? Ihr war doch hoffentlich nichts zugestoßen. Er zückte sein Handy und wählte ihre Nummer. Der Empfang war schlecht. Sein Gerät zeigte lediglich einen Balken für die Stärke des Netzes an. Es dauerte eine gefühlte Ewigkeit, bis endlich ein Piepen ertönte. Gleichzeitig hörte er ein schwaches Klingeln im Haus. Florian lauschte. Ob Julia ihm gefolgt war? Es würde zu ihr passen.

»Das kommt von unten«, bemerkte Lemke und schoss an Florian vorbei. Der stürmte hinterher.

»Julia«, brüllte er und nahm mehrere Treppenstufen auf einmal. Keine Antwort. Furcht krallte sich in sein Herz.

»Hier ist sie«, rief Lemke. Der große Mann ging neben Julia in die Hocke und fühlte ihren Puls. »Sie lebt«, stellte er wenige Sekunden später fest.

»Julia«, wiederholte Florian und ergriff ihre Schultern. Mit geschultem Blick musterte er die blasse Frau, die die Augen aufschlug und stöhnte.

»Da bist du ja«, sagte sie und richtete sich auf. Sie tastete nach ihrem Hinterkopf, auf den sie schmerzvoll aufgeschlagen sein musste. Florians Hände wanderten zu Julias linkem Fuß, der in einer rostigen Eisenfalle steckte.

»Ruft sofort den Arzt zurück«, rief er einem Polizisten zu, der gerade mit anderen Kollegen das Untergeschoss erreicht hatte.

»Das haben wir gleich.« Lemke hatte eine Eisenstange aufgetrieben. »Mein Vater ist Jäger. Diese Fallen sind wirklich fies.« Er stemmte die Falle auf und Florian zog Julias Fuß heraus.

»Hast du große Schmerzen?«, fragte er besorgt.

Julia nickte schwach.

»Wir sollten dir den Schuh ausziehen«, schlug Florian vor und machte sich vorsichtig daran zu schaffen. Die Krallen der Eisenfalle hatten ihre Spuren im Leder hinterlassen. Wenigstens war kein Blut zu sehen. Lemke packte mit an. Florian löste die Schnürsenkel und bog den Schuh auseinander, Lemke befreite vorsichtig den Fuß. Julia stöhnte auf.

»Wenn man von der riesigen Beule am Hinterkopf absieht, haben Sie Glück gehabt«, sagte Lemke mit Blick auf Julias verletzten kleinen Zeh. »Die Kralle hat nur einen Zeh erwischt. Das ist eine alte Falle. Die restlichen Dornen sind vom Schuh abgehalten worden. Trotzdem wird es ein paar kräftige blaue Flecken geben.« Lemke sah Florian an. Der zog die Augenbrauen hoch. »Wie gesagt, mein Vater ist Jäger und ich bin als Junge auch mal in so ein Ding getreten. Ist halb so wild.«

»Hast du Wengler geschnappt?«, fragte Julia und beugte sich vor, um den ramponierten Fuß zu begutachten.

»Nein. Nur seinen Bruder, Bernd Wengler«, entgegnete Florian zerknirscht. »Angeblich ist Mario Wengler auf der Jagd. Er soll gerade Fallen auslegen.«

»Sollen wir das Gelände nach dem Mann absuchen?« Lemke erhob sich und machte dem Arzt Platz, der soeben das Untergeschoss betreten hatte und stirnrunzelnd Julias Fuß betrachtete.

Florian zuckte unschlüssig mit den Schultern. Dann hatte er eine Idee.

»Mir wäre es lieber, wir würden sofort sein Handy orten.«

26

Hannahs Wangen waren gerötet. Sie war so aufgeregt, dass sie kein Wangenrouge brauchte. Sie betrachtete sich im Spiegel und grübelte, ob sie trotzdem welches auflegen sollte, entschied sich dann aber dagegen. Lucas mochte keine Schminke. Er stöhnte bei jedem öffentlichen Tanzauftritt darüber und beschwerte sich, sobald er ihren Lippenstift an seinem Kragen hatte. Das ließ sich manchmal einfach nicht vermeiden, denn die lateinamerikanischen Tänze waren sehr körperbetont, und einige Figuren hatten es in sich. Sie errötete stärker. Plötzlich sah sie Lucas vor sich. Sein Gesicht war ganz nahe. So nahe, dass ihr richtig heiß wurde. Du meine Güte, was war bloß mit ihr los? Sie war verwirrt. Heute Morgen in der Schule hatte sie Mia von ihrer Verabredung mit Lucas erzählt, und die war völlig aus dem Häuschen gewesen. Bis dahin hatte Hannah sich gar nichts dabei gedacht, aber Mia hatte ihr die Harmlosigkeit dieses Treffens schnell ausgeredet.

»Er war extra bei dir zu Hause, um dich einzuladen? Wie kommst du darauf, dass er nichts von dir will? Du bist ganz schön naiv«, hatte sie mitten in der Chemiestunde getönt, so laut, dass die umsitzenden Mitschüler, oder schlimmer noch Lucas, es hätten hören können. Glücklicherweise saß Lucas am anderen Ende des Klassenzimmers und zeigte keine Reaktion. Sie war zum ersten Mal in ihrem Leben froh, als Frau Prosch die Augen zusammenkniff und Mia streng zur Ordnung rief. Sie mochte die Lehrerin nicht, aber in diesem Augenblick hätte sie sie glatt umarmen können. Endlich war das Thema vom Tisch. Zumindest für die nächsten dreißig Minuten. Kaum hatte es zur Pause geklingelt, zog Mia sie zur Seite.

»Was machst du dann mit Tobi? Willst du das Date mit ihm sausen lassen?«

Hannah grinste. Sie hatte sich die halbe Nacht den Kopf über dieses Problem zerbrochen und war dann auf die ultimative Lösung gestoßen. Sie würde keines der Dates platzen lassen, sondern sich mit beiden treffen.

»Und wie willst du das anstellen?« Mia schüttelte den Kopf.

»Die Lösung ist ganz einfach. Mit Lucas bin ich um halb sieben verabredet und Tobi kommt danach um neun dran. Er ist sozusagen der krönende Abschluss des Abends.«

Mia war tatsächlich mehr als eine Minute sprachlos, während Hannah vor Stolz auf ihre Idee beinahe platzte.

»Und wenn du nach Lucas überhaupt keinen Bock mehr auf Tobi hast?«, gab Mia zu bedenken.

Aber Hannah wischte ihren Einwand mit einer Handbewegung weg. »Was soll schon passieren? Es ist ja nur ein Pizzaessen und anschließend ein Drink im Phönix.« Das *Phönix* war der ideale Ort für ihr Treffen mit Tobi. Es war eine Mischung aus Kneipe und Bar, wo sich hauptsächlich Jugendliche unter fünfundzwanzig trafen. Außerdem gab es ab zehn einen DJ, der den Besuchern mit coolen Beats einheizte. Vielleicht würde sie sogar mit

Tobi tanzen? Sie stellte sich seine festen Bauchmuskeln vor, die sich an ihren Oberkörper schmiegten.

»Aber du musst doch wissen, wen von beiden du lieber magst«, protestierte Mia weiter. Hannah begann bereits zu bereuen, dass sie ihre Freundin eingeweiht hatte. Lucas war bisher nicht immer nett zu ihr gewesen. Er war ehrgeizig und meckerte ständig an ihr rum. Dass er mit ihr ausgehen wollte, reizte sie. Möglicherweise war er am Ende nur so ruppig zu ihr, weil er sie sogar richtig mochte. Aber das musste sie schließlich erst einmal herausfinden. Und Tobi kannte sie noch gar nicht. Nur von ein paar Bildern und vom Chatten. Hannah hatte sich erkundigt, was das erste Date mit einem Internetchat anging. Das Ganze konnte in einen Albtraum ausarten. Vielleicht sah Tobi gar nicht so aus wie auf den Fotos – was sie natürlich nicht hoffte. Er konnte auch eine schreckliche Stimme haben – sie wäre nicht die Erste, der so etwas passierte. Oder er sah genauso aus wie auf den Fotos, hatte eine sexy Stimme und war trotzdem ein furchtbarer Langweiler. Auch das war schon vorgekommen. Sie hatte sich stundenlang durch Internetforen gewühlt, in denen Mädchen über ihre Erfahrungen mit Internetdates sprachen.

»Ich weiß es einfach nicht«, rechtfertigte sie sich. Das war schließlich die Wahrheit. Klar, hinter Lucas waren die Mädchen der halben Klasse her. Er sah supergut aus. Hatte das Lächeln eines Schauspielers und konnte so ernst gucken, dass ihr die Knie auf der Stelle weich wurden. Aber Tobi war auch krass süß. Seine Strubbelhaare waren einmalig und erst der Waschbrettbauch. Wenn sie mit ihm ins Schwimmbad ginge, würden alle anderen Mädchen sie um diesen Traumtypen beneiden.

Sie konnte sich unmöglich entscheiden. Außerdem war sie sich im Gegensatz zu Mia gar nicht sicher, ob Lucas überhaupt etwas von ihr wollte. Davon war schließlich bei seiner Einladung nicht die Rede gewesen. Er wollte sich für seine ruppige Reaktion entschuldigen, als sie eine Schrittfolge vermasselt hatte. Wenn Hannah eines wusste, dann, dass Männer schlichte Wesen waren. Sie sagten oft, was sie dachten, ganz im Gegensatz zu Frauen. Zumindest behauptete Hannahs Vater das, und er musste es schließlich wissen. Hinzu kam noch, dass sie sich inzwischen selbst nicht mehr verstand. Genauer gesagt, seit Lucas' Einladung. Die Schmetterlinge in ihrem Bauch flogen in zwei verschiedene Richtungen, je nachdem, ob sie an Lucas oder an Tobi dachte. Bisher hatte sie sich nicht viel aus Lucas gemacht. Da er stets desinteressiert schien, war sie nie der Hoffnung erlegen, dass aus ihnen mehr werden könnte als ein Tanzpaar. Seit gestern war das anders. Auf einmal schummelte sich Lucas' Gesicht ständig in ihr Bewusstsein. Sie bemerkte Dinge an ihm, die ihr früher nie aufgefallen waren. Wieder errötete sie und strich sich eine Haarsträhne aus dem Gesicht. Heute zum Beispiel, als er sie beim Tanztraining emporgehoben hatte, waren ihr seine starken Arme aufgefallen. Seine Haut war verschwitzt und ein paar Adern standen vor Anstrengung hervor. Er sah so verdammt sexy aus, dass Hannah beinahe die Körperspannung vergessen und die Hebefigur vermasselt hätte. Als er sie absetzte, lächelte und ihr in die Augen sah, wurde sie ganz schwach. Sein Blick sagte, dass er sie mochte. Durchdringend, leuchtend blau und so tief, dass sie fast in seinen Augen versunken wäre.

Wenn sie ganz ehrlich zu sich war, mochte sie blaue Augen sogar lieber als dunkle. Tobi hatte dunkle Augen. Trotzdem war er natürlich ein Traumtyp. Die Zeilen, die er ihr schrieb, trafen sie jedes Mal mitten ins Herz. Das Warten auf seine Nachrichten war zwar manchmal unerträglich, doch wenn er etwas schrieb, dann berührte er sie tief. Er verstand sie. Hannah seufzte und blickte abermals zu ihrem Spiegelbild. Ihr Handy summte und mit klopfendem Herzen schaute sie auf das Display.

»Ich drücke dir die Daumen und wünsche dir viel Glück.« Drei Herzen und ein Kuss-Smiley vollendeten Mias Nachricht. Schnell tippte Hannah eine Antwort ein. In spätestens fünf Minuten holte Lucas sie ab. Sie musste es schaffen, um zwanzig vor neun zurück zu sein, damit sie rechtzeitig zur Verabredung mit Tobi kam. Vielleicht würde sie ihre Mutter vorschieben oder Kopfschmerzen vortäuschen. Hannah zog einen Hauch Gloss über ihre rosigen Lippen und seufzte. Es würde ihr schon rechtzeitig die richtige Ausrede einfallen.

27

»Es geht mir gut. Wirklich. Du musst echt nicht auf mich aufpassen«, erklärte Julia und humpelte zur Couch im Wohnzimmer. Um ihren Fuß war eine feste Stützbandage gebunden, die sie eher lästig als hilfreich empfand. Sie wäre auch mit ein paar Schmerztabletten ausgekommen, aber Florian hatte darauf bestanden, dass sie in den Krankenwagen stieg. Das war jetzt einige Stunden her. Eigentlich hatte sie den Abend in aller Ruhe mit einem Glas Wein vor dem Fernseher verbringen wollen. Sie hatte allen Grund, ein wenig kürzerzutreten. Auch wenn sie froh sein konnte, dass die Sache glimpflich verlaufen war. Ihr kleiner Zeh war nicht gebrochen, nur geprellt. Die Wunde tat kaum noch weh und in zwei Wochen würde die ganze Geschichte vergessen sein. Julia mochte sich gar nicht ausmalen, was passiert wäre, wenn das Fangeisen richtig zugeschnappt hätte. Der Gedanke an zersplitterte Fußknochen ließ sie erschaudern, genau wie die Erinnerung an das Blockhaus und all die toten Tiere.

»Hast du Schmerzen?«, erkundigte sich Florian, der sich einfach auf einen Sessel hatte fallen lassen, als wäre er in ihrem Wohnzimmer zu Hause. Eine Sekunde lang fragte sie sich, ob ihr diese Vorstellung gefallen könnte. Dann reagierte sie auf seine Frage und schüttelte den Kopf.

»Nein, ich bin nur müde und geschafft.«

»Das kann ich verstehen«, erwiderte Florian und zauberte eine Flasche Rotwein hinter seinem Rücken hervor. Er stellte den Wein vor sie auf den Tisch. »Sieh es als Wiedergutmachung an. Ich hätte dich nicht zu den Wengler-Brüdern mitnehmen dürfen.«

Julia stand auf und holte zwei Gläser. »Sag so etwas nicht. Du weißt, dass ich gerne bei den Ermittlungen dabei bin.«

»Ja, aber du hast einen zu großen Sturkopf. Du hättest bei Saathoff bleiben müssen. Ich hatte alles unter Kontrolle.«

Alles unter Kontrolle. Die Worte übten einen merkwürdigen Druck in ihren Eingeweiden aus. Vor vielen Jahren hatte sie auch geglaubt, dass alles unter Kontrolle war. Sie sah den kleinen Jungen vor sich. Nein, solche Situationen hatte man nie unter Kontrolle. Die gab es höchstens an ihrem Obduktionstisch. Da konnte nichts mehr schiefgehen, selbst wenn der Pathologe einen Fehler machte. Sie atmete hörbar aus und stellte die Gläser auf den Tisch.

»Was ist mit Mario Wengler. Habt ihr ihn?«, fragte sie, ohne auf Florians letzten Satz einzugehen.

Florian verzog das Gesicht. »Leider nein. Wir wollten sein Handy orten, aber er hatte es ausgeschaltet. Lemkes Truppe hat noch weitere Verstärkung erhalten und das komplette südliche Jagdrevier abgesucht. Vergebens. Der Mann muss Wind von unserer Aktion bekommen haben. Sein Bruder schweigt sich aus. Die Spurensicherung hat das Blockhaus auf den Kopf gestellt. Keine Spuren von menschlichem Blut, keine Kleidung oder sonst irgendetwas, was auf die Opfer hindeuten könnte.« Florian goss Wein in die beiden Gläser und prostete Julia zu.

Diese legte nachdenklich die Stirn in Falten. »Melissa Hornberg wurde nicht auf dem Baum und auch nicht in der näheren Umgebung ermordet. Es gab keinerlei Spuren. Das Werkzeug, mit dem der Holzpflock in ihr Herz getrieben wurde, ist ebenfalls nicht aufgetaucht. Inzwischen liegen mir alle Laborergebnisse vor. Der Täter hat absolut keine organischen Spuren hinterlassen. Selbst unter ihren Fingernägeln befanden sich weder Hautschuppen noch Blut von ihm.« Die Werbung im Fernsehprogramm lief an und war wie immer eine Nuance lauter als der Rest der Sendungen. Genervt griff Julia zur Fernbedienung und wollte leiser schalten. Sie vertippte sich und landete stattdessen auf einem anderen Kanal. Der lokale Sender berichtete über eine neue Ausstellung in Köln. Julia blickte einige Sekunden wie gebannt auf den Bildschirm und schaltete dann aus.

»Wo waren wir stehen geblieben?«

»Dass wir bisher keinerlei Material vom Täter haben«, erinnerte sie Florian. »Weder an der Leiche noch am Tatort oder im Blockhaus der Wengler-Brüder haben wir einen entscheidenden Hinweis gefunden.« Er machte eine Pause und genehmigte sich einen großen Schluck Wein. »Wengler besitzt tatsächlich einen weißen Lieferwagen. Als ich davon erfuhr, war ich mir vollkommen sicher, dass wir den Täter haben. Ich habe sogar gehofft, irgendwo auf dem Grundstück die Moorleiche wiederzufinden. Es ist doch der perfekte Ort für einen Mord. Kein einziger Nachbar, der einem zufällig in die Quere kommen kann.« Er seufzte. »Leider Fehlanzeige. Der Wagen war auch sauber.«

Julia horchte auf. »Er könnte die Spuren doch verwischt haben?«

Florian zögerte. »Im Grunde schon. Aber ob jemand wie Wengler wirklich so gründlich ist?«

»Ich könnte mir vorstellen, dass die Brüder unter einer Decke stecken«, fuhr Julia fort. »Hast du eigentlich das Frauenschlafzimmer im Obergeschoss gesehen? Hat einer der beiden eine Freundin?«

»Das ist das Zimmer von Mario Wenglers Exfreundin. Nach der Vergewaltigung ist sie ausgezogen und er hat das Zimmer seitdem nicht mehr betreten. Sein Bruder behauptet, Wengler hoffe immer noch darauf, dass sie ihm verzeiht und zurückkehrt. Aus seiner Sicht war die Sache damals halb so wild.«

»Halb so wild?« Julia stieß scharf Luft aus. Der Mann hatte gut reden. Sie hatte die Akte genau gelesen. Die Frau verbrachte ganze drei Wochen im Krankenhaus, weil Wengler sie nicht nur vergewaltigt, sondern auch schwer misshandelt hatte.

Florian winkte ab. »Du hast ja recht. Die beiden Brüder sind vollkommen durchgeknallt. Ihre Wahrnehmung entspricht der von Psychopathen. Sie töten Tiere, der eine missbraucht Frauen und beide haben nicht den Hauch eines schlechten Gewissens. Auf ihrem Grund und Boden benehmen sie sich wie Götter und haben auch kein Problem damit, auf Eindringlinge oder gar Polizeibeamte zu schießen. Trotzdem, bisher habe ich keine Verbindung zwischen dem Baummädchen und den Wenglers gefunden. Ich habe vorhin die Festplatten ihrer Computer durchstöbert. Absolut nichts, was die drei gemeinsam hätten. Ich wüsste nicht einmal, wo sie sich über den Weg gelaufen sein sollten.« Florian schwieg und trank noch einen Schluck Rotwein. Dabei lehnte er sich zurück und ließ den roten Saft langsam die Kehle hinunterrinnen. Julia konnte die Bewegungen seines Adamsapfels sehen. Anschließend fuhr er fort: »Wir haben Melissa übrigens eindeutig identifiziert. Anna Schubert hat ihren Bericht vorgelegt. Du kannst morgen gerne einen Blick darauf werfen.«

»Was hast du denn auf ihrem PC gefunden?«, hakte Julia nach, die ihr Glas fast geleert hatte. Der Alkohol entspannte sie angenehm. Obwohl sie noch vor wenigen Minuten lieber alleine gewesen wäre, genoss sie jetzt Florians Anwesenheit. Es war schön, mit jemandem zu reden.

»Nichts Besonderes. Sie war – von ihrem schlimmen Elternhaus einmal abgesehen – ein ganz normaler Teenager.«

»Hatte sie einen Freund?«

»Laut Aussage ihrer Eltern nicht. Aber ich habe gesehen, dass sie ein paar Dates hatte. Das lief alles über eine Internetplattform. Vor einem ihrer Verehrer hat sie sogar behauptet, noch Jungfrau zu sein.« Florian zog vielsagend die Augenbrauen in die Höhe. Offenbar glaubte er nicht daran.

»Aber das war sie«, warf Julia ein. Sie wusste, dass das Mädchen aus schwierigen Verhältnissen stammte. Aber sie war definitiv keine Herumtreiberin gewesen. Jedenfalls keine, die viele Freunde hatte und sich von einem zum nächsten schlief.

»Wirklich?«, fragte Florian ungläubig. »Das hätte ich nicht vermutet. Sie wirkte mit diesem Tattoo so …« Er suchte nach den richtigen Worten.

»Sie war definitiv noch Jungfrau«, wiederholte Julia.

Florian schwieg und starrte in sein Weinglas. Als er bemerkte, dass Julias Glas leer war, schenkte er ihr nach.

Nach einer Weile nahm Julia das Gespräch wieder auf. »Was passiert mit Wenglers Bruder?«

»Er bleibt weiter in Untersuchungshaft. Morgen wird er noch mehrfach verhört werden. Wir wollen ihn mürbemachen, bis er etwas herausrückt. Irgendwie müssen Melissa Hornbergs Fingerabdrücke schließlich auf den Wagen gelangt sein. Außerdem ist er wegen der Schießerei und Verletzung eines Polizeibeamten dran.« Florian sprach langsam. Julia wusste nicht, ob es am Wein lag oder daran, dass er im Hinterkopf über etwas brütete.

»Du sagtest, es waren Fingerabdrücke von drei verschiedenen Personen auf dem Auto. Eine von ihnen war Melissa. Von wem sind die anderen?«, fragte Julia neugierig.

»Von Mario Wengler und einer dritten unbekannten Person. Der Größe nach zu urteilen, stammen sie vermutlich von einem Mann.« Florian machte plötzlich etwas, was Julia zusammenzucken ließ. Er stand auf und setzte sich neben sie auf die Couch. Er war mit einem Mal so nahe, dass sie ihn riechen und seine Wärme spüren konnte. Sie verkrampfte sich unwillkürlich.

»Ich muss mit dir reden«, sagte Florian und sah sie durchdringend an.

Julia schluckte. Ihre rechte Augenbraue zuckte fragend nach oben.

»Du darfst dich nicht noch einmal in Gefahr bringen. Ich war schon geschockt über den Vorfall im Kühlraum des Instituts, aber heute hätte es wirklich lebensgefährlich werden können. Der Mann war bewaffnet und hat kaltblütig um sich geschossen. Du bist nicht ausgebildet und du hättest mir auf keinen Fall folgen dürfen. Im Zweifelsfall hättest du meine Ausgangsposition nur verschlechtert und mir überhaupt nicht beistehen können.« Seine Stimme klang weich und besorgt.

»Aber ich kann ziemlich gut schießen. Mein Onkel ist im Schützenverein und hat uns Kinder oft mit auf den Schießstand genommen«, erklärte Julia protestierend und rückte ein Stück von ihm ab. Seine Nähe war ihr unheimlich. Außerdem war sie ganz und gar nicht seiner Meinung. Sie hätte ihm helfen können. Diesmal hätte sie nicht versagt. Sie dachte an ihren Bruder und an den letzten Tag, an dem sie ihn lebend gesehen hatte. Wieder spulte sich die Szene vor ihrem inneren Auge ab, als sie ihn am Morgen zur Schule begleitete. Sie zitterte unmerklich bei der Erinnerung.

»Ist alles in Ordnung?«, fragte Florian und verringerte die Distanz wieder, die sich eben zwischen ihnen gebildet hatte. Er nahm ihr Weinglas vom Tisch und reichte es ihr. Sie nahm einen kräftigen Schluck. Ihre Kehle war plötzlich wie zugeschnürt, und sie war unfähig, ein Wort über die Lippen zu bringen. Zu heftig brachen die Erinnerungen über sie herein und das Gefühl der Schuld, das sie bis zum heutigen Tag nicht verwunden hatte. Unbewusst wanderten ihre Augen zu dem Regal, das neben dem Fernseher stand. Michaels lachendes Gesicht auf dem Foto im mittleren Fach ließ ihr beinahe die Tränen in die Augen schießen.

»Ich verstehe. Es tut mir so leid«, sagte Florian. Sein Blick war ihrem gefolgt und ruhte auf dem Bild. »Er hatte vor Kurzem Geburtstag, richtig?«

Sie nickte und schwieg, den Blick starr auf die Fußspitzen gerichtet.

»Du hättest ihm nicht helfen können. Du warst doch selbst noch halb ein Kind.« Florian flüsterte heiser. Die Fürsorge in seiner Stimme brachte Julias Selbstkontrolle völlig ins Wanken. Eine Träne schlich sich aus ihrem Augenwinkel. Hastig wischte sie sie weg.

»Es … es ist ganz anders, als du denkst«, brach es aus ihr heraus. Michael stand plötzlich wieder vor ihr. Ein hübscher Zwölfjähriger mit einem mitreißenden Lachen, dessen Augen vor Übermut nur so blitzten. Sie hatten den Weg zur Schule schon fast hinter sich gebracht, wie jeden Tag. Vor dem Eingang stand auf einmal Panik in seinen Augen. »Können wir heute zusammen nach Hause gehen?«, fragte er Julia aus heiterem Himmel, und sie überhörte die plötzliche Angst in seiner Stimme. Ihr Hirn ignorierte die Signale einfach. Warum konnte er nicht alleine nach Hause gehen? Er war schließlich kein Kleinkind mehr. Und Michael war für sein Alter kräftig und auch nicht gerade klein. Sie war mit ihrer besten Freundin zum Shoppen verabredet und freute sich seit Tagen darauf. Sie würden zuerst nach coolen Klamotten gucken und anschließend Eis essen gehen. Sie hatte keine Zeit für Michael. Die bloße Vorstellung, ihren kleinen Bruder mit ins Einkaufscenter schleppen zu müssen, war ihr so peinlich, dass ihr ganz schlecht wurde.

»Du bist doch kein Weichei, oder?«, hatte sie Michael flapsig an den Kopf geworfen und ihre Schritte beschleunigt.

Michael fragte kein zweites Mal. Er zog ein Gesicht wie sieben Tage Regenwetter und schloss wieder zu ihr auf.

»Alles unter Kontrolle«, hatte er schließlich zu ihr gesagt, und das waren die letzten Worte, die sie in ihrem

Leben von ihm gehört hatte. Den Rest des Weges waren sie schweigend nebeneinander gegangen. Selbst vor Michaels Klassenzimmer hatte es kein *Auf Wiedersehen* oder *Tschüss* gegeben, sondern nur ein kurzes Kopfnicken. Ein letzter flüchtiger Blickkontakt, in dem nichts lag als ein schneller Abschied. Sie war froh gewesen, dass er sich nicht aufgedrängt hatte.

Was hätte Julia im Nachhinein darum gegeben, dass er doch nur ein zweites Mal gefragt hätte. Ob sie nachgegeben hätte? Sie wusste es nicht. Vielleicht. Vielleicht auch nicht. Nie würde sie seine letzten Worte vergessen. Sie waren wie mit einem heißen Eisen in ihr Gehirn gebrannt, und dort schmerzten sie bis heute. Sie war nicht auf seine Bitte eingegangen, obwohl sie in jenem Augenblick wusste, dass es nicht richtig war. Wie hatte ihr etwas wichtiger sein können als die Sorgen ihres kleinen Bruders? Warum hatte sie nicht auf ihn gehört?

Erst viel später war herausgekommen, dass er vor einer Teenager-Bande auf den nahen Waldspielplatz geflohen war. Genau in die Fänge eines Kinderschänders, der an dieser Stelle auf ein Opfer lauerte. Michael war einfach nur zur falschen Zeit am falschen Ort gewesen. Ihre Entscheidung, ihn alleine nach Hause gehen zu lassen, hatte fatale Folgen gehabt. Nicht nur für Michael, auch für sie und ihre Eltern.

Während Julia ihren Gedanken nachhing, schwieg Florian. Nach einer Weile sagte er, als wenn er die Stimmen in ihrem Kopf gehört hätte: »Du kannst es mir irgendwann erzählen.« Er gab ihr einen leichten Kuss auf die Wange. »Ich lasse dich jetzt mal alleine.«

Obwohl Julia es ein kleines Bisschen bedauerte, dass er sich verabschiedete, war sie doch froh, dass er Verständnis für sie zeigte. Sie saß noch viele Stunden auf der Couch und grübelte, bevor der Schlaf sie endlich übermannte.

28

»Sei ganz ruhig, meine kleine Nicte«, flüsterte er beinahe zärtlich. Ihre Augen flackerten vor Angst. Sie waren schön groß. Die blauen Pupillen waren mit hellgelben Punkten gesprenkelt. Er hatte sie richtig ausgewählt. Nicte stand für *Blume*, und besser hätte er es nicht treffen können. Er konnte sich nicht sattsehen an ihrer Schönheit. Er musste sie berühren. Seine Erlebnisse mit Muyal und Kinich waren göttlich gewesen, aber Nicte toppte einfach alles. Seine Zellen schütteten Unmengen an Hormonen aus, die ihn so stark berauschten, als stünde er unter Drogen. Nein, es war besser als jede Droge, die er kannte. Ein Zittern durchlief seinen erregten Körper. Es verlief völlig synchron zum Bibbern des Mädchens. Das Gefühl, mit ihr auf diese Weise zu verschmelzen, war einzigartig. Er musste sich zurückhalten. Am liebsten hätte er sie sofort getötet. In seinen Fingern zuckte es. Er wollte sehen, wie die Angst sie weiter lähmte. Wie ihr Entsetzen ins Unermessliche wuchs und das kleine Herz in ihrer Brust so schnell schlug, dass es beinahe heraussprang. Er wollte, dass sie dieselbe Ekstase erlebte wie er. Schwindelerregende Höhen erreichte, durch das Adrenalin, das seine Nieren in großen Mengen produzierten, weil sie so fürchterliche Angst hatte.

Er musste sich beherrschen. Das Ritual musste streng nach den Regeln ablaufen, ansonsten wäre das Opfer vergeudet. Er stöhnte und flüsterte noch einmal den wohlklingenden Blumennamen in ihr Ohr, bevor er sich widerwillig erhob und von ihr abließ. Er ging zu einem Tisch, auf dem er etliche Instrumente ausgebreitet hatte. Zunächst musste er sich davon überzeugen, dass seine Nicte auch tatsächlich geeignet war. Er griff zu einer Lampe und einem Spekulum. Kurz hielt er inne, weil das Gerät Flecken aufwies. Blut, vermischt mit etwas Undefinierbarem, überzog den polierten Stahl. Er wischte mit dem Ärmel darüber. Schon besser. Er probierte das Instrument zwischen seinen Fingern aus. Es funktionierte tadellos. Obwohl er wusste, dass ihm langsam die Zeit davonlief, konnte er es sich nicht verkneifen, seiner Blume das Spekulum zu zeigen. Sie sollte sehen, was er mit ihr vorhatte. Ihre Augen weiteten sich erneut. Er grinste. Gut so, kleine Nicte. Dann legte er das Spekulum zur Seite und nahm eine Schere. Diese Methode war neu. Es ging schneller, als wenn er die Kleidung mühsam mit den Händen ausziehen würde. Er begann an den Hosenbeinen. Zügig entfernte er den leichten Sommerstoff. Den Slip zertrennte er an der Seite mit einem einzigen Schnitt. Dann fuhr er mit der Scherenspitze ganz vorsichtig zwischen ihre Oberschenkel. Er wollte sie nicht verletzen, nur ein bisschen ängstigen. Ein verzweifeltes Gurgeln stieg aus ihrer Kehle. Er hatte sie ruhiggestellt. Diesmal war er sogar noch etwas weitergegangen. Er hatte ein muskellähmendes Mittel besorgt, das es Nicte unmöglich machte, zu sprechen oder sich zu bewegen. Wenn er gewollt hätte, könnte sie in diesem Zustand noch Schmerzen spüren. Doch schließlich war er kein Unmensch. Ihre Angst genügte ihm. Er hatte ihr deshalb auch noch andere Drogen verabreicht. Sie sollte ein würdiges Opfer sein. Eines, das Angst hatte, aber sich trotzdem ruhig in sein Schicksal ergab. So wollten es die Götter. Das Mädchen sollte stolz darauf sein, dass er es auserwählt hatte.

Gespannt zerschnitt er Nictes Oberteil und betrachtete fasziniert die festen kleinen Mädchenbrüste, deren Nippel sich weich zu ihm emporbogen. Er leckte mit der Zunge über eine Brust und erntete ein erneutes Gurgeln aus ihrem Mund. Wie um sie zu necken, wiederholte er das Spiel an der anderen Brust. Ihr jämmerlicher Widerstand amüsierte ihn. Er zwinkerte ihr aufmunternd zu und legte die Schere weg. Jetzt kam das Spekulum an die Reihe. Ungeduldig spreizte er ihre Beine und führte das Instrument gekonnt in ihre Scheide ein. Der Körper des Mädchens bebte, trotz der Medikamente, die es ruhigstellen sollten. Kurz überlegte er, die Dosis zu erhöhen. Wenn Nicte sich bewegte, ruinierte sie am Ende noch alles. Doch seine Neugier war im Moment zu groß. Er musste endlich wissen, ob sie ihn angelogen hatte oder nicht. Er presste das Instrument bis zum Anschlag in sie hinein und drückte anschließend die Griffe zusammen. Dann schaltete er die Taschenlampe ein und beugte sich hinunter. Da war es. Er leckte sich zufrieden über die Lippen. Das kleine Häutchen saß stramm an seinem Platz. Sie hatte also nicht geschwindelt.

»Brav«, sagte er und tätschelte ihren nackten Oberschenkel, als ob er eine nervöse Stute beruhigen wollte. Sie war also noch Jungfrau. Es konnte weitergehen.

29

»Was?« Julia war schlagartig wach. Bis vor wenigen Augenblicken hatte sie noch im Tiefschlaf gelegen. Dann hatte ihr Handy geklingelt und sie hatte schlaftrunken geantwortet. Florians Stimme drang hektisch an ihr Ohr, und Julias Hirn war eine Weile damit beschäftigt, die Informationen zu verarbeiten. Doch als die Nachricht endlich zu ihr durchdrang, hielt es sie keine Sekunde länger im Bett. Sie sprang auf und lauschte ungläubig Florians Worten. Im Moor war noch eine Frauenleiche gefunden worden. Ein Jogger hatte sie am frühen Morgen entdeckt. Einen kurzen Moment lang fragte sie sich, ob es sich um die verschwundene Leiche handeln könnte, die trotz der Großfahndung nach dem Lieferwagen nicht wieder aufgetaucht war. Aber dann verwarf sie den Gedanken und huschte schnell unter die Dusche. Kein Täter war so dreist und führte die Polizei dermaßen an der Nase herum. Es war viel zu gefährlich, an den Tatort zurückzukehren. Andererseits konnte Julia sich nicht vorstellen, dass der neuerliche Fund am selben Ort nichts mit den anderen zu tun haben sollte.

Sie beeilte sich. Zwei Minuten duschen. Fünf Minuten Haare föhnen. Eine Minute anziehen. Sie startete wie fast immer ohne Frühstück und Kaffee in den Tag. Diesmal war Florian ohne sie gefahren, und so brauste sie alleine in ihrem Wagen durch Köln. In Gedanken hing sie diesem verzwickten Fall nach. Ob Mario Wengler hinter dem weiteren Todesfall steckte? Er war schließlich verschwunden, und das musste ja einen Grund haben. Ob er wusste, dass die Kriminalpolizei ihm dicht auf den Fersen war? Hatte er deshalb so schnell ein neues Opfer gesucht? Auch das wäre dreist. Und vor allen Dingen unkontrolliert. Julia stoppte vor einer roten Ampel. Nein, der Täter, den sie im Visier hatten, ging geplant vor. Allerdings war Wengler sicherlich in Panik geraten, nachdem sie gestern sein Haus durchsucht und seinen Bruder verhaftet hatten. Julias Gedanken kreisten in einer Endlosschleife, ohne zu einem konkreten Ergebnis zu kommen. Sie wusste einfach nicht, was in einem solchen Täter vor sich ging. Ihre Augen blieben an einer Plakatwand neben der Ampel hängen. Etwas in ihrem Inneren regte sich, als ihr Blick über die Werbung glitt. Leuchtende Farben und unbekannte Symbole lösten eine Erinnerung aus den Tiefen ihres Gedächtnisses, die zögerlich an der Oberfläche auftauchten. Die Ampel wechselte auf Grün, und Julia gab Gas. Der Gedanke tauchte wieder unter.

Zwanzig Minuten später parkte sie auf genau demselben Parkplatz, auf dem sie schon vor ein paar Tagen gestanden hatte. Die Szenerie war ein einziges Déjà-vu. Rot-weiße Absperrbänder bewegten sich sanft bei jedem Luftzug. Einsatzfahrzeuge der Polizei füllten den Parkplatz. Die Wiese, über die der Weg zum Moor führte, war noch genauso vertrocknet, und Florian stand an derselben Stelle wie beim letzten Mal. Nur seine Körperhaltung war anders. Angespannt und irgendwie trotzdem voller Kraft. Julia erkannte Trauer gepaart mit Freude in seinem Gesicht. Es war eine merkwürdige Kombination, die in dieser Form eigentlich nicht vorkam. Sie beschleunigte ihre Schritte. Als sie ihn erreichte, wurden ihr seine widersprüchlichen Gefühle schlagartig klar.

»Das gibt es doch gar nicht«, stieß sie aus und ging in die Hocke, ohne Florian zu grüßen oder seinen Kollegen Beachtung zu schenken. Ihre Augen glitten über den toten Körper, der sich überhaupt nicht verändert hatte. Die Tote sah noch ganz genauso aus. Julia blinzelte nervös.

Die Augen der Toten standen offen und blickten stumpf in den Sommerhimmel. Nur ihr Gesicht lag nicht im Wasser. Der Täter hatte den Kopf auf der gleichen Holzkonstruktion abgelegt, die sie vor ein paar Tagen sichergestellt hatten. Es war noch früh am Morgen, keine Wolke trübte den Himmel. Die Sonne strahlte kräftig und legte einen goldenen Schimmer auf die ebenmäßigen Gesichtszüge des Mädchens. Die blauen Augen waren ausgetrocknet, trotzdem leuchtete die Iris, als wenn das Leben jederzeit in sie zurückkehren könnte. Julia wurde schwer ums Herz. Sie hatten die Moorleiche wieder. Doch unter welchen Umständen?

»Diesmal wird sie von mehreren Einsatzwagen eskortiert«, durchbrach Florian die Stille. »Ich fasse es nicht, dass der Täter es fertigbringt, die Leiche erst zu entwenden und sie dann ein paar Tage später am selben Ort wieder abzulegen. Was zum Teufel bezweckt er damit?« Florian blickte Julia mit einem Ausdruck an, als wenn sie die Antwort auf seine Frage wüsste.

Sie zuckte mit den Achseln. »Du hast doch gesagt, er wollte sie vielleicht ehren. Falls er tatsächlich ein bestimmtes Ritual durchführt, muss sie vielleicht eine gewisse Zeit an einem bestimmten Ort liegen. Wer weiß schon, welche Art von Wahnvorstellungen er an seinen Opfern auslebt.«

Florian sah sie an, als hätte er eine Erleuchtung. »Kann mir mal jemand die Karte von diesem verdammten Naturschutzgebiet geben?« Seine Kieferknochen traten hervor. Er schien angestrengt nachzudenken.

»Wenn er ein Ritual durchführt, dann müssen die Plätze, an denen er sie ablegt, einen bestimmten Zweck erfüllen. Überleg doch mal, was hat eine Tote auf einem Baum mit einer Leiche im Moor gemeinsam?«

Julia schürzte die Lippen. Sie hatte keine Antwort auf diese Frage.

»Ich schlage vor, ich obduziere sie sofort. Vielleicht können wir sie identifizieren. Es gab ja einige vermisste Mädchen, deren Daten zu der Toten passen würden.«

»Mach das«, entgegnete Florian geistesabwesend. »Sobald du fertig bist, rufe mich bitte an.«

Julia ließ Florian zurück. Noch von Weitem konnte sie seine Silhouette vor dem blauen Sommerhimmel sehen. Er stand über den Plan des Naturschutzgebietes gebeugt und regte sich nicht. Hoffentlich kam er auf den richtigen Ansatzpunkt, dachte Julia und gab dem Fahrer des Leichenwagens das Zeichen zur Abfahrt. Diesmal fuhr sie direkt hinterher, gefolgt von drei weiteren Polizeiautos. Noch einmal würde die Moorleiche nicht verschwinden. Dafür würde sie sorgen.

Sie nahmen die Strecke über die Autobahn. Anschließend folgte ein Stück durch die Kölner Innenstadt. Die zahlreichen Ampeln nervten Julia. Sie hielten mittlerweile zum fünften Mal. Ihr Blick ging zur Uhr. Wenn das so weiterging, würde sie nicht nur das Frühstück, sondern auch noch die Mittagspause streichen müssen. Ihre

Augen wanderten frustriert über die Straße und betrachteten das bunte Treiben. Menschen eilten in alle Richtungen. Mütter zerrten ihre Kinder hinter sich her oder schoben sie in Wagen durch die Stadt. Links hatte ein Bäcker sein Ladenlokal, das ganz offensichtlich sehr beliebt war. Die Stehtische vor den großen Fensterscheiben waren voll besetzt. Ein Mann kam heraus und biss herzhaft in ein belegtes Brötchen. Julias Blick schweifte weiter zu einer Plakatwand, von der ihr ein bekanntes Bild entgegenleuchtete. Es war dieselbe Werbung, die sie schon auf der Hinfahrt gesehen hatte. Diesmal betrachtete sie das Bild genauer. Es warb mit bunten Symbolen für eine neue Ausstellung. Julia sah eine blaue Wellenlinie, gefolgt von einem Zeichen, das sie an eine Wolke erinnerte. Ein gelber Kreis prangte über dem leuchtenden Blau. Unter den Symbolen verteilten sich kryptische Buchstaben in einem Halbkreis.

Doch noch etwas erregte Julias Aufmerksamkeit und brachte ihre Nerven ganz plötzlich zum Vibrieren. Die Anordnung der Symbole schien einer bestimmten Systematik zu folgen. Sie bildeten einen Kreis, und das Wichtigste daran war, dass dieser Kreis von Linien durchbrochen wurde, die sie an einen aufgeschnittenen Kuchen denken ließen. Julia starrte hypnotisiert auf die Tortenform. Die Ampel sprang auf Grün, aber sie reagierte nicht. Auch nicht, als der Polizeiwagen hinter ihr hupte. Julia zerrte, ohne den Blick abzuwenden, ihr Handy hervor und machte ein Foto. In ihrem Kopf setzten sich die einzelnen Puzzleteile zu einem Bild zusammen. Endlich formte sich eine Idee von dem, was den Täter antreiben könnte. Der Polizeiwagen hupte erneut. Julia warf das Handy auf den Beifahrersitz und gab Gas.

30

Kurz vor dem rechtsmedizinischen Institut wendete Julia mit quietschenden Reifen. Ein Ford, der wegen ihres Fahrmanövers eine Vollbremsung hinlegen musste, kam keine fünf Zentimeter vor einem möglichen Zusammenprall mit ihrem Wagen zum Stehen. Der Fahrer hupte wütend. Er ließ die Scheibe herunter und brüllte seinen geballten Zorn heraus. Seine Gesichtsfarbe glich der leuchtenden Farbe einer reifen Tomate. Julia sah ihn aus leeren Augen an. Sie ignorierte den tobenden Mann, denn ihre komplette Aufmerksamkeit galt einer anderen Sache. Vor wenigen Minuten hatte sie Florian ein Foto des Werbeplakats geschickt. Als ihr Telefon klingelte, ging sie zuerst davon aus, dass er sie deswegen anrief. Aber sie lag falsch.

Florian hatte eine ganze Weile auf die Landkarte des Naturschutzgebietes gestarrt. Wiederholt hatte er sich zwei Dinge gefragt: Warum fanden sich die beiden toten Mädchen so dicht beieinander und was war die Gemeinsamkeit zwischen einer luftigen Birke und einem nassen, schwarzen Moor? Sein Gehirn hatte die vorliegenden Fakten von allen Seiten beleuchtet. Immer und immer wieder drehte er sich im Kreis. Die Landkarte schien zunächst auch keine Lösung des Problems zu liefern. Als er schon fast aufgeben und zu Julia ins Institut fahren wollte, um möglichst viel von der Obduktion der Moorleiche mitzubekommen, durchzuckte ihn auf einmal die Erkenntnis. Es ging gar nicht um die Orte selbst, sondern um die Elemente, die sie repräsentierten. Luft und Wasser. Nachdem diese Einsicht in seinen Geist geschossen war, kanalisierten sich plötzlich alle seine wirren Gedanken auf einen Punkt. Es gab vier Elemente des Lebens, die in verschiedenen Religionen und Kulturen häufig auftauchten: Luft, Wasser, Feuer und Erde.

Für das Element Feuer hatte Florian keine zündende Idee, aber Erde war in dem Naturschutzgebiet reichlich zu finden. Drei wesentliche Komponenten prägten diese Landschaft: Moor, Wald und Wiese. Das feuchte Moor stand für Wasser, der Wald – mit seinen hohen Bäumen, die weit in den Himmel ragten – für Luft und die reichen Wiesenflächen mit ihren vielfältigen Gräsern und Blumen könnten für das Element Erde stehen. Florian markierte die Stellen auf der Karte, an denen die beiden Leichen gefunden worden waren. Spontan setzte er einen dritten Punkt mitten in die Wiesenfläche. Drei Punkte für drei Elemente. An den zwei ersten Punkten hatten sie jeweils ein totes Mädchen gefunden. Florian starrte auf den dritten Punkt und fragte sich, ob auch der Mörder an diese Stelle gedacht hatte. Die Markierung lag in einem auf der Karte grün-braun schraffierten Gebiet. Erde. Seine Gedanken überschlugen sich, und dann lief er einfach los, ohne seine Kollegen einzubinden. Er benötigte keine zehn Minuten. Mit hämmerndem Herzen hetzte er los, bis er zu einer Blumenwiese gelangte. Hätte er nicht seine dritte Markierung im Hinterkopf gehabt, vielleicht hätte er das Mädchen nicht bemerkt. Doch so steuerte er direkt darauf zu. Wie angewurzelt blieb er stehen und starrte auf ein nacktes Mädchen, dessen Augen mit Blumen bedeckt waren. Er schauderte bei dem Anblick.

Das Nächste, was er tat, war, alle Einsatzkräfte zurückzubeordern. Nur die Eskorte für den Leichenwagen musste ihre Aufgabe zu Ende führen. Alle anderen Kollegen, die sich auf die lang ersehnte Mittagspause gefreut hatten, mussten darauf verzichten. Für sie fing die Arbeit jetzt erst an.

Julia brauchte gut dreißig Minuten, um wieder vor Ort zu sein. Sie wartete, bis die Fotografen ausreichend Fotos vom Opfer und der näheren Umgebung gemacht hatten.

»Sie ist nicht blond«, stellte sie fest, die Augen auf die dunkle Lockenmähne der Toten geheftet.

»Das ist richtig, auf den ersten Blick passt sie nicht in das bisherige Frauenschema«, antwortete Florian zustimmend. »Es muss etwas anderes sein, das die Opfer verbindet. Sie sind alle sehr jung. Vielleicht haben sie dasselbe Hobby, denselben Reittrainer oder Ähnliches. Sobald wir die Leichen identifiziert haben, werden wir es herausfinden.« Florians Stimme klang optimistisch. Er wusste, dass die Chancen auf Klärung dieser Mordfälle mit Rückkehr der Moorleiche und der neuen Toten gestiegen waren. Niemand brachte drei Frauen um, ohne sich über kurz oder lang irgendwie zu verraten. Selbst wenn es nur eine bestimmte Systematik war, nach der der Täter vorging, so wurde sie mit jedem neuen Mord durchschaubarer und konnte aufgedeckt werden.

Julia ging in die Hocke. Sie hatte sich Handschuhe übergezogen und löste mit einer Pinzette vorsichtig die Blütenblätter von den Augen des Mädchens.

»Ihre Augen sind ebenfalls blau wie die der anderen beiden«, stellte sie fest und betrachtete den Hals, auf dem eine rote Linie quer über der Kehle verlief. Der Schnitt war nicht breit, aber dafür sehr tief. Die Wundränder waren glatt und Julia ging deshalb von einer scharfen, nicht gezahnten Mordwaffe, wahrscheinlich einem Skalpell, aus. Das Mädchen musste innerhalb von Sekunden tot gewesen sein. Auch an ihrem Körper konnte Julia auf Anhieb keine Abwehrverletzungen erkennen. Sie vermutete, dass der Täter sie wie Melissa Hornberg mit Drogen ruhiggestellt hatte. Beim Blick auf den Bauch des Opfers sah sie ein altbekanntes Bild.

»Hast du dir eigentlich das Foto von der Maya-Ausstellung angesehen, das ich dir geschickt habe?«

Florian nickte. »Ich kenne mich mit der Maya-Kultur nicht sonderlich gut aus, wir sollten diese Ausstellung irgendwann einmal besuchen.« Er schien mit den Gedanken weit weg zu sein. »Ich grübele die ganze Zeit darüber.« Sein Finger zeigte auf das Tattoo auf dem Unterbauch des Mädchens. Farbige Kreise in leuchtenden Farben fanden sich darauf.

Julia erhob sich und stellte sich vor Florian auf. »Erkennst du den Zusammenhang denn nicht?«

Florians Blick, der immer noch in die Ferne gerichtet war, erwachte plötzlich zum Leben. Seine Augen fixierten sie. »Was?«

»Na, den Zusammenhang«, wiederholte Julia.

»Ich frage mich die ganze Zeit, wie das Element Feuer zu interpretieren ist«, erklärte Florian. Sein Blick schweifte wieder in die Ferne. »Irgendwie glaube ich, dass da draußen noch ein totes Mädchen ist.«

Julia verstand kein Wort. Wovon zum Teufel redete er da? Sah er denn nicht, dass die Tattoos auf der Haut der Mädchen Maya-Symbole darstellen sollten? Sie hatte ihm das Foto des Ausstellungsplakats kommentarlos geschickt, weil sie davon ausgegangen war, dass er ihre Gedanken nachvollziehen könnte. Aber Florian war offenbar völlig woanders.

»Ich kann dir zur Maya-Kultur nur so viel sagen, dass sie verschiedene Götter verehrten und Menschenopfer an der Tagesordnung waren«, antwortete sie. »Aber die vier Elemente des Lebens finden sich überall in ihrer Kultur wieder. Was mir viel größere Sorgen bereitet, ist die Tatsache, dass wir drei tote Mädchen haben. Auf ihnen befinden sich Tattoos, die jedoch Teile eines Gesamtbildes sind.« Sie machte eine Pause, um sich zu vergewissern, dass Florian ihr folgen konnte. Ihre Finger zeichneten die Grundform des Tattoos nach. »Das ist ein Zehntel eines Kreises. Verstehst du, Florian? Es geht nicht nur um die vier Elemente, sondern um zehn Tattoos. Wir müssen diesen Verrückten unbedingt finden, denn er wird unmöglich bei drei Mädchen aufhören.«

Endlich ging ein Ruck durch Florian. »Zeig mal«, sagte er und nahm Julias Handy in die Hand, auf dem das Foto von dem Ausstellungsplakat leuchtete. Er betrachtete die bunten Symbole stirnrunzelnd.

»Mmh, und wie passt Mario Wengler in dieses Bild?«

Julia zuckte mit den Achseln. »Keine Ahnung. Lass es uns herausfinden.«

31

»*Alle drei Mädchen wurden medikamentös und mit Alkohol ruhiggestellt. Die zuletzt aufgefundene Frauenleiche weist zudem Spuren eines muskellähmenden Mittels auf. Die Tattoos, die allen Frauen unterhalb des Bauchnabels gestochen wurden, sind nicht älter als vierzehn Tage. Sowohl die verwendete Nadel als auch die Farbpigmente sind identisch.*« Julia überflog die letzten Zeilen ihres Autopsieberichtes. Sie griff selbst in die Tasten und verzichtete auf das Diktieren, denn der Bericht sollte so schnell wie möglich fertig werden. Eine zentrale Erkenntnis hatten sie jetzt jedenfalls gewonnen. Es handelte sich definitiv um ein und denselben Täter. Schließlich stammten nicht nur die Tattoos aus derselben Nadel, auch die Talkumspuren – vermutlich von Gummihandschuhen des Mörders – und die Seifenreste, die an den Leichen gefunden wurden, waren identisch. Die Mädchen wurden, bis auf die Moorleiche, nicht am Fundort getötet und vom Blut gereinigt. Die Frau aus dem Moor wurde an Ort und Stelle ertränkt. Möglicherweise hatten den Täter einfach praktische Gründe dazu bewogen, vielleicht steckte aber auch mehr dahinter. Julia war sich sicher, dass Florian die Motive des Mörders herausfinden würde.

»Kann ich jetzt nach Hause gehen?« In der Bürotür erschien ihr Assistent Emanuel. Sein Gesicht war farblos. Er wirkte erschöpft. Sie hatten die Autopsien der beiden Mädchen in Rekordzeit und ohne Unterbrechung durchgeführt. Es war kein Wunder, dass er jetzt müde war. »Ich habe alles aufgeräumt und desinfiziert. Die Leichen sind wieder im Kühlraum«, fügte er hinzu und wartete auf Julias Antwort. Diese tippte zuerst den begonnenen Satz zu Ende, dann schob sie die Brille den Nasenrücken hinauf und sah Emanuel an.

»Mach das. Ich beende den Bericht und fahre anschließend zu Florian Kessler. Wir müssen noch ein paar Dinge besprechen. Denkst du bitte daran, die Türen abzuschließen? Seit dem Vorfall im Kühlraum bin ich vorsichtiger geworden.«

Die Müdigkeit aus Emanuels Miene verschwand. »Ich habe ganz vergessen, dir zu sagen, dass der Kerl geschnappt wurde.«

»Was?« Überrascht nahm Julia die Brille von der Nase. »Wann? Wie?«

Emanuel trat ein und schloss die Tür hinter sich, nicht, ohne sich vorher noch einmal umzuschauen. Bevor er fortfuhr, machte er eine bedeutungsvolle Pause. »Der Kerl hat sich nicht nur bei uns, sondern auch in anderen Bereichen herumgetrieben. Gestern Morgen hat ihn ein Hausmeister bei den Toxikologen erwischt. Der Kerl hatte es sich im Keller gemütlich gemacht und wollte sich gerade einen Joint anzünden, als er aufgegriffen wurde. Zuvor hat er sämtliche Kellerräume nach Brauchbarem durchstöbert. Das war ein Junkie auf der Suche nach einem ruhigen Platz für seinen nächsten Schuss.«

»Das ist ja interessant. Welcher Hausmeister hat ihn entdeckt?« Der Sache musste Julia nachgehen.

»Der alte Lücke«, sagte Emanuel und öffnete die Tür. »Ich wünsche dir noch einen schönen Abend.«

Julia nickte und beendete den Bericht. Dann druckte sie ihn aus und verstaute die Seiten in ihrer Handtasche. Florian sollte die Ergebnisse als Erster zu Gesicht bekommen. Auf dem Weg nach draußen schlug sie nicht den üblichen Kurs in die Tiefgarage ein, sondern begab sich ans andere Ende des Gebäudekomplexes. Alfons Lücke, einer der Hausmeister, wohnte dort in einer Vierzig-Quadratmeter-Wohnung. Dahinter schloss sich der Melaten-Friedhof an das Gelände an, für den Lücke ebenfalls Aufträge im gärtnerischen Bereich erledigte. Er war ein freundlicher, zuvorkommender Mensch. Julia mochte ihn und sein Schicksal rührte sie. Obwohl sie ihn nie selbst darauf angesprochen hatte, glaubte sie der Gerüchteküche, die am Institut stetig brodelte. Demnach hatte Lücke bei einem selbst verschuldeten Verkehrsunfall vor einigen Jahren Frau und Kind verloren. Daraufhin hatte er sein Haus verkauft und war in die kleine Mietwohnung am Friedhof gezogen. Auch seinen alten Job als Versicherungsvertreter hatte er aufgegeben. Er konnte den Menschen nicht mehr in die Augen sehen, weil er glaubte, seine Schuld stünde ihm ins Gesicht geschrieben. In seiner Miene fanden sich tiefe Falten und trotz seines freundlichen Wesens strahlten seine Augen eine schwere Melancholie aus.

Sie näherte sich der Wohnungstür und klingelte. Es dauerte nicht lange, und Alfons Lücke öffnete.

»Dr. Schwarz? Was kann ich für Sie tun? Es ist doch hoffentlich nichts passiert?«

»O nein. Ich habe nur gehört, dass Sie gestern jemanden gestellt haben, der sich unberechtigt auf unserem Gelände herumgetrieben hat.«

Lücke strahlte. »Ja, seit Sie diesen schrecklichen Vorfall gemeldet haben, gehe ich jeden Abend noch drei Zusatzrunden. Ich weiß, dass auch der Sicherheitsdienst aufgestockt wurde. Aber ich fühle mich persönlich für die Sicherheit unserer Mitarbeiter verantwortlich.« Er warf ihr einen Blick zu, wie um ihr klarzumachen, dass er sich hauptsächlich um Julias Wohlergehen sorgte. »Ich prüfe noch einmal alle Türen und Fenster. Sehe nach, ob die Leute von der Sicherheitsfirma ihren Dienstplan einhalten, und ich schaue mir jeden Keller an. Gestern habe ich den Einbrecher im Keller bei den Toxikologen erwischt. Kommen Sie doch kurz rein. Dann zeige ich Ihnen ein Foto von dem Mann.« Er öffnete die Tür weiter, und Julia machte drei Schritte in den Flur hinein, der kaum die Größe einer winzigen Abstellkammer hatte. Sie fühlte sich beengt und schlang unbewusst die Arme um ihren schlanken Körper. Der Hausmeister schlurfte in das Wohnzimmer und kam mit seinem Smartphone zurück. »Ich habe dieses Ding erst seit ein paar Wochen. Aber ich muss sagen, dass die Kamera ihren Zweck schon jetzt erfüllt hat. Schauen Sie mal.«

Julia schob die Brille hoch. Ihr stockte der Atem. Das war tatsächlich der Mann, der sie im Kühlraum der Autopsie umgerannt hatte. Sie erkannte ihn auf den ersten Blick. Die Körperhaltung und die Gestalt des Mannes hatten sich in ihr Gedächtnis eingebrannt. Es gab keinen Zweifel.

»Was hat er denn im Keller gesucht?« Sie spürte Erleichterung. Die Nervosität, die sie in letzter Zeit überfallen hatte, wenn sie alleine im Institut arbeitete, fiel von ihr ab wie Herbstlaub in einem Sturm. Ein Lächeln entspannte ihre Gesichtszüge.

»Also …« Lücke breitete die Arme aus und holte tief Luft, bevor er weiter ausholte. »Zuerst habe ich ihn gar nicht bemerkt. Die Toxikologen sind nicht gerade die Ordentlichsten. Sie können sich gar nicht vorstellen, wie oft ich dort bereits das Licht löschen musste.« Er schüttelte den Kopf. »Wie auch immer. Ich habe den Typen gar nicht gesehen. Er hat hinter ein paar Kartons gehockt, und erst als ich schon fast auf dem Weg nach draußen war, habe ich ein merkwürdiges Geräusch gehört. Da bin ich zurück. Natürlich nicht, ohne mir vorher einen Besen zu schnappen.« Wieder machte Lücke eine bedeutungsvolle Pause. »Es war das Klacken eines Feuerzeuges. Der Kerl hat sich in aller Ruhe einen Joint angezündet. Seine Pupillen waren groß wie Garagentore, als er mich entdeckt hat. Er hat nur gelallt und auch überhaupt keinen Widerstand geleistet. Ich habe die Polizei gerufen. Die haben ihn erst einmal in eine Zelle gesteckt.« Er hob den Zeigefinger und fuhr damit durch die Luft. »Er ist wegen der Drogen dran. Ihm einen Einbruch nachzuweisen, wird schwierig. Aber wenn Sie den Typen wiedererkennen, können sie ihm vielleicht noch so etwas wie Körperverletzung anhängen.« Der Hausmeister setzte ein wissendes Grinsen auf. »Der wird Sie jedenfalls so schnell nicht wieder belästigen.«

»Ich werde das auf alle Fälle verfolgen. Ich danke Ihnen«, sagte Julia und reichte Lücke zum Abschied die Hand. Der lächelte. Seine Augen funkelten vor Stolz. »Das habe ich doch gerne gemacht.« Er hielt ihre Hand länger als nötig.

Dann machte sich Julia auf zu ihrem Auto und fuhr ohne Umwege zum Polizeirevier, wo sie keine zehn Minuten später an Florians Bürotür klopfte.

»Da bist du ja endlich«, sagte Florian zur Begrüßung und richtete seine Augen sofort wieder auf den Bildschirm.

»Konntest du die beiden Mädchen identifizieren?«, wollte Julia wissen.

Er drehte den Bildschirm zu ihr herum. Darauf waren Fotos von vielleicht zehn jungen Frauen zu sehen. »Das sind Frauen aus unserer Vermisstendatei, die infrage kommen könnten.«

Julia schob die Brille hoch und trat näher. »Die Obduktionen sind abgeschlossen.« Sie übergab Florian den Bericht. »Auf einige Laborergebnisse muss ich allerdings noch warten. Ich hoffe, dass auch der Zahnstatus Klarheit schafft. Beide Mädchen hatten Zahnfüllungen. Das sollte uns eigentlich schnell zu einem Ergebnis führen.« Sie schwieg und betrachtete konzentriert die Fotos. Dann deutete sie auf zwei Mädchen. »Ich denke, die beiden sind es.«

Sandra Polkert und Janina Schuchardt passten wie die Faust aufs Auge. Sandra Polkert schien das tote Mädchen aus dem Moor zu sein. Blond, blaue Augen und ein extrem symmetrisches, wohlgeschnittenes Gesicht. Sie machte eine Ausbildung zur Großhandelskauffrau bei einem großen Handelskonzern und war seit fast zwei Wochen verschwunden. Janina Schuchardt war die Tote von der Blumenwiese. Julia erkannte sie an den hellen Punkten in ihren Augen wieder. Sie waren markant und zauberten dem Mädchen selbst im Tod noch einen glitzernden Schimmer in den leeren Blick. Im Gegensatz zu den anderen beiden hatte sie eine dunkle Lockenmähne. Es handelte sich um eine Schülerin, die kurz vor dem

Abitur stand. Sie war erst vor wenigen Tagen als vermisst gemeldet worden.

»Ich versuche seit Stunden verzweifelt, einen Zusammenhang zwischen Mario Wengler und Melissa Hornberg herzustellen. Ich habe nur eine einzige Verbindung herausgefunden, und ich will wissen, ob sie auch zu den anderen beiden Mädchen besteht«, erklärte Florian.

Julia machte große Augen.

»Sie waren in derselben Partnerbörse im Internet aktiv. Allerdings konnte ich nicht herausfinden, ob sie auch untereinander in Kontakt standen. Ich habe das eben erst entdeckt. Wengler hat einen anderen Namen benutzt und deshalb habe ich es beim ersten Mal übersehen. Ein Computerexperte versucht gerade herauszufinden, ob die beiden sich kannten. Es ist ja nicht sonderlich selten, dass sich ältere Männer ein Fake-Profil zulegen und versuchen, sich mit jungen Mädchen zu treffen.«

Julia dachte an das schreckliche Blockhaus des Mannes und an das schlechte Handynetz. Sie konnte sich nicht vorstellen, dass Wengler überhaupt einen Internetzugang hatte und im Netz aktiv war.

»Habt ihr Wengler denn mittlerweile geschnappt oder noch etwas aus seinem Bruder herausbekommen?«

Florian schüttelte den Kopf. »Nein. Es ist frustrierend. Mario Wengler ist wie vom Erdboden verschluckt und sein Bruder schweigt sich aus. Inzwischen hat er einen Anwalt. Jetzt werden wir erst recht nichts mehr von ihm erfahren.« Er richtete den Blick wieder auf seinen Computer und tippte etwas ein. »So, du meinst also Sandra und Janina. Mmh … kein Treffer. Wie wäre es mit Sandy.« Er drückte auf die Entertaste und wartete gespannt.

»Das ist sie doch. Das ist Sandra«, stieß Julia aus, die jede von Florians Aktionen mitverfolgte.

»Und dann haben wir noch Janina oder vielleicht auch Jani.«

Wieder tauchten Profilbilder von Nutzern der Kontaktbörse auf.

»Dort unten. Scrolle doch mal runter«, forderte Julia Florian auf.

Er tat, wie ihm geheißen, und das Bild eines brünetten Mädchens erschien auf dem Bildschirm.

»Du meine Güte, wieder ein Treffer«, flüsterte Florian heiser. »Ich glaube, wir kommen der Sache langsam näher. Alle drei Mädchen und unser Verdächtiger waren im selben Netzwerk angemeldet.«

Er nahm den Telefonhörer und informierte den Internetexperten über seine Entdeckung. Vielleicht konnte dieser im Laufe der nächsten Stunden herausfinden, ob Täter und Opfer sich kannten und untereinander in Kontakt gestanden hatten.

»Und was jetzt?«, fragte Julia. »Willst du die Suche nach Wengler verstärken?«

Florian rieb sich müde die Schläfen. »Mehr geht leider nicht. Mein Chef hat mir eine Riesentruppe zur Verfügung gestellt. Sogar eine Drohne, die regelmäßig das Waldgebiet überfliegt, sucht nach ihm. Ich fürchte, wir müssen Geduld haben und abwarten.« Er tippte auf Julias Autopsiebericht. »Ich werde eine Einheit losschicken, die die umliegenden Tattoostudios besuchen soll. Vielleicht werden die Mädchen wiedererkannt.«

»Das wäre eine Möglichkeit. Habt ihr eigentlich mal überprüft, ob Wengler noch andere Immobilien besitzt?«, fragte Julia, die im Geist die bisherigen Fakten durchging.

Florian antwortete nicht sofort, sondern nahm ein Papier von einem Stapel auf seinem Schreibtisch und reichte es ihr. Es war ein Grundbuchauszug, der mehrere Waldstücke auswies, die sich in Wenglers Besitz befanden. Auch seinem Bruder gehörten etliche Flächen.

»Weitere lebende Verwandte gibt es nicht«, griff Florian Julias nächster Frage vor. »Auf den Grundstücken befindet sich nur Wald. Wir haben alles abgesucht, auch nach Holzverschlägen, leider haben wir nichts gefunden. Ich habe offen gestanden keine Ahnung, wo er die Mädchen getötet haben könnte.«

Julia nickte nachdenklich. Das war in der Tat ein großes Rätsel. Egal, wo er sie ermordet hatte, dort musste es Spuren geben. Blutspuren ließen sich so gut wie gar nicht vollständig beseitigen. Sie konnten mit Speziallampen und einer Kontrastlösung sichtbar gemacht und auch chemisch in geringsten Mengen nachgewiesen werden. Julia dachte an Melissa Hornberg, die mit einem Holzpflock durchs Herz getötet wurde. Das Mädchen hatte massenhaft Blut verloren. Es musste irgendwo sein. Dasselbe galt für das neue Opfer, dem die Kehle durchtrennt worden war. Der Schnitt war so tief, dass ihm das Blut in einer regelrechten Fontäne aus dem Hals gespritzt sein musste. Kein Täter konnte solche Spuren verwischen. Sie waren selbst Jahre später noch nachweisbar.

»Und wenn es gar nicht Wengler war?«, fragte Julia, die sich nicht vorstellen konnte, dass ein Mann wie Wengler tatsächlich aktiv im Internet unterwegs war.

Florian zuckte mit den Achseln. »Im Moment gehört er zu den Verdächtigen, genauso wie sein Bruder. Während du die Leichen obduziert hast, habe ich den zuständigen Förster befragt. Der hat mir erzählt, dass sich einige Vogelbeobachter immer wieder im Naturschutzgebiet herumtreiben. Einen Namen konnte er mir nennen. Der Mann wird zurzeit überprüft.«

»Vogelbeobachter?« Julia schüttelte ungläubig den Kopf. »Das erklärt aber nicht das Hühnerblut, das wir auf Melissa Hornbergs Kleidung gefunden haben. So jemand würde doch niemals ein Huhn töten.«

Florian zog eine Schnute. »Genau das ist das Problem. Egal, in welche Richtung wir in diesem Fall laufen, es ist stets eine Sackgasse. Wenn wir nicht bald auf eine vernünftige Fährte stoßen, bekommen wir die Mordserie nicht gestoppt.«

Julia dachte an die Tattoos, die offenbar Teile eines Kreises darstellen sollten. Sieben Teile fehlten. Florian zog die Karte des Naturschutzgebietes zu sich heran.

»Wir haben uns doch heute Morgen über die vier Elemente des Lebens unterhalten. Seitdem habe ich ununterbrochen nach einem Ort, der für Feuer stehen könnte, gesucht.« Seine Finger fuhren von der Mitte des Blattes aus nach oben. Julia erkannte das Symbol für eine Tankstelle.

»Du lieber Himmel«, entfuhr es ihr. »Du glaubst, dort wird noch ein Opfer auftauchen?«

32

Sie war nicht ganz so schön wie Nicte, seine Blume. Aber ihre Ausstrahlung machte alles wieder wett. *Itzanami* lag vor ihm mit weit aufgerissenen Augen. Augen, die klug waren und wussten, was geschehen würde. Itzanami war der Name, der für die Weisheit stand. Obwohl das Mädchen blutjung war, strahlte sie diese Weisheit aus. Wahrscheinlich hatte sie selbst davon keine Ahnung, aber er hatte das sofort erkannt. Ihre Magie stellte Nictes Schönheit beinahe in den Schatten. Er hatte Itzanami gründlich untersucht. Sie war perfekt. Natürlich hatte er bei ihr nichts anderes vermutet. Sie war eine lupenreine Jungfrau. Vom ersten Moment an hatte er ihre Unerfahrenheit gespürt. Außerdem war sie jung, extrem jung. Aber das Alter spielte nur eine untergeordnete Rolle. Die Mädchen mussten unberührt sein. Sie zerrte an ihren Fesseln und versuchte, trotz des Knebels im Mund zu schreien. Amüsiert betrachtete er ihren hochroten Kopf, die wilde Haarmähne und die funkelnden Augen. Sie hatte so viel Energie und eine erstaunliche Kraft. Sogar die Angst war für den Moment aus ihrem Blick gewichen. Kurz überlegte er, sie *Tohil* zu schenken, denn das Feuer in ihren Augen wäre auch seiner würdig gewesen. Aber als er ihren Mut schwinden sah, nachdem er sein nächstes Werkzeug in die Hand genommen hatte, beließ er es bei seinem alten Plan.

33

»Herzlich willkommen, Frau Dr. Schwarz. Es freut mich sehr, Ihre Bekanntschaft zu machen.« Professor Wolfgang Martinssen deutete einen Handkuss an. Beinahe hätte Julia ihre Hand zurückgezogen, doch sie beherrschte sich im letzten Augenblick. Der Mann erinnerte sie an Dr. Jones beziehungsweise Harrison Ford. Zwar war er ganz sicher doppelt so schwer und auch die Gesichtszüge waren anders, aber seine Kleidung hätte glatt aus einem Indiana-Jones-Film stammen können. Der Mann trug kakifarbene Jeans mit Hosenträgern, ein ebenso kakifarbenes Hemd und einen ausgeblichenen Lederhut, den er zur Begrüßung vom Kopf genommen hatte. Er ließ den Blick über Julia schweifen, als wäre sie ein interessantes archäologisches Objekt. Dann wandte er sich Florian zu und begrüßte diesen ebenfalls.

»Wir schließen eigentlich in einer halben Stunde, aber ich habe die Dringlichkeit Ihrer Anfrage verstanden und mache heute dafür selbstverständlich eine Ausnahme. Sie können sich also in Ruhe die ganze Ausstellung anschauen und anschließend Ihre Fragen stellen.« Er drehte sich um und winkte einen Mann heran, der eben noch die Kasse bedient hatte.

»Darf ich vorstellen? Das ist mein Assistent Dr. Menger. Er führt Sie schon einmal durch die Ausstellung. Ich habe noch eine Kleinigkeit zu erledigen und stehe

Ihnen später wieder zur Verfügung.« Professor Martinssen setzte ein charmantes Lächeln auf, warf Julia einen durchdringenden Blick zu und begab sich zu einem der Aufzüge, der in die Büroetagen oberhalb der Ausstellung führte. Dr. Menger kam indessen näher und schüttelte Julia die Hand. Sein Händedruck war kühl und fest. Bei der Erwähnung eines Assistenten musste Julia unwillkürlich an Emanuel denken. Sie brachte dieses Wort mit einem jungen Mann zusammen, doch Dr. Menger entsprach dieser Vorstellung keineswegs. Er war ein gestandener Mann von knapp sechzig Jahren, besaß volles graues Haar und graugrüne Augen, aus denen eine Menge Erfahrung sprach.

»Ich wirke wohl etwas zu alt für einen Assistenten«, sagte er lächelnd, als wenn er Julias Gedanken erraten hätte. »Aber in diesem Fall entspricht es den Gegebenheiten.« Er entblößte eine Reihe makelloser Zähne, die er zweifelsfrei der Behandlung eines guten Zahnarztes zu verdanken hatte. Aus seinen Augen funkelte Belustigung. »Ich kenne Professor Wolfgang Martinssen von der Universität Bonn. Ihnen ist ja sicherlich bekannt, dass er dort die Professur für Altamerikanistik und Ethnologie innehat. Er ist auf die Erforschung von Schrift und Sprache der vorspanischen Maya-Kultur spezialisiert und baut derzeit eine Textdatenbank und ein Wörterbuch auf. Ich hingegen bin Spezialist für die Riten der Maya und wir beide haben diese Ausstellung ins Leben gerufen. Natürlich ist Professor Martinssen als Repräsentant der Universität Bonn die Stimme unserer Ausstellung. Er unterhält den Kontakt zu allen wichtigen Sponsoren. Ich trage lediglich durch mein bescheidenes Wissen und meine Erfahrungen zu diesem Thema bei und bin in diesem

Sinne sein Assistent.« Er grinste spöttisch bei den letzten Worten.

»Bevor wir uns die Ausstellung ansehen, möchte ich Ihnen gerne ein paar Fotografien zeigen. Wenn Sie uns etwas dazu sagen könnten, wäre es für unsere Ermittlungen sehr hilfreich«, warf Florian ein und hielt Menger die Bilder der Tattoos von den drei toten Mädchen hin.

»Interessant«, entgegnete Menger, die Augen fest auf die Aufnahmen geheftet. »Nun, ich denke, für ein besseres Verständnis sollten wir trotzdem mit der Besichtigung der Ausstellung beginnen. Das wird für Sie vielleicht einiges verständlicher machen. Sie haben doch genügend Zeit mitgebracht?«

»Natürlich«, sagte Florian mit einem Seitenblick auf Julia und schob die Fotografien zurück in seine Tasche.

Dr. Menger führte sie durch die große Halle, in der sich Modelle von verschiedenen Maya-Tempeln befanden. Julia sah beeindruckende Gebäude, die sie an die ägyptischen Pyramiden erinnerten.

»Die Maya lebten auf der Halbinsel Yucatán im Golf von Mexiko. Das einstige Siedlungsgebiet verteilt sich heute auf fünf Länder. Neben Mexiko sind das Guatemala, Belize, Honduras und El Salvador. Die Fläche des einstigen Maya-Reiches, das aus rund fünfzig Kleinstaaten bestand, ist in etwa vergleichbar mit der Größe Deutschlands. Die ersten Funde zur Maya-Kultur gehen auf zweitausend vor Christus zurück. Ihre Blütezeit erlebte diese Kultur viel später, so zwischen sechs- bis neunhundert nach Christus«, begann Dr. Menger zu erklären. Er ratterte die Fakten ohne Punkt und Komma herunter, und Julias Geist fing langsam an, abzuschweifen. Sie wusste, dass die Maya-Kultur sehr hoch entwickelt war und dass sie diverse architektonische Meisterwerke und Kulturgüter hervorgebracht hatte. Die Maya waren in der Lage gewesen, ein riesiges Bewässerungssystem aufzubauen, sie verfügten sogar über eine vollständige Schrift und waren Meister der Mathematik. Julia hatte vor einigen Jahren eine interessante Reportage über die Maya gesehen und ein wenig davon war in ihrem Gedächtnis hängen geblieben. Trotzdem hoffte sie, dass Dr. Menger endlich zum Punkt kommen würde. Eigentlich interessierten sie sich für die rituellen Symbole und ihre Bedeutung.

»Wenn die Maya solche Meister in Mathematik waren, warum ist der prognostizierte Weltuntergang denn nicht eingetroffen?«, fragte Florian, den Mengers Vortrag weit mehr zu interessieren schien als Julia. Seine Augen funkelten wissbegierig und auf seinen Wangen hatte sich eine leichte Röte gebildet. Verlegen stellte sie fest, dass er unheimlich attraktiv war. Julia biss sich unwillkürlich auf die Unterlippe. Wie kam sie nur auf solche Gedanken? Es ging um mehrere grausame Mordfälle, und sie hatte nichts Besseres zu tun, als ihren Kollegen heimlich zu mustern.

»Das ist eine sehr gute Frage.« Menger blickte sich Hilfe suchend um. »Professor Martinssen hat sich ausführlich mit dieser apokalyptischen Vision beschäftigt. Schade, dass er gerade nicht da ist.« Menger reckte den Hals und versuchte, den Professor zu erspähen. »Wie auch immer. Er hat keine hinreichenden Belege für die Weltuntergangsthese gefunden. Die meisten Maya kennen den 21. Dezember 2012 nicht. Für diejenigen, die sich mit dem berühmten Kalender auskennen, ist dieses Datum nichts anderes als bei uns der Milleniumswechsel.

Die alten Maya verwendeten statt des uns bekannten Dezimalsystems das sogenannte Vigesimalsystem mit der Zahl Zwanzig als Grundzahl. Während wir die Zeit in Jahrzehnten und Jahrhunderten zählen, schreiben die Maya sie in Zwanziger-, Vierhunderter-, Achttausender-Schritten fort. Am 21. Dezember 2012 endet bei den Maya der dreizehnte Vierhundertjahrzyklus. Danach wird einfach weitergezählt, das belegen auch zahlreiche Inschriften.«

Dr. Menger führte sie durch die Halle in einen abgedunkelten Raum. Die Luft roch neutral, war jedoch abgestanden. Er blieb mitten im Raum stehen, schaute nach oben und schwieg, um die Atmosphäre auf sich wirken zu lassen. Julia tat es ihm nach. Die Decke war dem Sternenhimmel nachempfunden. Diverse Abbildungen von Gottheiten wurden angestrahlt. Teils blickten sie freundlich, teils sehr zornig auf ihren Betrachter hinab. Julia blieb fasziniert stehen.

»Die Maya hatten viele Götter«, fuhr Menger fort. »Sie glaubten, durch Opfergaben, die auch zahlreiche Menschenleben forderten, ihre Gottheiten gnädig zu stimmen. Für die Maya hat jeder Gegenstand, einschließlich der Elemente im Kosmos, eine eigene Seele.«

Ein schlangenartiges Wesen mit Feder und Fischkopf fiel Julia ins Auge. Insbesondere die bunten Farben erinnerten sie an die Tätowierungen auf den Leichen. »Welcher Gott ist das?«, fragte sie und deutete auf eine Stelle direkt über ihrem Kopf.

»Das ist Kukulkan, die gefiederte Schlange. Er ist der Gott der Auferstehung und der vier Elemente. Die Geierfedern stehen für die Luft, die Eidechse für das Feuer, der gelbe Mais für die Erde und der Fisch für das

Wasser. Die Maya sagen, dass Kukulkans Schatten bei jedem Äquinoktium – das sind die beiden Tage im Jahr, an denen der lichte Tag und die Nacht gleich lang dauern – die *el Castillo*-Treppen hoch- oder heruntersteigt. Das sind die Stufen seiner Tempelpyramide. Ein Modell der Anlage haben wir vorhin in der großen Halle gesehen. Der Tempel befindet sich in der Ruinenstadt Chichén Itzá im Norden der Halbinsel Yucatán in Mexiko.«

Julia ließ seine Worte auf sich wirken. Dann versuchte sie, sich Wenglers Blockhaus ins Gedächtnis zu rufen. Hatte er Bilder oder Kunstgegenstände über die Maya-Kultur in seinem Haus gehabt? Sie konnte sich nicht mehr erinnern. Fragend blickte sie sich nach Florian um. Der hatte die Fotografien wieder aus der Tasche gezogen und leuchtete mit seiner Handytaschenlampe darauf.

»Also, in Teilen kann ich die Symbole von Kukulkan auf diesen Fotos wiederfinden. Wollen Sie nicht doch schon einmal einen Blick darauf werfen, Dr. Menger?« Florian hielt ihm die Fotografien nochmals unter die Nase, aber Menger ignorierte sie. Stattdessen wandte er sich einem schmalen Durchgang am Ende des Raumes zu. Florian folgte ihm nicht. Er blieb schweigend stehen. Als Julia Menger folgen wollte, hielt er sie zurück.

»Dr. Menger. Wir ermitteln in drei Mordfällen. Vielleicht wären Sie so nett und helfen uns.« Seine Stimme klang tief und bestimmt.

Menger drehte sich um. Seine Miene war undurchschaubar. »Ich sagte Ihnen doch, dass wir erst durch die Ausstellung gehen sollten, weil es dem besseren Verständnis dient. Bitte folgen Sie mir. Hinter diesem Vorhang erwartet Sie etwas ganz Besonderes.« Er zog den schweren Stoff mit einem Ruck auf und betrat den nächsten Raum.

»Der geht mir echt auf den Keks«, knurrte Florian und steckte die Fotos zum zweiten Mal ein. »Besser, er erzählt uns gleich, was wir wissen wollen. Ansonsten juckt es mir in den Fingern, ihn mitsamt seinem Professor zur Befragung aufs Polizeirevier zu schleppen. Leider habe ich keinen triftigen Grund dafür.«

Julia, die immer noch Mengers Gesichtsausdruck zu deuten versuchte, reagierte verzögert. »Er wird schon reden. Das scheint ein Kino zu sein. Lass uns reinschauen.«

Florian brummte etwas Unverständliches, betrat dann aber doch den schwach beleuchteten, kleinen Raum, dessen hintere Wand vollständig von einer hellen Leinwand bedeckt war.

»Einen Augenblick noch. Setzen Sie sich doch bitte. Ich starte den Film sofort«, erklärte Menger und griff eine Fernbedienung, die auf dem Boden unter der Leinwand lag.

Für sein Alter ist er erstaunlich gelenkig, fuhr es Julia durch den Kopf, als sie sah, wie Menger geschmeidig in die Knie ging. Seine Bewegungen wirkten flüssig und kraftvoll wie die eines jungen Mannes. Noch bevor sie ihre Gedanken fortführen konnte, fing der Film an. Die Leinwand begann zu flackern. Die Zahl sechs blinkte kurz auf und dann wurde abwärts gezählt. Florian zog Julia neben sich auf den Stuhl.

»Ich hoffe, der Film dauert nicht so lange«, brummte er Julia ins Ohr.

Auf der Leinwand war eine Landkarte Südamerikas zu sehen, auf der das Gebiet der Maya mit einer roten Linie kenntlich gemacht war. Dann wurde der Titel des Films eingeblendet. Jetzt wird es interessant, dachte Julia. *Der Opferkult der Maya* stand in fetten Buchstaben quer auf der Leinwand. Dann wurde es plötzlich dunkel. Julia fragte sich schon, ob der Beamer kaputtgegangen war, als aus den Lautsprecherboxen lautes Herzpochen dröhnte. Es war ein beunruhigendes Geräusch, das in Kombination mit der Dunkelheit Julias Puls beschleunigte. Als Nächstes war ein Tempel auf der Bildfläche zu sehen, der einer Pyramide glich und fast nur aus Treppenstufen bestand. Die Kamera zoomte heran und fixierte einen riesigen Steinblock, auf dem ein junges Mädchen lag. Ihr Antlitz war indianisch, so wie man es bei den Maya erwartete. Sie war fast noch ein Kind. Ihre Augen irrten hektisch umher. Die Lippen hatte die Kleine fest aufeinandergepresst, so als wenn sie mutig sein und nicht schreien wollte. Trotzdem war ihr Gesicht angstverzerrt. Um sie herum liefen Priester mit Masken über den Gesichtern. Sie waren in lange, wallende Umhänge gehüllt. Ein grausiger Gesang erfüllte die Luft. Die Masken waren mit verschiedenen Symbolen verziert. Obwohl die komplette Aufmachung sehr farbenfroh wirkte, hatten die Priester etwas Furchteinflößendes an sich. Sie verfehlten ihre Wirkung auf das Opfer nicht. Das Mädchen riss den Mund zu einem Schrei auf. Blitzschnell legte sich eine schwere Männerhand über ihre Lippen und erstickte jeden Laut im Keim. Ein anderer Priester kam herbei. Er hielt eine kupferne Kanne in den Händen. Der erste Mann presste die Zähne des Mädchens auseinander. Ihre Augen waren so weit aufgerissen, dass die Augäpfel fast aus den Höhlen zu springen drohten. Das Kind hatte Todesangst. Der Priester zwängte den Schnabel der Kupferkanne zwischen ihre Lippen und goss eine Flüssigkeit in ihren Mund. Das Mädchen verdrehte die Augen und verzog hustend das Gesicht. Die Männer warteten ein paar Sekunden und wiederholten den Vorgang so lange, bis sich die Mimik des Kindes entspannte.

34

Itzanami war einfach zu nervös. Er drehte den Gesang, der unentwegt aus den Lautsprecherboxen seines CD-Players tönte, auf die leiseste Stufe und redete beruhigend auf sie ein. Es nützte nichts. Kurz überlegte er, ob er die Dosis an Beruhigungsmitteln erhöhen sollte. Doch das Mädchen war bereits am Limit. Er wollte nicht riskieren, dass sie das Bewusstsein verlor. Also nahm er die antike Kupferkanne zur Hand. Bisher hatte er sie nie gebraucht. Es war sozusagen das allerletzte Notmittel. Eine uralte Mischung aus Kräutern und hochprozentigem Alkohol, die das Opfer ruhigstellen sollte. Er stemmte ihre Zähne auseinander. Es ging schwer. Wieder redete er auf Itzanami ein, bis sie endlich nachgab. Er schob den Finger zwischen ihre Lippen und sie biss im selben Moment zu. Widerspenstiges Miststück! Er schlug ihr die Faust ins Gesicht. Das Biest hatte ihn tatsächlich gebissen. Ein roter Abdruck erschien auf ihrer Wange. Er zerstörte die ganze Anmut ihrer Erscheinung. Darum würde er sich gleich noch kümmern müssen. Erst einmal musste er sie beruhigen. Er goss die Flüssigkeit in ihren Mund. Itzanami schluckte sie brav hinunter. Offenbar hatte seine Faust genügt, um sie wieder gefügig zu machen.

»Braves Mädchen«, krächzte er und ließ sie fast die halbe Kanne austrinken. Das sollte fürs Erste genügen. Er konnte zusehen, wie sich Itzanamis Gesichtszüge entspannten. Endlich konnte er weitermachen. Jetzt kam eine seiner Lieblingsaufgaben an die Reihe. Er drückte dem benommenen Mädchen einen Kuss auf die Lippen, nicht ohne mit seiner rauen Zunge in ihre Mundhöhle einzudringen. Sie schmeckte köstlich. Seine Laune stieg auf einen neuerlichen Höhepunkt. Er drehte die Musik wieder auf und griff nach der Nadel. Dann wandte er sich Itzanamis Unterbauch zu. Er fuhr mit den Fingerspitzen über die weiße, unberührte Haut. Sie war wunderbar weich, fast zu schade für das, was er als Nächstes vorhatte, aber es musste sein. Er legte die Schablone an, nahm einen Stift und zeichnete den Umriss einer Sonne, eine Sichel für den Mond und eine Wolke. Alles passte genau in die Form, die er vorbereitet hatte. Er hatte einen Kreis genommen und ihn wie eine Torte in zehn Stücke geteilt. Jedes Stück wurde mit Symbolen versehen, die ein bestimmtes Element beziehungsweise einen Gott repräsentierten. Er lächelte in sich hinein. Alles war perfekt. Er stellte die Tätowiermaschine an, die wie ein Kätzchen schnurrte, und stach das erste Symbol. Itzanami lag ganz still da, genau so, wie er es wollte. Sie schien die Nadeln nicht zu spüren, die in ihre zarte Haut eindrangen und die Farbe hineinbrachten. Ihre Augen blickten ihn nur stumpf an.

35

Julia starrte wie gebannt auf die Leinwand. Ihre Hände hatten sich in die Armlehnen des Stuhls gekrallt. Am liebsten hätte sie diesen brutalen Film gestoppt. Doch ihr Hirn war so gelähmt, dass sie nicht anders konnte, als hinzusehen. Die Priester tanzten jetzt viel wilder um das Mädchen herum. Ihr Gesang war zu einem grauenhaften Brummen geworden. Tiefe Männerbässe, die geradezu aus der Hölle zu kommen schienen. Das Mädchen war high. Sie hatten sie mit Drogen ruhiggestellt. Ein neuer Priester kam ins Bild. Er hielt eine Schale in der Hand und einen kleinen, vielleicht fünfzehn Zentimeter langen Stab. Er beugte sich über das Kind, das nicht einmal mehr mit den Wimpern zuckte. Nun malte er etwas auf ihren Unterbauch. Julia traute ihren Augen nicht. Sie erkannte die blaue Linie, die sie auf dem Körper von Melissa Hornberg vorgefunden hatte. Ein weiterer Priester trat hinzu und vervollständigte das Bild. Er zeichnete die Umrisse einer Wolke auf die nackte Haut des Kindes.

»Das sieht doch genauso aus wie das Tattoo von Melissa Hornberg«, flüsterte Julia Florian aufgeregt zu, der die Augen ebenfalls nicht von der Leinwand loszureißen vermochte. Er nickte mechanisch. Ein spitzer Schrei ertönte aus den Lautsprecherboxen. Julia fuhr zusammen. Einer der Priester hatte unerwartet einen Holzpflock unter seinem Umhang hervorgezogen und ihn in das Herz des Mädchens gerammt. Sie war auf der Stelle tot. Das Kind hatte nicht einmal mehr Zeit gehabt, zu schreien. In seinen Augen stand Erstaunen mitten in einer Leere, die nur die Schwärze des Todes mit sich bringen konnte. Die Priester jubelten. Die Kamera schwenkte herum und zeigte Hunderte von klatschenden und singenden Zuschauern, die den Tod des Mädchens feierten. Bevor Julia sich von den schrecklichen Bildern erholen konnte, war der Film zu Ende. Das Licht ging an und Julia musste blinzeln.

»Es gab noch viel schlimmere Opferrituale bei den Maya«, erklärte Dr. Menger lächelnd. »Für den Regengott hat man jungen Männern bei lebendigem Leib das Herz aus der Brust gerissen. Das zu zeigen, erschien uns für die Ausstellung allerdings zu brutal. Für die Maya standen Menschenopfer jedenfalls an der Tagesordnung. Es gab viele Götter, die beschwichtigt werden wollten. Für die Opfer gab es immerhin einen Trost, denn wer geopfert wurde, musste nicht wie andere Sterbende nach dem Tod den Abstieg in die gefürchtete Unterwelt *Xibalbá* antreten. Übersetzt heißt das *Ort der Angst.* Die Verstorbenen werden nach der Vorstellung der Maya dort von finsteren Gestalten beliebig lange gepeinigt.«

»Gut, vielen Dank für diese Vorführung.« Die Ungeduld in Florians Stimme war nicht zu überhören. »Könnten Sie jetzt bitte einen Blick auf diese Fotografien werfen und uns erklären, ob es einen Zusammenhang mit der Maya-Kultur gibt?« Florian hielt ihm die Bilder erneut vor die Nase, doch Menger beachtete sie auch diesmal nicht. Auf seinen Lippen erschien ein Lächeln. Es war allerdings nicht mehr freundlich, sondern herablassend.

»Lieber Kriminalkommissar Kessler. Ich habe natürlich auf den ersten Blick erkannt, um was es sich bei diesen Darstellungen handelt.« Er strich sich selbstverliebt durch die ergrauten Haare. »Es sind alles Maya-Symbole.«

Florian kniff gereizt die Augen zusammen und wartete auf eine weitere Erläuterung. Unbeirrt hielt er Menger die Fotos entgegen. Endlich tippte dieser auf das Tattoo, das sich auf der Moorleiche befand.

»Diese Symbole stellen *Kinich Ahau*, den Gott der Sonne, dar. Kinich ist übrigens auch heute noch ein sehr beliebter Vorname bei den Frauen der Maya.« Menger sah sich das nächste Foto an, auf dem das Tattoo von Melissa Hornberg, dem Baummädchen, zu sehen war. »Das könnte der Windgott sein und auf dem dritten Foto sehe ich Symbole für den Maisgott.« Er nahm das Foto in die Hand und betrachtete es genauer. »Es könnte auch der Schöpfergott sein.«

»Wie viele Götter hatten die Maya denn?« In Julias Kopf schwirrte die ganze Zeit umher, dass jedes Mädchen ein Tattoo hatte, das lediglich ein Zehntel eines Kreises darstellte.

»Weit über zwanzig«, gab Menger zur Antwort.

»Wie erklären Sie sich dann diese Form des Tattoos? Meines Erachtens haben wir es hier mit insgesamt zehn Teilen eines Kreises zu tun, der die eigentliche Grundform bildet.«

Dr. Menger schwieg eine Weile. Gerade als er zu einer Antwort ansetzen wollte, betrat Professor Martinssen den Raum. »Wie ich sehe, sind Sie schon am Ende unserer Ausstellung angekommen. Ich hoffe, sie hat Ihnen weitergeholfen, oder haben Sie noch Fragen?«

»Ja, haben wir«, erklärte Julia mit fester Stimme und deutete auf die Fotografien. »Wir haben drei Tattoos gefunden, die offenbar göttliche Symbole der Maya zeigen, aber auch gleichzeitig immer nur ein Teilstück aus einem Kreis darstellen. Können Sie uns das erklären?« Julia wusste nur eines: Wenn es mehr als zehn verschiedene Götter gab, passte dieser Bezug nicht zu dem Kreis. Der Professor betrachtete stirnrunzelnd die Fotografien.

»Offen gestanden spielen die Zahl Dreizehn und auch die Zwanzig eine große Rolle in der Maya-Mathematik. Die Zehn sagt mir nichts. Auch mit dem Kreis kann ich nicht viel anfangen. Er könnte für den Lebenszyklus stehen oder für die Ganzheit der Dinge. Aber der Kreis ist kein übergeordnetes Symbol. Ein Quadrat hätte die gleiche Aussagekraft.« Martinssen machte eine Pause und nahm Florian eines der Bilder aus der Hand. »Andererseits gab es natürlich bei den Maya viele Splittergruppen. Auch heute noch gibt es Menschen, die die alten Riten zur Ehrung der Götter ausüben. Aber dazu kann Ihnen Dr. Menger sicherlich viel mehr erzählen, er ist schließlich der Leiter des deutschen Vereins für Maya-Kultur.«

»Wie viele Mitglieder hat Ihr Verein?«, fragte Florian an Menger gewandt.

»Fast einhundert, warum?« Menger war einen Schritt zurückgewichen. In seiner Miene spiegelte sich auf einmal Unsicherheit.

»Gibt es darunter jemanden mit dem Nachnamen Wengler?«

»Der Name sagt mir nichts, aber das hat nichts zu bedeuten. Ich kann Ihnen gerne eine vollständige Mitgliederliste geben.« Menger lächelte kalt.

»Bitte lassen Sie mir die Liste so schnell wie möglich zukommen. Ich denke, damit sind unsere Fragen vorerst beantwortet.« Florian verabschiedete sich. Er schob Julia regelrecht aus der Ausstellung. Sie stolperte neben ihm her. Als sie endlich im Wagen saßen, beschwerte sie sich.

»Hat dich eine Hornisse gestochen, oder warum hast du es auf einmal so eilig?«

Florian warf ihr einen alarmierenden Blick zu. »Mir ist gerade etwas eingefallen. Wir haben gestern einen Mann geschnappt, der sich auf dem Gelände deines Instituts herumgetrieben hat. Es könnte der Typ sein, der dich neulich am Abend umgeworfen hat.«

Julia nickte. Den Junkie hatte sie völlig vergessen.

»Er hat bei der Vernehmung angegeben, dass er früher in einem Tattoostudio gearbeitet hat. Außerdem hatte die Spurensicherung auf dem ersten Parkplatz eine Schablone sichergestellt. Zuerst konnte ich damit nichts anfangen. Aber jetzt ist es mir eingefallen. Diese Dinger werden auch zum Vorzeichnen für Tattoos benutzt. Anna Schubert hat einen Fingerabdruck darauf identifiziert. Wenn der zu diesem Junkie passt, dann haben wir die ganze Zeit in die falsche Richtung ermittelt.«

Julia schüttelte langsam den Kopf. Sollte der Mörder, den sie suchten, etwa schon in Untersuchungshaft sitzen?

36

Die erste Unterrichtsstunde hatte bereits begonnen. Lucas' Augen wanderten ungläubig zu dem leeren Platz, auf dem Hannah sonst saß. Sie war nicht da, schon den zweiten Tag. Dabei hatte er sich so darauf gefreut, sie zu sehen. Er war gestern Morgen extra zwanzig Minuten früher aufgebrochen, um sie vor dem Schulgebäude abzufangen. Die Blüte einer Rose, die er aus dem Vorgarten des Nachbarhauses stibitzt hatte, steckte immer noch in seiner Hosentasche. Er hatte seinen Versuch heute Morgen wiederholt, jedoch wieder vergeblich. Lucas hatte Hannah überraschen wollen. Er wollte ihr strahlendes Lächeln sehen, das ihm zwei Abende vorher nahezu die Luft zum Atmen geraubt hatte. Er war verliebt. Er konnte es selbst nicht begreifen, aber alleine der Gedanke an ihren Namen löste eine ganze Reihe von Herzstolperern in ihm aus. Sobald er die Augen schloss, sah er Hannahs Gesicht vor sich. Ihre wunderschönen Augen, die üppige Lockenmähne und ihre wundervollen Lippen. Anfangs hatte er sie nicht einmal richtig leiden können. Manchmal ging die Liebe merkwürdige Wege. Es hatte ihn aufgeregt, wie chaotisch sie war und dass sie nicht diszipliniert genug ihre Tanzschritte trainierte. Doch je mehr er sich daran stieß, desto interessanter wurde sie für ihn. Sie steckte voller Leben. Lächelte sie, wurden seine Knie weich. In letzter Zeit hatte er jede

Tanzstunde herbeigesehnt, um ihre Nähe zu spüren. Hannah hatte ihn in eine Achterbahnfahrt der Gefühle versetzt. Natürlich war er ruppig zu ihr gewesen, weil ihm irgendetwas Angst machte. Er hatte Wochen gebraucht, bis er sich traute, sie um ein Date zu bitten. Und jetzt war sie einfach verschwunden. War der Abend so schlimm gewesen?

Eine Sorgenfalte erschien auf seiner Stirn. Vielleicht war sie krank? Aber warum antwortete sie dann nicht auf seine Nachrichten? Ein merkwürdiges Gefühl breitete sich in seiner Magengegend aus. Hannah war ständig online. Sie reagierte fast immer innerhalb weniger Sekunden. Etwas stimmte nicht. Er hatte den nächsten Gedanken noch nicht einmal angefangen, da öffnete sich die Tür des Klassenzimmers und zwei Polizeibeamte traten ein.

»Wer von Ihnen ist Lucas Zimmermann?«

Sein Herz blieb auf der Stelle stehen.

»Ich«, hauchte er und erhob sich.

37

Florian war wütend. Wütend auf sich selbst. Er musste etwas übersehen haben. In seinem Magen lagen Felssteine, die stündlich schwerer zu werden schienen. Er hatte den ganzen Vormittag mit Ermittlungen zugebracht. Wieder und wieder hatte er die Akten studiert, ohne einen entscheidenden Hinweis zu entdecken. Aber es musste ihn geben. Es gab immer Hinweise, und bei drei toten Mädchen mussten diese eigentlich offensichtlich sein. Er blickte auf die Uhr, die an der hinteren Wand seines Büros hing und deren lautes Ticken ihn an das einer Bombe erinnerte. Sein Chef saß ihm im Nacken. Er musste endlich Ergebnisse bringen. Die Presse hatte mittlerweile Wind von den drei toten Mädchen bekommen, und wenn Florian nicht bald einen Täter präsentieren konnte, steckte er mächtig in der Klemme. Sein Chef würde ihm die Hölle heißmachen, wenn es zu einer Pressekonferenz käme. Er sprang auf und lief vor dem Whiteboard auf und ab. Er hatte die halbe Nacht nicht geschlafen, weil er ständig über diesen Junkie aus dem Tattoostudio nachdenken musste. Er war sich so sicher gewesen, dass dieser Typ noch mehr Dreck am Stecken hatte. Julia hatte den Mann gestern Abend nach der Ausstellung identifiziert. Trotzdem hatte er sich geirrt. Der Fingerabdruck auf der Schablone stammte nicht von ihm. Je länger Florian ihn verhört hatte, desto stärker vermutete er, dass Lorenz Baumann gar nicht in der Lage war, drei Taten von solchem Ausmaß zu begehen. Er war schwach, wirkte teilweise hilflos, und alles, woran er denken konnte, war der nächste Schuss. Angeblich hatte er im Kühlraum des rechtsmedizinischen Instituts nach einer Freundin gesucht. Als Julia den Raum betreten hatte, war er in Panik geflohen und hatte sie dabei aus Versehen umgerannt. Florian war sich allerdings nicht sicher, ob er ihm diese Geschichte abkaufen sollte.

Sein Telefon klingelte und er hob ab.

»Kriminalpolizei, Florian Kessler«, brummte er mit tiefer Stimme in den Hörer. Am anderen Ende der Leitung meldete sich ein Kollege von der Streife, den er bisher nicht kannte.

»Wir haben einen neuen Vermisstenfall, und da Sie die Order ausgegeben hatten, verdächtige Vorfälle sofort zu melden, wollte ich Sie informieren.«

Florian erinnerte sich an die E-Mail, die er vor zwei Tagen an alle Polizeibeamten des Bezirks geschickt hatte. Interessiert spitzte er die Ohren.

»Eine Schülerin wird seit zwei Tagen vermisst. Hannah Taubert war zuletzt mit einem Mitschüler, Lucas Zimmermann, verabredet. Nachdem wir die Eltern des Mädchens befragt hatten, sind wir heute Morgen in der Schule gewesen und haben mit Lucas gesprochen. Er schwört Stein und Bein, Hannah nach dem Pizzaessen mit seinem Wagen vor ihrer Haustür abgesetzt zu haben. Er will auch gesehen haben, dass sie hineingegangen ist. Allerdings bestreiten die Eltern, dass ihre Tochter an diesem Abend überhaupt zurückgekehrt ist. Den Bruder haben wir ebenfalls befragt …« Der Mann holte tief Luft.

Florian fieberte seinen nächsten Worten entgegen.

»Hannahs Bruder hat kürzlich gesehen, dass sie sich ein Tattoo machen lassen wollte und ich stehe jetzt gerade an ihrem Computer und die Muster erinnern mich an die Tattoos auf den drei toten Mädchen.«

Florians Nerven vibrierten. Verdammt! Jetzt ging es um Leben und Tod. Wenigstens dieses Mädchen mussten sie retten.

»Geben Sie mir bitte die Adresse. Ich mache mich sofort auf den Weg«, sagte er und legte auf.

38

Eigentlich hatte Julia sich in der Mittagspause eine ordentliche Portion Sushi im Laden um die Ecke gönnen wollen. Sie hatte am Morgen bereits zwei Obduktionen hinter sich gebracht und brauchte ein wenig Abstand. Ein kleiner Junge war von seinem Vater misshandelt und dabei getötet worden. Julia war am Ende ihrer nervlichen Belastbarkeit angelangt. Warum nur gab es so viele Monster auf diesem Planeten? Sie dachte an Michael und die letzten schrecklichen Minuten, die er durchlitten haben musste, als dieses Tier über ihn herfiel. Genauso schlimm war es diesem armen Jungen ergangen. Sie stellte den Obduktionsbericht sofort fertig, weil sie das alles nicht länger ertragen konnte. Weder Emanuel noch die beiden Polizeibeamten, die der Obduktion beiwohnten, brachten ein einziges Wort über die Lippen. Aus ihren Augen sprach stummes Entsetzen. Julia wusste genau, was in ihren Köpfen vorging. Sie dachten an Vergeltung.

Als Julia am Sushi-Laden ankam, ging sie mechanisch ein paar Schritte weiter, um sich in ein Internetcafé zu setzen. Plötzlich verspürte sie das dringende Bedürfnis, etwas zu tun. Proaktiv zu sein, statt immer nur im Nachhinein den Dreck zu durchwühlen. Natürlich war ihre Tätigkeit nützlich. In der Mehrheit der Fälle konnte Julia durch die Obduktion direkte Hinweise auf die Täter liefern. Doch für das Opfer war das keine Hilfe. Florian hatte ihr am Morgen mitgeteilt, dass der Junkie offenbar nichts mit den Todesfällen zu tun hatte. Auf der kurzen Liste der Verdächtigen blieben also nur die Wengler-Brüder übrig. Mario Wengler war verschwunden und sein Bruder schwieg sich aus. Aber irgendwie hatte Julia ein Störgefühl. Sie kannten die Opfer, alle drei waren identifiziert. Sie kannten die möglichen Täter, hatten deren Haus komplett auf den Kopf gestellt. Sie wussten, dass die Mädchen – bis auf jenes im Moor – nicht am Fundort umgekommen waren. Trotzdem hatten weder Julia noch die Spurensicherung oder das Labor einen faktischen Zusammenhang zwischen Täter und Opfer nachweisen können. In Julias Kopf ratterte es. Im Grunde ließ die Situation nur zwei Schlussfolgerungen zu: Die Wenglers waren Profis und hatten ihre Spuren perfekt beseitigt oder sie hatten mit der ganzen Sache nichts zu tun. Bisher gab es nicht einmal Indizien dafür, dass es sich um mehrere Täter handelte. Julia hatte sich noch einmal die Fotos des Blockhauses angeschaut. Maya-Symbole konnte sie keine entdecken. Natürlich durfte Mario Wengler, der sich irgendwo versteckte, nicht von der Liste der Tatverdächtigen gestrichen werden. Sein Verhältnis zu Frauen war nachgewiesenermaßen schwierig. Und dass er sich auf der Flucht befand, deutete daraufhin, dass er etwas zu verbergen hatte.

Aber was, wenn dieser gefährliche Serientäter jemand völlig anderes war? Jemand, der sich ein Mädchen nach dem anderen schnappte, auf ihre Haut Maya-Symbole tätowierte und sie irgendwelchen durchgeknallten Ritualen unterzog? Warum suchten sie nicht im Umfeld der heutigen Anhänger des Maya-Kults?

Julia aß ein Schokocroissant und trank dazu Kaffee, während ihre Finger über die Tastatur des Laptops flogen. Sie suchte nach Dr. Menger und Professor Martinssen. Über beide gab es unheimlich viele Informationen. Besonders aus dem Jahr 2012, in dem der berühmte Maya-Kalender endete und die Presse daraufhin den drohenden Weltuntergang heraufbeschworen hatte. Natürlich hatte Martinssen mit seinen Thesen recht behalten. Schließlich drehte sich die Erde weiter und auch die Nachfahren der Maya wandelten nach wie vor auf ihr. Der Maya-Kult hatte sich zwischenzeitlich auch in andere Teile der Welt verbreitet. Mit zusammengezogenen Augenbrauen klickte sich Julia durch die Seiten und landete schlussendlich auf der Homepage von Dr. Mengers Verein. Die Seite bot nicht sonderlich viel Inhalt. Julia wollte sie schon wieder verlassen, als sie auf den Link zu einem Blog stieß. Dort fand sie Berichte von Mitgliedern zu nachgestellten Maya-Zeremonien. Sie scrollte durch die endlos langen Seiten und entdeckte einen Termin für ein weiteres Ritual. Die Zeremonie war für den heutigen Tag geplant. Sie hatte noch vier Stunden Zeit. Wenn sie sich beeilte, könnte sie die bevorstehende Obduktion noch schaffen und anschließend zu Mengers Verein fahren.

Sie wusste, dass sie schon in den letzten Tagen mehr Zeit und Energie in die Mordermittlungen als in ihre eigentlichen Aufgaben als Pathologin gesteckt hatte. Julia war froh, dass ihr Chef so großzügig war und ihr viel Freiheit bei der Aufteilung der Arbeitszeit ließ. Manfred Holsten stand kurz vor der Pensionierung. Er hatte die Leitung des Instituts vor fast zwanzig Jahren übernommen und verfügte über einen unglaublichen Erfahrungsschatz. Ihm war es wichtig, dass seine Mitarbeiter über den Tellerrand hinausblickten. Ein erfolgreicher Rechtsmediziner verfügte nach seiner Auffassung idealerweise auch über Praxis in der Ermittlungsarbeit. Nur wenn man den Tatort kannte, sich plastisch vorstellen konnte, wie ein Täter vorgegangen war, konnte man die vielen Zeichen auf einem toten Körper richtig interpretieren. Aus diesem Grund hatte Holsten nicht das Geringste gegen Julias Engagement einzuwenden, und sie war sehr dankbar dafür. Sie sprang auf und rannte zurück ins Institut.

39

Solche Ängste hatte Lucas noch nie ausgestanden. Die beiden Polizisten hatten ihn über eine Stunde lang befragt. Sie wollten ihm nichts über Hannah erzählen, doch er ahnte, dass etwas Schreckliches passiert sein musste. Was ihn am meisten mitnahm, war die Tatsache, dass sie offenbar am Abend ihres Dates gar nicht bei ihrer Familie angekommen war. Er kannte Hannahs Eltern und ihren Bruder. Die würden sich so etwas nie ausdenken. Andererseits hatte er Hannah direkt vor dem Haus abgesetzt und gesehen, wie sie hineinging. Hatte sie sich gleich darauf wieder hinausgeschlichen? Lucas' Gedanken fuhren Achterbahn. Er konnte sich nicht konzentrieren. Denk nach, zwang er sich. Er war der Letzte, der Hannah gesehen hatte. Wenn ihm nichts einfiel, wer sollte dann eine brauchbare Aussage liefern können? Abermals rekonstruierte er den gemeinsamen Abend. Hatte sie irgendetwas angedeutet oder gesagt, was er nicht richtig interpretiert hatte? Er konnte einfach nichts finden. Mit wem hatte Hannah sonst noch Kontakt? Ihre beste Freundin Mia kam ihm in den Sinn. Sie hatte ihn in letzter Zeit gemieden oder irgendwie komisch angeguckt. Eines wusste er plötzlich: Falls Hannah sich jemandem anvertraut hatte, dann war es Mia.

Lucas ließ keine Zeit verstreichen. Er setzte sich ins Auto, und keine zehn Minuten später klingelte er an Mias Haustür Sturm.

»Lucas?« Mias Mutter öffnete und musterte ihn kritisch. »Reicht es nicht, wenn du ein Mal klingelst? Ich kann mich noch nicht durchs Haus beamen.«

Lucas ignorierte ihre Frage und erkundigte sich stattdessen: »Ist Mia da? Ich muss dringend mit ihr sprechen!«

»Wir wollten gerade zu Abend essen. Kann das nicht bis morgen warten?«

»Bitte, es ist wirklich sehr wichtig. Es geht um Hannah.« Endlich ließ Mias Mutter ihn eintreten.

»Aber nicht so lange«, sagte sie. »Mia, kommst du bitte mal? Lucas will mit dir reden.« Sie warf ihm noch einen kritischen Blick zu und verschwand in der Küche.

»Komm rein«, hörte er Mias Stimme. Ihr Zimmer befand sich am Ende des Flurs.

»Weißt du, was mit Hannah los ist?«, fragte Lucas ohne Umschweife.

»Was soll mit ihr los sein?«, erwiderte Mia gelangweilt.

»Ist dir nicht aufgefallen, dass sie seit zwei Tagen nicht in der Schule war? Du bist doch ihre beste Freundin«, fuhr Lucas sie ungehalten an.

Mia riss die Augen auf. »Was ist dir denn über die Leber gelaufen? Hannah wird krank sein. Kommt öfter vor, dass sie sich zwei, drei Tage nicht meldet. Lass sie einfach in Ruhe.«

Lucas ergriff Mias Unterarm. »Die Polizei war heute in der Schule und hat mich wegen Hannah ausgefragt. Sie ist nach dem Pizzaessen nicht nach Hause gekommen.«

»Was?« Mias Augen weiteten sich. »Das habe ich nicht gewusst. Wann war die Polizei denn da?«

»Sie haben mich aus dem Mathe-Leistungskurs geholt. Da hattest du Kunst.«

Mia setzte sich auf ihr Bett. »Glaubst du, ihr ist etwas passiert?«

»Verdammt, Mia, warum sonst sollte die Polizei da gewesen sein! Sie ist verschwunden, nie zu Hause angekommen, und das, obwohl ich sie direkt vor der Tür abgesetzt und gesehen habe, wie sie reingegangen ist.« Lucas' panische Stimme klang eine ganze Oktave höher als sonst. Er betrachtete Mia, die wie ein Häufchen Unglück auf dem Bett saß und ihn fassungslos anstarrte. Ihre Lippen zitterten. Sie stand kurz davor, in Tränen auszubrechen.

»Sie ist doch deine beste Freundin. Du wusstest bestimmt von unserem Date?«, hakte Lucas nach. »Antwortet sie dir auch nicht mehr auf Nachrichten?«

Mia zuckte mit den Achseln. »Ich habe ihr keine geschrieben. Ich wollte nicht nerven. Obwohl es mich schon interessiert hat, wie ihre Dates gelaufen sind.«

Lucas starrte Mia an. Ihr letzter Satz kroch mit der Geschwindigkeit einer Schnecke in sein Gehirn. Erst sehr langsam begriff er. »Was soll das heißen – ihre Dates? Gibt es etwa noch jemanden?« Lucas lief es heiß und kalt den Rücken hinunter. Er konnte nicht glauben, was Mia gerade gesagt hatte. Doch ihr knallrotes Gesicht und der gesenkte Blick sprachen Bände.

»Mia, jetzt rück doch endlich mit der Sprache raus!« Er musste sich beherrschen, um sie nicht anzubrüllen. Am liebsten hätte er sie geschüttelt. Sie hob den Kopf und sah ihn an. Ganz leise flüsterte sie: »Hannah hatte nach dir noch ein Date mit einem Tobi.«

40

»Klicken Sie mal weiter. Mit wem zum Teufel hat sie da gechattet?« Florian kroch fast in Hannahs Laptop hinein. Er kniff die Augen zusammen und betrachtete das Bild eines durchtrainierten Teenagers, der mit seinem überdimensionierten Sixpack angab. Der Junge erinnerte ihn an einen amerikanischen Teenie-Star, dessen Name ihm nicht einfallen wollte. Florian scrollte sich durch die endlosen Chats, die Tobi mit Hannah geführt hatte. Der Kerl war ein Ekel. Das Erste, was er von ihr wissen wollte, war, ob sie noch Jungfrau sei. Florian schüttelte fassungslos den Kopf. Wie konnte sich ein Mädchen mit einem solchen Idioten einlassen? Es war doch offenkundig, dass dieser Typ keine Beziehung suchte, sondern nur auf eine schnelle Nummer aus war. Er erreichte die Zeilen, die ihm sein Polizeikollege bereits bei seiner Ankunft gezeigt hatte. Dieser Tobi wollte sich ein Tattoo stechen lassen. Er hatte Hannah ein paar Vorlagen geschickt. Sie waren schön bunt und er bezeichnete sie als universell. Diese Bilder würden nie altern und immer zu einem passen, egal, wie alt man wurde, hatte er ihr eingeredet.

Ganz raffiniert hatte er das Mädchen in eine Falle gelockt. Nachdem Hannah ihm mitgeteilt hatte, welches Motiv ihr am besten gefiel, schlug er vor, sich nur eine Hälfte des Motives stechen zu lassen. Die andere Hälfte sollte Hannah sich tätowieren lassen, als Zeichen ihrer

Verbundenheit. Was das Blut in Florians Adern gefrieren ließ, waren die Motive, die Tobi ausgewählt hatte. Es waren offenbar Maya-Symbole. Ein gelber Kreis, ein blaues Quadrat und eine Eidechse, die auf dem Kopf eines Mannes saß. Florian war sich der Bedeutung nicht hundertprozentig sicher. Er kratzte sich am Kopf und versuchte sich an Dr. Mengers Worte zu erinnern. Letztendlich tippte er auf den Schöpfergott *Itzamna*. Ein Hinweis unter dem Tattoo fiel ihm ins Auge. Tobi hatte Hannah das Studio genannt, in dem er sein Vorhaben in die Tat umsetzen wollte. Florians Puls schoss in die Höhe, als er den Namen des Studios las. *Tattoo-District* hörte sich zunächst harmlos an. Nichts verband diesen Namen mit dem Maya-Kult. Doch Florian kannte dieses Studio. Der Junkie Lorenz Baumann hatte dort gearbeitet. Wütend zerrte Florian sein Handy aus der Hosentasche.

»Schafft mir sofort Lorenz Baumann in den Vernehmungsraum. Ich muss dringend mit ihm sprechen.« Danach wählte Florian eine zweite Nummer und schickte ein Team in das Studio, das sich dort nach Hannah Taubert und einem gewissen Tobi umhören sollte.

Keine zwanzig Minuten später saß er Lorenz Baumann gegenüber. Der Mann zitterte. Er war offensichtlich auf Entzug. Die Ersatzdrogen konnten die Symptome zwar lindern, aber nicht gänzlich abfangen. Gut, dachte Florian. Je stärker er nach den Drogen lechzte, desto schneller würde er vielleicht aussagen. Er legte die Fotos von Hannah Taubert und Melissa Hornberg auf den Tisch.

»Kennen Sie diese Frauen?«

Baumanns Augen verzogen sich zu schmalen Schlitzen. Er fixierte Florian, wobei seine Kiefer aufeinander mahlten und seine Wangenmuskeln unaufhörlich zuckten.

»Was willst du, Mann? Ich kenne die Mädchen nicht. Das habe ich doch schon tausendmal erklärt.« Er schniefte und wischte sich mit dem Handrücken unter der Nase entlang. »Glaubst du, ich sage dir etwas anderes, nur weil du mir die Fotos immer wieder zeigst? Ich kenne die nicht. Verstanden?«

Florian wiederholte die Prozedur mit den Fotos von Sandra Polkert und Janina Schuchardt. Jedes Mal legte er ein Foto des Tattoos dazu. Ruhig und bestimmt stellte er dieselben Fragen noch einmal. Damit gab er Baumann zu verstehen, dass er alle Zeit der Welt hatte – obwohl natürlich das Gegenteil der Fall war, denn er musste Hannah rechtzeitig finden. Er wusste, dass Baumann in einer knappen Stunde die nächste Dosis seiner Ersatzdroge bekommen würde. Das Zittern des Mannes nahm beinahe sekündlich zu. Lorenz Baumann war eigentlich ein gut aussehender Mann. Er war Anfang dreißig, kam aus gutem Elternhaus, war gebildet. Er hatte ein privates Internat in der Schweiz besucht. Das Studium, das sein Vater ihm in den USA vermittelt hatte, brach er allerdings ab. Er geriet auf die schiefe Bahn. Mit zweiundzwanzig saß er zum ersten Mal wegen Drogenbesitzes ein, ein weiteres Mal wegen Drogenhandels. Florian betrachtete den unter Entzug leidenden Mann. Wie konnte jemand mit solchen guten Chancen sein Leben dermaßen ruinieren? Vielleicht lag es in der Familie. Baumanns Mutter war bei einem Verkehrsunfall ums Leben gekommen, als der Junge gerade einmal acht Jahre alt war. Sie hatte die Kontrolle über ihren Wagen verloren, war gegen die Leitplanke gerast und hatte sich daraufhin mehrfach überschlagen. Sie war auf der Stelle tot. Lorenz Baumanns Vater, ein reicher Unternehmer, gab den Jungen anschließend in das Internat. Er war beruflich so eingespannt, dass er keine Zeit für das Kind und dessen Trauer um die verstorbene Mutter hatte. Baumann selbst dürfte der Tod seiner Frau entgegengekommen sein, denn schon sechs Monate später heiratete er seine fast zwanzig Jahre jüngere Sekretärin. Florian hatte die psychologischen Gutachten über Lorenz Baumann studiert. Der Junge war durch den Tod seiner Mutter völlig destabilisiert und hatte sich nie wieder gefangen. Selbstmordgedanken und auch ein missglückter Versuch, sich die Pulsadern zu durchtrennen, führten den Jungen in eine permanente psychologische Betreuung, die ihn jedoch nicht aus seinem tiefen seelischen Loch befreien konnte. Lorenz Baumann suchte sich einen eigenen, ungleich schlechteren Weg, mit seinem Schicksal umzugehen. Er erlag der schnellen Versuchung der Drogen. Das war nicht besonders schwierig, denn über die notwendigen finanziellen Mittel verfügte er dank seines Vaters in großem Umfang. Erst als dieser ihn aufgrund seiner Eskapaden endgültig verstieß, änderte er sein Leben. Tatsächlich schaffte er es, einige Jahre clean zu bleiben. Als das Geld knapp wurde, nahm er einen Job als Tätowierer an und kam langsam wieder auf die Füße. Doch irgendetwas musste geschehen sein, was ihn erneut zu Drogen greifen ließ, denn seit drei Monaten hing er wieder an der Nadel, das hatte das Langzeitdrogenscreening ergeben.

Lorenz Baumann zitterte am ganzen Leib. Es war nicht das Schlottern, das man von Menschen kannte, die in eisiger Kälte ausharren mussten. Es war eher die

Vibration einer Maschine, die wegen einer Unwucht nicht reibungslos lief. Zusätzlich wippte er mit dem linken Fuß. Seine Augen wanderten zwischen Florian, den Fotografien und Wänden des Vernehmungszimmers hin und her. Trotz allem war Baumann bemerkenswert konzentriert. Auch als Florian ihm zum fünften Mal dieselben Bilder vorlegte, reagierte er mit den gleichen Antworten. Florian hatte ihn aus dem Konzept bringen wollen, indem er ihn mit seinen Wiederholungen zermürbte. Doch für einen Junkie blieb Baumann erstaunlich gelassen. Während der letzten Vernehmung war Florian noch überzeugt gewesen, dass Baumann nicht in der Lage sei, drei Morde zu koordinieren. Allmählich änderte sich seine Meinung. Er beschloss, die Taktik zu wechseln, und heftete seinen Blick schweigend auf die schlichte, schwarze Wanduhr. Er verharrte mehrere Sekunden dort, genauso lange, bis er sicher war, dass Baumann seinem Blick folgte. Es verblieben noch zehn Minuten, bis die Ersatzdroge fällig war. Florian sah das Zucken, das den Verdächtigen plötzlich schüttelte. Er hungerte nach der nächsten Medikamentenration. Ganz langsam breitete Florian die Fotografien ein weiteres Mal aus.

Baumann stöhnte genervt. »Hören Sie mal. Wie lange wollen Sie das noch durchziehen? Ich weiß nichts.« Eine Schweißperle bildete sich auf seiner Stirn und kroch ihm den Nasenrücken hinunter. Mit einer raschen Geste wischte Baumann sie weg.

»So lange, bis Sie mir sagen, woher Sie diese Mädchen kennen. Wir haben übrigens einen Fingerabdruck von Ihnen identifiziert.« Letzteres war gelogen, doch Florian wollte den Druck auf Baumann so weit wie möglich erhöhen. Die Augen des Mannes weiteten sich entsetzt.

Florian konnte spüren, wie seine Schutzmauer langsam bröckelte.

»Ich kenne die Mädchen nicht. Ehrlich, hab noch nie eine von denen gesehen. Nicht eine«, beteuerte Baumann.

Florian reagierte nicht. Stattdessen warf er abermals einen Blick auf die Uhr.

»Ich habe Zeit«, sagte er nach einer Weile betont gelassen. Am liebsten hätte er diesen Junkie geschüttelt, aber der durfte nicht spüren, dass Florian alles andere als gelassen war. Ansonsten würde er nie die Wahrheit erfahren, und wenn Baumann etwas über Hannah wusste, dann war das Florians beste Chance, sie schnell zu finden.

Baumann kratzte sich am Kopf. Seine Nervosität stieg rasant an. Bevor er etwas erwidern konnte, klingelte Florians Handy. Verärgert sah dieser aufs Display. Er war so dicht dran, diesen Anruf konnte er jetzt nicht gebrauchen. Doch es war die Nummer seines Chefs. Widerwillig nahm er das Gespräch an.

»Kessler, ich muss Sie unterbrechen. Ich weiß, Sie kommen gut voran. Ich beobachte das Ganze seit ein paar Minuten durch den Spiegel, aber es haben sich gerade zwei Teenager gemeldet. Es handelt sich um Freunde der verschwundenen Hannah Taubert, die außerdem in Kontakt mit dem Jungen stehen, mit dem das Mädchen sich zuletzt getroffen hat.«

Das waren in der Tat heftige Neuigkeiten.

»Ich muss Sie leider für einige Zeit alleine lassen. Machen Sie es sich bequem und denken Sie über Ihre Antwort nach.« Er sprang auf, ohne die Reaktion von Lorenz Baumann abzuwarten.

»He, Sie können mich doch hier nicht einfach hängen lassen. Ich …«

Florian hörte gar nicht mehr hin, sondern schloss einfach die Tür. Er durfte den Junkie nicht allzu lange auf das Medikament warten lassen, aber noch bewegte er sich in einem vertretbaren Rahmen. Außerdem kam ihm die Unterbrechung sehr gelegen. Baumann würde im Vernehmungsraum schwitzend auf seine Rückkehr warten. Und dann hoffentlich endlich mit Informationen rausrücken.

41

In diesem Teil von Köln hielt sich Julia nur selten auf. Eine Villa reihte sich an die nächste, dazwischen schmückten üppige Parkanlagen die Gegend. Sie befand sich in Marienburg, einem bekannten Nobelviertel im Süden der Stadt. Sie hatte die Adresse des Maya-Vereins in ihr Navigationssystem eingegeben und trat stirnrunzelnd auf die Bremse, als die Frauenstimme ihr sagte, sie habe ihr Ziel erreicht. Sie stand vor einem Park. Eine Trauerweide winkte ihr mit hängenden Ästen zu. Dahinter erkannte Julia einen großen Teich. Die wenigen Schattenplätze auf dem Wasser waren mit Enten und anderen Vögeln besetzt. Ein paar Bänke luden zum Verweilen ein. Was sie vermisste, war ein Haus oder eine Villa. Irgendein Gebäude, auf dem in fetten Buchstaben *Verein für Maya-Kultur* stand. Hatte sie sich mit der Adresse vertan? Sie kramte ihr Handy aus der Handtasche und überprüfte die Anschrift im Internet. Das war merkwürdig. Sie hatte sich nicht geirrt. Sie war angeblich genau richtig. Nur dass an dieser Stelle nichts war. Verwirrt stieg sie aus dem Wagen, ging durch die offene Pforte eines vielleicht einen Meter hohen Gartenzauns und lief auf den Teich zu. Die Enten schliefen. Einige öffneten müde die Augen, um sie kurz zu mustern und anschließend erneut in Schlaf zu fallen. Julia gönnte sich einen Moment und ließ den zauberhaften Anblick auf sich wirken.

Dann ging sie am Teich vorbei, zwischen ein paar Bäumen hindurch und blieb nach wenigen Schritten mit offenem Mund stehen. Eine prachtvolle Villa erhob sich in einiger Entfernung auf einem seichten Hügel. Julia stand auf einem weitläufigen, äußerst gepflegten und von Luxus überschwemmten Anwesen. Steinerne Skulpturen zierten die Anlage genauso wie die zahlreichen Blumenarrangements, die kunstvoll Farbe in das satte Grün brachten. Sie lief auf das Haus zu. Sie wusste selbst nicht, warum, aber sie blieb bewusst im Schatten der uralten Gehölze und verzichtete auf den bequemeren Weg über den Rasen. Julias Navigationssystem hatte sie offenbar fälschlicherweise an die Rückseite des riesigen Grundstücks geführt. Sie lief weiter durch die Bäume an der Villa vorbei und entdeckte ein Rondell und einen kleinen Parkplatz vor dem Haus, der voller Autos war.

Julia beobachtete einen Wagen, der gerade vorfuhr. Zwei Männer in wehenden schwarzen Mänteln stiegen aus. Die Kleidung war viel zu warm für den heißen Sommertag, und die Aufmachung erinnerte Julia eher an einen Teufelskult als an die Maya-Kultur, die sich meist durch ihre bunten Farben auszeichnete. Gebannt sah sie zu, wie die Ankömmlinge in das Gebäude gingen. Die Türen standen weit offen. Julia konnte das von ihrem Standort aus gut sehen. Es war eigentlich ein Tor, dessen Flügel nach links und rechts geöffnet waren. Ein weiteres Auto fuhr vor. Diesmal stieg nur ein Besucher aus. Auch er trug einen dunklen Mantel. Der nächste Gast war eine Frau. Sie war in Jeans und in eine pinkfarbene Bluse gekleidet. Ihr Erscheinen wirkte wie ein Signal zum Aufbruch auf Julia. Schließlich hatte sie gelesen, dass es sich um eine offene Veranstaltung handelte. Sie wollte wissen, was in diesem Haus vor sich ging. Was sollte daran auch nicht in Ordnung sein? Mehr, als dass sie wieder hinauskomplimentiert wurde, konnte schließlich nicht passieren. Sie richtete ihren Oberkörper auf, strich die Bluse glatt und machte ein paar Schritte auf die Villa zu. Ein weiterer Gast stieg gerade die flachen Stufen zum Eingang hinauf. Der Mann in schwarzer Kutte und mit grauen Haaren würdigte sie keines Blickes. Julia nutzte die Gelegenheit und schloss sich ihm an.

Sie betrat eine luxuriöse Halle, die mit hellem Marmorboden und ebensolchen hellen Säulen ausgestattet war. Eine breite Treppe führte nach oben, doch der Mann ging daran vorbei. Julia blieb ihm auf den Fersen. Eigentlich hatte sie damit gerechnet, dass der Gastgeber Dr. Menger selbst oder einer seiner Hausangestellten die Gäste am Eingang erwartete. Doch niemand schien sich um die Ankömmlinge zu scheren, die offenbar auch ohne Geleit wussten, wie sie sich in dem riesigen Haus zu bewegen hatten. Hinter sich hörte Julia Stimmen. Sie wagte jedoch nicht, sich umzudrehen. Der Grauhaarige bog plötzlich nach links ab. Er ging in einen Raum hinein, den Julia in dem Haus als Erstes überhaupt mit dem Maya-Kult verbinden konnte. Während die Halle luxuriös, aber eher nüchtern wirkte, wartete der Raum mit Skulpturen und Säulen auf. Er hatte keine Fenster. Stattdessen brannten Feuerschalen rechts und links des weichen Läufers, über den sie schritt. Unwillkürlich musste sie an das Opferungsvideo denken, das sie in der Ausstellung gesehen hatte. Eine Gänsehaut lief ihr über den Rücken. Eine Treppe führte nach unten, und Julia folgte dem Mann zügig. Unten erwartete sie ein schmaler Gang. Fackeln leuchteten an den Wänden aus bloßem Beton. Der Gang verlief nicht gerade, sondern bog sich wie zu einem Kreis. Der grauhaarige Gast stolzierte in unverändertem Tempo voran. Julia hingegen verlangsamte ihre Schritte. Der Boden war nicht mit Teppich ausgelegt. Sobald die Absätze ihrer Pumps auf dem harten Stein auftrafen, hallte es unangenehm laut von den Wänden wider. Sie erreichte eine Nische, die als Garderobe diente. An den Haken hingen etliche schwarze Mäntel. Julia überlegte nicht lange, griff nach einem der schwarzen Umhänge und legte ihn kurzerhand um, während sie dabei weiterging. In der Anonymität des unifarbenen Tuches fühlte sie sich augenblicklich wohler.

Nach ein paar Schritten stoppte sie. Der Gang vollführte zwar eine neuerliche Biegung, doch sie war an einem Durchgang angelangt, der sie innehalten ließ. Vor ihren Augen erhob sich ein imposanter Raum. Er glich dem Nachbau einer Halle aus einer Tempelanlage, die Julia auf der Maya-Ausstellung gesehen hatte. Den kreisrunden Saal füllten zahlreiche Bänke, die um einen Opferstein herum angeordnet waren. Der Opferstein war ein pyramidenförmiges Gebilde mit Treppen zu allen vier Seiten. Die flache Spitze der Pyramide bildete ein Plateau. Oben stand ein Mann, und Julia atmete tief ein, als sie ihn erkannte. Es war Dr. Menger. Er wirkte ruhig und gelassen wie ein Fels in der Brandung. Erwartungsvoll betrachtete er die Gäste, die sich tuschelnd auf den Bänken zusammenfanden, um dem bevorstehenden Schauspiel beizuwohnen. Vor Menger lag ein Betonklotz. Ringsherum waren Statuen von Maya-Göttern aufgebaut. Die gefiederte Schlange, oder auch der Gott der vier Elemente, fiel Julia ins Auge. Sie suchte den Saal nach Professor Martinssen ab, konnte ihn jedoch nirgendwo entdecken.

Hinter ihr näherten sich Stimmen, und sie beeilte sich, auf einer Bank Platz zu nehmen. Sie wählte eine der letzten Reihen, die noch leer war. Ein Gast drehte sich kurz zu ihr um und nickte. Ansonsten schien sie niemand zu beachten. Julia kam sich vor, als wäre sie in einer Filmkulisse mit täuschend echten Requisiten gelandet. Sie fühlte sich tatsächlich so, als befände sie sich mitten in Mexiko in einem jahrtausendealten Tempel. Die Gäste, die nach ihr den Saal betreten hatten, gingen bis nach vorne und nahmen dort Platz. Menger registrierte ihre Ankunft mit einem freundlichen Nicken. Es dauerte noch ungefähr fünf Minuten, bis das elektrische Licht plötzlich ausging. Das Tuscheln der Menschen verstummte prompt. Für mehrere Sekunden war es stockdunkel. Julia biss sich auf die Unterlippe und lauschte in die Stille hinein. Schritte ertönten, die sie an das Marschieren von Soldaten erinnerten. Dann zischte es und eine Fackel erhellte die Dunkelheit. Das Leuchten war allerdings eher wie ein Tropfen auf den heißen Stein, denn alles, was Julias Augen erblickten, war der Mann, der die Fackel hielt. Er trug einen Mantel, die Kapuze über den Kopf gezogen. Das Gesicht leuchtete gespenstisch. Es zischte abermals und eine weitere Fackel sendete spärliches Licht in die schwarze Halle. Die Prozedur wiederholte sich insgesamt zwanzig Mal, bis der Opferstein hell erstrahlte. Sowohl unterhalb der Treppen wie auch auf dem Plateau, auf dem Dr. Menger stand, waren Fackeln und kleine Feuerstellen entfacht worden. Die Bänke mitsamt ihren Gästen verschwanden dagegen nahezu im Dämmerlicht. Die

Stille war unheimlich. Alle Aufmerksamkeit konzentrierte sich auf Dr. Menger, der im Feuerschein dastand wie ein Priester, der auf die Erleuchtung Gottes wartete. Seine Miene war ausdruckslos, geradezu maskenhaft. Die Augen hatte er geschlossen. Ein Paukenschlag ertönte. Julia zuckte zusammen. Menger öffnete die Augen und begann, in einer fremden Sprache zu sprechen, vermutlich einem Maya-Dialekt. Julia hatte so etwas noch nie gehört. Doch sie fühlte die Anspannung im Saal, die mit jedem Wort zunahm, genau wie die Trommelklänge, die mit leisen, schnellen Schlägen die Zeremonie eröffneten.

Julia spürte einen Luftzug im Nacken. Erschrocken drehte sie den Kopf und erstarrte in derselben Sekunde. Mehrere Personen traten durch den Eingang. Sie waren ebenso verhüllt wie die anderen Gäste des Rituals. Was Julia die Luft anhalten ließ, war das junge Mädchen, das sich zwischen ihnen befand. Zwei kräftige Arme hatten es rechts und links untergehakt. Sie schleiften und zerrten das Mädchen mehr, als dass es selbst lief. Die Augen der jungen Frau waren riesig. Ein unnatürlicher Glanz stand in ihnen. Die Gesichtszüge wirkten seltsam entspannt. Das Mädchen schien offenbar unter Drogen zu stehen. Julia hatte bei dem Anblick nur noch einen Gedanken. Die Kleine sah mit ihrer dunklen Lockenmähne aus wie Janina Schuchardt, die Tote, die sie auf der Blumenwiese mit durchtrennter Kehle gefunden hatten.

42

Itzanami schien alles wiedergutzumachen. Er hatte das Ritual am Tag zuvor unterbrechen müssen. Seine Planungen waren völlig durcheinandergekommen, und es gab nichts, was er mehr hasste. Er brauchte Ordnung. Chaos endete in der Unterwelt. Er hatte diese schwere Last nicht auf sich genommen, um letztendlich dort zu landen. Der Himmel war nah, und dieser war sein Ziel. Daher war er tagein, tagaus auf der Jagd. Er suchte nur die schönsten und am besten geeignetsten Mädchen für die Götter aus. Er huldigte ihnen von ganzem Herzen, aus voller Seele und mit seinem Glauben. Die Rituale, die er durchführte, stammten vom Anbeginn der Menschheit. Seine Götter waren die echten, die unverfälschten, die seit der Existenz des Universums walteten. Alles andere, was danach entstanden war, waren von Menschenhand erschaffene Glaubensrichtungen, die sich vom eigentlichen Ursprung viel zu weit entfernt hatten. Menschen schufen sich neue Religionen, und Menschen waren es, die deshalb stritten, sich gar bekriegten, weil sie nur an einen einzigen wahren Gott glauben wollten. Dabei hatte es immer schon viele von ihnen gegeben. Wie sollte auch ein einzelner Gott die gesamte Komplexität des Universums beherrschen? Warum sollte ein Gott einsam sein und weder Frau noch Freunde haben? Niemand, der lebte, konnte in der Einsamkeit existieren.

Alles hing miteinander zusammen und nichts ließ sich wirklich voneinander trennen.

Die Menschen hatten die wahren Götter vergessen und sich im Laufe der Zeit ihre eigenen erschaffen. Es gab nur noch wenige Menschen, die die Wahrheit kannten und die Götter so sahen, wie sie tatsächlich waren.

Er blickte in Itzanamis Gesicht. Sie war blass und erschöpft, jedoch wenigstens bei Bewusstsein. Der Ärger kochte erneut in ihm hoch. Er hatte die Kraft des Mädchens überschätzt. Hatte gedacht, Itzanami wäre durchtrainiert und fit. Aber die Dosis des Beruhigungsmittels war zu stark gewesen und hatte sie ohnmächtig werden lassen, noch bevor er das Tattoo auf ihrem jungfräulichen Bauch fertigstellen konnte. Doch jetzt konnte es weitergehen. Er hörte die Trommeln, die immer stärker schlugen. Wenn der Gesang begann, würde er das Ritual fortsetzen. Er versenkte seinen Blick in ihre großen Augen. Dann beugte er sich zu ihr hinunter und drückte seine Lippen auf ihre zarte Haut. Sie schmeckte so gut, dass er sich beherrschen musste. Widerspenstig kniff sie die Augen zusammen. Er hielt kurz inne, konnte jedoch nicht widerstehen und wiederholte seinen Kuss.

»Braves Mädchen«, krächzte er, während seine Hände über Itzanamis nackten Körper glitten. Dann nahm er die Tätowiernadel zur Hand und stach sie mitten in den Bauch. Sie stöhnte und ihre Augen weiteten sich. Endlich hatte er sie aus ihrem Schlummerzustand gerissen.

»Ich habe dich nicht zum Schlafen hergeholt. Ich will, dass du hellwach bist«, zischte er und stach erneut zu. Die Farbe floss unter ihre Haut und verteilte sich in der vorgezeichneten Form. Der wunderschöne Teil eines Kreises entstand. Doch er kam nicht dazu, diesen

Anblick zu genießen. Das Mädchen schüttelte heftig den Kopf und bäumte sich auf. Ihr Mund öffnete sich wie der eines Fisches. Stumm formten ihre Lippen Worte, die niemand hören konnte.

Schließlich hatte er das Mädchen ruhiggestellt. Ihre Zunge war gelähmt. Er grinste und sah, wie sie sich abmühte. Er schlug ihr mit der flachen Hand ins Gesicht. Sie fiel sofort zurück auf die Matte. Tränen liefen über ihre Wangen, doch es rührte ihn nicht.

»Hör auf, dich zu beschweren, Miststück«, schimpfte er und stach jetzt noch heftiger auf Itzanami ein. Es sollte ruhig wehtun. Sie hatte sowieso schon seinen ganzen Zeitplan ruiniert. Sie war nicht sein erstes Mädchen und würde auch nicht sein letztes sein. Itzanami schien unbelehrbar. Anstatt endlich stillzuhalten und die Prozedur würdevoll über sich ergehen zu lassen, bäumte sie sich erneut auf und übergab sich auf seine Hände.

»Verfluchte Schlampe«, brüllte er und schlug ihr mit der Faust ins Gesicht. Hatte dieses kleine Miststück denn gar keinen Respekt? Was fiel ihr ein, ihn zu beschmutzen? Angewidert schnappte er sich ein Tuch und wischte sich die Hände ab. Er sah Itzanami an. Sie war dreckig. Ihr Gesicht und ihre makellose Haut waren voller Erbrochenem. Der weißgelbliche Schleim stank erbärmlich. Zorn übermannte ihn. Er würde das Miststück töten!

43

»Also, jetzt bitte noch einmal von vorne und etwas langsamer diesmal«, forderte Florian und bat die beiden Teenager, sich zu setzen. Er betrachtete Lucas Zimmermann und Mia Hansen. Florian hatte sie gleich ins Nachbarzimmer verfrachtet. Nebenan saß immer noch Lorenz Baumann, dessen Ersatzdroge seit fünf Minuten überfällig war. Florian war sich sicher, dass er jede Sekunde Theater machen würde. Da er ihm seine Medikamente nicht ewig vorenthalten durfte, hielt er es für sinnvoll, mit den Teenagern in der Nähe zu bleiben. Der Junge hatte bereits auf dem Weg zum Vernehmungsraum unaufhörlich geplappert. Florian begriff bisher nur eines: Der junge Mann war anscheinend der Freund des verschwundenen Mädchens Hannah Taubert und ein Date seiner Flamme mit einem anderen Jungen brachte ihn offenbar völlig aus dem Konzept. Die Eifersucht stand ihm ins errötete Gesicht geschrieben, und er hatte auf dem kurzen Weg mehrmals behauptet, sein Konkurrent habe Hannah entführt.

Florian holte tief Luft und fasste seine bisherigen Erkenntnisse kurz zusammen: »Sie waren also am fraglichen Abend mit Hannah Taubert Pizza essen?«

Der junge Mann nickte. Florian überflog die Zeilen des Polizeiberichts, der die Vorkommnisse des Abends vor Hannahs Verschwinden protokollierte.

»Dann haben Sie sie gegen einundzwanzig Uhr vor ihrer Haustür abgesetzt und gesehen, wie sie hineinging.«

Der Junge nickte abermals.

»Haben Sie gewartet, bis die Tür verschlossen war, oder sind Sie sofort weitergefahren?« Über dieses Detail fand sich nichts im Bericht.

»Ich habe abgewartet, bis Hannah im Haus war. Dann bin ich losgefahren. Im Flur brannte Licht.« Der Junge schien sich ein wenig gefangen zu haben. Er hatte die Schnappatmung eingestellt und bemühte sich sichtlich um einen sachlichen Ton.

»Die Eltern von Hannah behaupten jedoch, sie sei an diesem Abend überhaupt nicht nach Hause gekommen. Sie waren zu dieser Uhrzeit noch wach, aber niemand hat sie bemerkt. Wie erklären Sie sich das?«, fragte Florian, während er die letzten Zeilen des Polizeiberichtes überflog.

Der Junge plusterte sich auf. »Deshalb sind wir ja hier. Sie hatte nach mir noch ein Date mit einem gewissen Tobi. Ich nehme an, dass sie sofort wieder aus dem Haus ist, nachdem ich weggefahren bin.« Diese Aussage war neu für Florian. Er hatte die Konversation zwischen Hannah und Tobi studiert, doch eine Verabredung zu einem Date hatte er nicht gefunden. Da die beiden ihre Handynummern ausgetauscht hatten, konnte das natürlich auch mündlich oder per Handy-Nachricht geschehen sein. Tobis Profil wurde von IT-Experten überprüft. Bisher konnte die Identität jedoch nicht festgestellt werden. Aber es stand die Vermutung im Raum, dass es sich um einen gefälschten Account handelte, denn einen Tobi, der aussah wie der junge Mann auf dem hinterlegten Profilbild, schien es in der näheren Umgebung nicht zu geben. Das Handy von Tobi war ein Prepaid-Gerät, das sie nicht orten konnten, da es ausgeschaltet war.

»Woher wissen Sie, dass sie mit einem Tobi verabredet war? «, fragte Florian stirnrunzelnd.

»Ich weiß es«, keuchte das Mädchen, das die ganze Zeit geschwiegen hatte. Sie war blass und fühlte sich in ihrer Haut offensichtlich unwohl.

»Sie hat es mir erzählt und mir die Nachricht von Tobi weitergeleitet. Außerdem …« Mia warf Lucas einen undurchschaubaren Blick zu, ehe sie fortfuhr: »Ich habe morgen Abend ein Date mit ihm.«

»Was?« Florian sprang auf. »Das sagen Sie erst jetzt?« Er hatte Mühe, sich zu beherrschen. Vermutlich hatten sie es mit einem Serientäter zu tun, der mit seinen Gelüsten noch lange nicht am Ende war. Die Abstände zwischen den Taten wurden immer kürzer. Wenn sich hinter diesem Tobi der Täter verbarg und er sich schon am nächsten Tag mit einem weiteren potenziellen Opfer treffen wollte, stand eines fest: Sollte sich Hannah Taubert tatsächlich in seinen Fängen befinden, dann hatte sie wahrscheinlich nicht mehr lange zu leben. Spätestens wenn der Täter sich eines neuen Opfers bemächtigte, würde er Hannah töten. Florians Gedanken überstürzten sich. Sie durften jetzt keinen Fehler machen.

»Sie beide bleiben hier und rühren sich nicht von der Stelle.« Florian stürmte hinaus und wählte die Nummer des IT-Experten.

»Haben Sie Neuigkeiten zum Profil Tobi?«

»Leider nein. Wir können ihn nicht identifizieren. Es wurden anonyme Server und mehrere IP-Adressen genutzt. Am Ende landen wir stets in öffentlichen WLAN-Netzen. Auch eine Verbindung zu den Wengler-

Brüdern zu ermitteln, war mir nicht möglich. Ich kann natürlich nicht ausschließen, dass sie trotzdem in Kontakt standen.«

Florian bedankte sich und legte auf. Er stand vor dem Vernehmungsraum, in dem Lorenz Baumann immer noch ausharrte. Zornig stieß er die Tür auf.

»Haben Sie mir etwas zu sagen?« Seine Augen funkelten wütend, die Hände hatte Florian zu Fäusten geballt und er presste die Zähne aufeinander. Sein Auftritt verfehlte die Wirkung auf den Verdächtigen nicht. Lorenz Baumann saß blass und verschwitzt wie ein Häufchen Elend auf seinem Stuhl. Er hatte seine zitternden Hände ineinander verkrampft und sah Florian unterwürfig an.

»Bitte, ich brauche meine Medikamente. Ich …« Weiter kam er nicht. Florian sprang um den Tisch und baute sich vor Baumann auf.

»Sie brauchen etwas? Ich werde Ihnen jetzt einmal was sagen. Von mir aus können Sie hier drinnen verrecken. Wenn Sie mir nicht auf der Stelle sagen, was Sie mit den Mädchen und den Tattoos zu tun haben, dann werde ich gehen, und vor morgen früh wird Sie hier niemand herausholen. Das verspreche ich Ihnen, und es ist mir scheißegal, ob mich die Nummer meinen Job kostet.« Aus Florians Augen sprühten Funken. Baumann zog verängstigt den Kopf ein.

»Ich weiß doch nichts«, jammerte er.

Florian schwieg. Er bewegte sich keinen Millimeter von der Stelle. Als Baumann nicht weitersprach, drehte er sich ruhig um und ging zur Tür. Sobald er die Klinke herunterdrückte, wimmerte Baumann erneut.

»Verdammter Bulle«, flüsterte er kraftlos. »Ich habe nichts getan. Nur Farbe und Werkzeug verkauft und ein bisschen Nachhilfe gegeben.«

Florian ließ die Klinke los und drehte sich um. Endlich. Er hatte den Mann an der Angel.

»Wem haben Sie Farbe und Werkzeug verkauft?«, fragte er und setzte sich auf seinen Stuhl.

»So ein paar verrückten Typen. Ich kenne ihre Namen nicht. Sie waren von irgend so einem Maya-Verein. Sie wissen schon, die mit dem Weltuntergang und so. Die wollten diese bunten Symbole selbst tätowieren, und da hab ich ihnen was von meinem Zeugs verkauft und ihnen gezeigt, wie sie es machen müssen. Es sollte ja auch vernünftig aussehen.« Baumann verstummte. Seine Augen kreisten hektisch.

Florian nahm den Telefonhörer in die Hand. »Lorenz Baumann in Raum vier benötigt seine Medikamente. Können Sie bitte jemanden raufschicken?«

Baumann grinste und leckte sich über die trockenen Lippen. Er beugte sich zu Florian über den Tisch und fuhr in vertraulicherem Ton fort: »Also, die Geschichte ist bereits drei Monate her. Einer von ihnen wollte mich bei seiner ersten Zeremonie dabeihaben. Sie wissen schon, so was wie eine Götterbeschwörung. Das war voll abgefahren, Mann. Die haben sich so eine junge Braut geschnappt. So ähnlich wie die da.« Er deutete auf das Foto von Melissa Hornberg. »Die war total high und hat sich das Tattoo von mir stechen lassen, während diese Verrückten wild um sie herumgesprungen sind.« Baumann rieb sich mit den Händen über den Kopf. »Verdammt. Ich hab was von dem Zeug geklaut, was sie der

Kleinen gegeben haben. Seitdem bin ich wieder auf dem Trip. Scheiße. Das ging echt daneben.«

»Was haben Sie im rechtsmedizinischen Institut gesucht?«

»Die Räume waren ruhig. Sie wissen schon, keine anderen Junkies. Du kannst dir in aller Ruhe eine drücken.«

Florian hob zweifelnd die Augenbrauen.

»Also gut, Mann. Ich … ich kriege doch gleich mein Zeug, oder?« Baumann blickte gehetzt zur Tür.

»Ja, versprochen. Ist unterwegs.«

Baumann musterte Florian für eine Sekunde und nickte dann.

»Also, vor ein oder zwei Wochen, ich weiß es nicht mehr so genau, da war ich noch mal da, bei diesen Verrückten. Diesmal war nur ein Typ da und der hat sich wieder so eine Schnecke wie die auf dem Foto gekrallt. Aber irgendwie sah es anders aus. Mann, stell dir vor, der hat sich über sie gebeugt und ihr einen Pflock in die Brust gehauen. Na ja, ich war ziemlich high und eigentlich nur da, um zu schauen, ob ich noch mal Stoff abgreifen kann. Ich wusste ja, wo das Zeug liegt. Aber da war nichts. Und später, da hab ich mir echt Gedanken gemacht, und weil ich eh öfter in dem Institut abgehangen habe. Diesen Ort kennt fast niemand und ich habe da meine Ruhe. Die Toten waren mir egal. Na ja, jedenfalls dachte ich mir, ich gucke mal nach der Kleinen. Hab sie jedoch nicht gefunden. Puh …« Er klopfte sich auf die Brust und setzte ein schiefes Grinsen auf. »Ich war echt froh, dass ihr nichts passiert ist, Mann.«

Florian biss sich auf die Unterlippe und schob das Foto von Melissa Hornberg ein Stückchen weiter zu

Lorenz Baumann hinüber. »Sind Sie sicher, dass es nicht dieses Mädchen war?«

Baumann zuckte mit den Schultern. »Mann, ich war echt high. So genau konnte ich die Braut auch nicht sehen. Sie war jung, lange blonde Haare, schlank. Na ja, wie junge Mädchen halt so aussehen.«

»Und warum haben Sie mir nicht gleich erzählt, dass Sie bei diesen Ritualen mitgeholfen haben?«

Baumann kratzte sich am Kopf. »Ihr ist doch nichts passiert. Mann, ich wollte einfach keine Schwierigkeiten. Ich hab damit nix zu tun. Ich hab doch nur ein ruhiges Plätzchen gesucht.«

Die Tür ging auf und eine Ärztin in Begleitung eines Polizisten trat ein.

»Es gibt Neuigkeiten. Sie sollen sofort in Meiers Büro kommen.«

44

Die Ereignisse überschlugen sich. Florian hatte Mühe, Ordnung in das Chaos seiner Gedanken zu bringen. Eben noch hatte Lorenz Baumann ihm Personen beschrieben, denen er Farben und Tätowierwerkzeuge verkauft hatte. Mit ziemlicher Sicherheit war Dr. Menger einer von ihnen. Dass er der Vorsitzende des deutschen Maya-Vereins war und in diesem Zusammenhang regelmäßig überlieferte Rituale durchführte, hatte Menger ihnen selbst erzählt. Ob er auch zu einem Mord fähig war? Steckte er hinter dem ominösen Internetprofil dieses Tobis, der in Kontaktbörsen auf Jungfrauenfang ging? Noch immer hatte der IT-Experte keinen Zusammenhang zwischen diesem Profil und den drei toten Mädchen gefunden. Ebenso wenig ließ sich eine Verbindung zu den Wengler-Brüdern nachweisen. Klar war nur, dass alle Beteiligten im selben Internetportal aktiv gewesen waren. Florian hatte die IT-Abteilung auf Menger angesetzt. Wenn er ebenfalls auf der Dating-Plattform unterwegs war, katapultierte er sich ganz nach oben auf der Liste der Verdächtigen. Bis vor zehn Minuten war Florian davon überzeugt gewesen, dass Menger in die Sache verwickelt war, doch seit er im Büro seines Chefs saß, hatte sich alles geändert.

Hermann Meier fegte Florians Gedankenkonstrukte mit einem einzigen Wisch beiseite. Fassungslos verfolgte Florian seine Neuigkeiten.

»Wir haben Mario Wengler«, eröffnete Meier ihm in seinem typischen Tonfall. Er hatte eine tiefe, raue Stimme, die keinen Zweifel an der Richtigkeit seiner Worte zuließ. »Er hatte sich bei seiner Freundin verschanzt. Wussten Sie, dass er liiert ist?« Meiers Augen durchbohrten Florian. Der schüttelte den Kopf.

»Eine junge Frau, brünett, Lockenmähne und höchstens zwanzig Jahre alt …« Meier machte eine bedeutungsvolle Pause.

»Sprechen Sie von der Vermissten Hannah Taubert?«, erkundigte sich Florian, denn die Beschreibung passte auf das Mädchen.

Meier hob die Achseln. »Wir wissen es nicht. Die junge Dame verweigert die Aussage.«

Florians Augenbrauen zuckten nach oben. Ihm war nicht klar, worauf sein Chef hinauswollte.

»Der Suchtrupp hat Wengler auf einem Zeltplatz geschnappt. Es war reiner Zufall. Ein Polizeikollege wollte sich eine Currywurst gönnen, als Wengler mit der jungen Frau auftauchte. Niemand hat damit gerechnet, dass der Mann am helllichten Tag einfach so durch die Gegend spaziert. Der Zeltplatz grenzt an Wenglers Grundstück und ist zu dieser Jahreszeit gut besucht. Der Suchtrupp hatte sich eher auf die unbelebten Teile des Gebietes konzentriert. Der Kollege hat Wengler jedenfalls sofort erkannt und zusammen mit dem Mädchen festgesetzt. Die Kleine behauptet, sie sei seine Freundin. Ihre Identität gibt sie nicht preis, weil sie sich vor ihren Eltern fürchtet, die ihr die Hölle heißmachen würden, sobald sie entdecken, wie alt ihr neuer Freund ist. Ein Kollege bearbeitet sie gerade. Wenn sie mit ihrem Namen nicht bald rausrückt, werden wir sie aufs Revier bringen und den Tauberts gegenüberstellen.«

»Was ist mit Wengler? Hat er gestanden?«

Meier warf Florian einen durchdringenden Blick zu. »Nun«, sagte er nach einer kurzen Pause. »Diese Befragung wollte ich eigentlich Ihnen überlassen. Sie machen sich also besser auf den Weg.«

45

Julia saß wie festgenagelt auf ihrem Platz. Der Gesang der selbst ernannten Maya-Priester hatte eine ohrenbetäubende Lautstärke angenommen. Dr. Menger vollführte einen merkwürdigen Tanz um das junge Mädchen herum, das teilnahmslos auf dem Opferstein lag. Die Trommeln schlugen wie verrückt. Die Fackeln, der im Übrigen weitestgehend im Dunkeln liegende Raum, die seltsamen Bewegungen und der obskure Gesang machten Julia auf unbeschreibliche Weise Angst. Obwohl sie davon ausging, dass alles, was sie sah, ein Theaterstück war, wirkte das Ritual täuschend echt. Sie fühlte sich mit dem Mädchen verbunden, das völlig wehrlos dort oben lag und die geifernden Blicke der Männer auf ihrem fast nackten Körper ertragen musste. Das tat die junge Frau bestimmt nicht freiwillig. Oder etwa doch?

Julia schaute sich um. Die anderen Gäste genossen das Schauspiel ganz offensichtlich. Die anfängliche Stille war angeregtem Tuscheln gewichen. Einige lachten sogar. Nahm Julia die Sache etwa zu ernst? Es war die schlichte Nachstellung einer Maya-Opferung. Dass es dabei nicht gerade zimperlich zuging, war zu erwarten gewesen. Julia stand auf und ging ein Stück zur Seite. Sie wollte mehr von dem sehen, was auf dem Opferstein geschah. Von rechts hatte sie freie Sicht. Im Augenwinkel nahm Julia plötzlich eine Bewegung wahr. Sie blickte nach oben und entdeckte eine Tür, durch die helles Licht drang. Der Saal verfügte offenbar über zwei Ebenen. Die Tür schlug gleich wieder zu.

Julia wandte sich wieder dem Ritual zu. Dr. Menger schwang ein Messer über dem Mädchen. Das Gesicht der Kleinen wirkte nicht mehr so entspannt. Menger vollführte über ihrem Körper verschiedene Gesten, die allesamt ihre Tötung andeuteten. Er holte aus und ließ das Messer auf sie hinabsausen, um erst im letzten Augenblick innezuhalten. Julia konnte die Panik des Mädchens fast körperlich spüren. Sie überlegte, ob sie einschreiten sollte. Es war doch offensichtlich, dass sie Angst hatte. Niemand außer ihr schien sich dafür zu interessieren. Ganz im Gegenteil, sobald das Mädchen zuckte, ging ein Raunen durch die Menge.

Zweifel begannen an Julia zu nagen. Sie musste an Michael denken, daran, dass sie schon einmal die Dinge hatte laufen lassen. Ihr Nichtstun hatte Michael geradezu in den Tod geführt. Hätte sie damals nur dieses eine Mal auf ihn gehört, er wäre heute noch am Leben. Unsicher schaute sie sich um. Anscheinend teilte keiner der Gäste ihre Sorgen. Vielleicht sollte sie sich einfach beruhigen. Was sollte schon passieren? Ein bisschen frische Luft könnte sicher Abhilfe schaffen. Julia beschloss, den Saal zu verlassen. Ihre Nerven lagen blank und sie musste ihre Objektivität zurückgewinnen. Schnellen Schrittes ging sie auf den Ausgang zu, als ein gellender Schrei durch den Saal hallte. Sie drehte sich um und sah direkt in Mengers eiskalte Augen. Er stand hoch aufgerichtet und mit höllischem Grinsen über dem leblos erscheinenden Mädchen. Überall war Blut. Julia schlug entsetzt die Hand vor den Mund. Sie konnte nicht glauben, was sie dort sah.

Menger hatte dem Mädchen die Kehle durchtrennt. Das Blut schoss in einer immer schwächer werdenden Fontäne aus ihrem Hals. Julia wurde schwarz vor Augen. Sie tat, wozu das menschliche Hirn ausgelegt war. Kampf oder Flucht. Sie wählte den Kampf. Sie schoss zwischen den Bänken hindurch, die Treppenstufen des Opfersteines hinauf und stürzte sich auf das blutüberströmte Mädchen. Der Anblick war grauenvoll. Überall war Blut. Auf dem Gesicht, dem Oberkörper, den Haaren und auf dem Boden ringsherum. Julia tastete nach dem Puls des Mädchens. Im gleichen Augenblick zerrten sie starke Hände nach hinten.

»Lasst mich sofort los«, schrie Julia und wehrte sich mit Händen und Füßen.

»Was zum Teufel tun Sie hier?«, zischte Dr. Menger ihr ins Ohr und zerrte sie zu sich herum. Seine kalten Augen schienen direkt in Julias Seele zu stechen. Seine Hände krallten sich schmerzhaft in ihre Oberarme. »Sie ruinieren unser Ritual!«

Julia funkelte Menger wütend an und stieß ihm mit aller Kraft das Knie in den Unterleib. Menger ließ sie auf der Stelle los. Er knickte zusammen und stöhnte. »Verdammtes Miststück. Was haben Sie hier überhaupt zu suchen!«

Julia reagierte nicht. Sie beugte sich über das Mädchen. Es lebte noch. Völlig benommen, richtete es sich auf. »Sind wir schon fertig, Papa?«

Papa? Julia traute ihren Ohren nicht. Das Mädchen war Mengers Tochter? Sie wischte mit dem Finger das Blut auf ihrem Hals weg. Die Haut schien unversehrt. Eine weiße Feder klebte darauf. Auf dem Boden lag ein geköpftes Huhn. Verflucht. Was in aller Welt war hier los? Einige Gäste hatten sich erhoben und buhten Julia aus. Mengers Tochter betrachtete sie verwirrt.

»Wer sind Sie?« Sie wandte sich an ihren Vater. »Papa, was ist denn los?«

»Schon gut. Ich glaube, hier liegt ein Missverständnis vor.« Menger hatte sich aufgerappelt. Eine Hand hielt er schützend vor den Unterleib.

Julia zählte eins und eins zusammen. Das Ganze war ein täuschend echtes Schauspiel, das mit Hühnerblut bewerkstelligt wurde. Nur dass man aus dem Zuschauerraum das Huhn nicht sehen konnte. Julia taumelte ein wenig. Sie fühlte sich benommen. Und irgendwie schuldig. Sie hatte Mengers Vorstellung ruiniert, und das völlig zu Unrecht. Die Sache war ihr auf einmal peinlich.

»Es tut mir leid«, sagte sie zögerlich und reichte Menger entschuldigend die Hand. »Ich dachte …«

»Liebe Frau Dr. Schwarz, Sie sollten doch wissen, dass wir die Dinge hier nur nachspielen. Wie kommen Sie überhaupt darauf, dass wir jemanden verletzen würden?«

Inzwischen war das Licht im Saal angegangen. Die Männer, die zu Beginn des Rituals die Fackeln und Feuerschalen entzündet hatten, begleiteten die Gäste hinaus. Julia wusste nicht, was sie entgegnen sollte. Sie fühlte sich wie ein Schulkind, das völlig über die Stränge geschlagen hatte. Ihre Augen wanderten durch den Saal, als würde sie dort eine passende Antwort finden. Die Tür, die ihr vorher aufgefallen war, stand wieder offen. Jemand da oben beobachtete sie.

»Was ist da oben?«, fragte sie, ohne auf Mengers Frage einzugehen.

Menger zog die Augenbrauen zusammen. Julias Frage passte ihm nicht. Trotzdem antwortete er. »Da oben gibt es ein paar Übungsräume. Haben Sie sonst noch Fragen, Dr. Schwarz, oder können wir vielleicht einfach zur Tagesordnung übergehen? Meine Tochter benötigt dringend eine heiße Dusche.«

»Ja, natürlich. Es tut mir wirklich leid, Dr. Menger. Es sah nur so täuschend echt aus. Ich habe für einen Augenblick die Situation schlicht falsch eingeschätzt.«

Menger warf ihr einen pikierten Blick zu. »Schon gut«, sagte er und machte Julia mit einem Kopfnicken klar, dass das Gespräch für ihn beendet war.

Sie verließ den Saal und ärgerte sich. Wie hatte sie sich nur dermaßen blamieren können? Plötzlich wollte sie nur noch weg. Eigentlich hätte sie Menger auf seine offenbar völlig betrunkene oder mit sonstigen Drogen vollgepumpte Tochter ansprechen müssen. Sie könnte schwören, dass das Kind noch nicht volljährig war. So etwas durfte sie streng genommen nicht einfach hinnehmen. Ein Punkt, über den sie sich sehr ärgerte. Sie stieg die Treppen hinauf und ging durch den Flur der Villa ins Freie. Die ersten Autos fuhren bereits vom Parkplatz. Die Dämmerung kündigte sich mit breiten, roten Streifen am blauen Sommerhimmel an. Julia wollte gerade um das Haus herum zurück zu ihrem Auto gehen, als ihr ein weißer Lieferwagen auffiel. Das Auto parkte vor einem Garagentor an der hinteren Seite des Gebäudes. Plötzlich fiel ihr das Hühnerblut auf Melissa Hornbergs Kleidung ein. Sie zog ihr Handy aus der Tasche und wählte Florians Nummer. Glücklicherweise hob er sofort ab.

»Hast du eigentlich den weißen Lieferwagen von Dr. Menger überprüfen lassen?«, fragte Julia, ohne sich mit Small Talk aufzuhalten. Am anderen Ende der Leitung herrschte für ein paar Augenblicke Schweigen. Julia konnte Motorengeräusche im Hintergrund hören. Offenbar war Florian mit dem Wagen unterwegs.

»Wir haben Mario Wengler und möglicherweise auch die vermisste Hannah Taubert«, erklärte Florian zu Julias Überraschung.

»Was? Der Fall ist also erledigt?« Julia konnte es nicht glauben. »Aber hier steht ein weißer Lieferwagen, und ich habe soeben ein Maya-Ritual gesehen, in dem Mengers Tochter mit Unmengen von Hühnerblut besudelt wurde. Findest du das nicht verdächtig?«

»Julia!« Florians Stimme klang ungeduldig. »Ich bin auf dem Weg zu Wengler, um sein Geständnis abzuholen. Was machst du überhaupt bei Menger?«

»Ich habe im Internet herausgefunden, dass heute dieses Opferritual stattfinden sollte, und habe es mir angesehen. Jetzt sehe ich gerade einen weißen Lieferwagen. Es ist dasselbe Modell wie der auf dem Tankstellenvideo. Du suchst diesen Wagen doch immer noch.«

»Hör zu, Julia. Ich bin gleich bei Wengler und muss mich um ihn kümmern. Wir telefonieren später noch einmal, okay?«

Julia legte auf. Sie war enttäuscht. Sie hatte eine andere Reaktion erwartet. Eigentlich hätte er ihr dankbar sein sollen. Der weiße Lieferwagen stand seit geraumer Zeit auf der Fahndungsliste und war ein Schlüsselfaktor zum Mörder der Mädchen, genauso wie die Sache mit dem Hühnerblut. Andererseits, wenn Mario Wengler die Taten gestand, dann hatte sie hier nichts mehr zu schaffen. Verdrossen ging sie über das große Grundstück zurück zu ihrem Wagen und setzte sich hinein. Doch sie fuhr nicht los. Sie hatte etwas anderes vor.

46

Julia saß regungslos in ihrem Wagen und blickte starr in den Himmel. In Gedanken war sie weit weg. Sie fügte alle Puzzleteile zusammen, die sie aus den bisherigen Ermittlungsergebnissen kannte. Es gab einen wichtigen Punkt, der ihr eingefallen war und sie letztendlich davon abgehalten hatte, nach Hause zu fahren. Dr. Menger hatte Gummihandschuhe getragen. Das war nur ein winziges Detail, aber es passte allzu gut ins Bild. Sie hatte an allen drei Mädchenleichen Talkumspuren gefunden. Spuren, die entstanden, wenn man jemanden mit Gummihandschuhen berührte. Menger hantierte mit Hühnerblut, vor seinem Haus stand ein weißer Lieferwagen und er hatte eine Vorliebe für Maya-Rituale. Außerdem entsprach Menger genau dem Täterprofil, das Florian entwickelt hatte. Der Täter stellte sein Opfer mit Drogen ruhig, machte selbst vor der eigenen Tochter nicht halt, nur um seine kranken Fantasien auszuleben. Sie befürchtete, dass dieser Fall keineswegs abgeschlossen war. Wenn Wengler der Gesuchte sein sollte, was Julia weiterhin anzweifelte, konnte es nicht schaden, sich noch einmal in der Villa umzusehen. Die ganze Zeit sah sie diese Tür vor sich, die auf der oberen Ebene des Saals geöffnet wurde. Dahinter verbarg sich etwas, das hatte spätestens Mengers Reaktion gezeigt.

Julia befürchtete, der Mörder könnte erneut zuschlagen. Vielleicht war Mengers Tochter ja für heute nur die Vorspeise gewesen und das eigentliche Opfer wartete irgendwo im Verborgenen auf sein trauriges Schicksal. Wenn sich Florian also irrte und Wengler der Falsche war, dann kam es auf jede Minute an. Es gab etwas, das sich Julia nach dem Verlust ihres Bruders geschworen hatte. Sie würde nie wieder tatenlos zusehen.

Als es dunkel war, stieg sie aus und lief schnurstracks an dem Ententeich vorbei und durch die Anlage zurück zur Villa. Auf dem Parkplatz standen noch drei Autos. Der weiße Lieferwagen war verschwunden. Vielleicht hatte ihn jemand in die Garage gefahren. Das würde sie gleich herausfinden. Sie huschte durch die Bäume, über den Rasen und zur Hauswand. Vor der Villa standen etliche Straßenlaternen, also hielt sie sich im Schatten der Wand. Sie machte zwei, drei Schritte, als sich plötzlich von hinten eine Hand auf ihren Mund legte. Entsetzt packte Julia die fremde Hand.

»Pst, sei leise!«

Julia benötigte mehrere Sekunden, bis sie Florian erkannte. Sie hatte so viel Adrenalin im Blut, dass sie zitterte.

»Was machst du denn hier?«, fragte sie fassungslos.

»Ich habe mir gedacht, dass du nicht lockerlässt, und da ich nicht wollte, dass du schon wieder in Gefahr gerätst, habe ich umgedreht und bin direkt hierhergekommen.«

»Aber was ist mit Wengler und mit Hannah Taubert?«

Florian zuckte mit den Schultern. »Keine Ahnung. Aber da beide vorerst in Gewahrsam sind, hat die Befragung noch Zeit. Du hast mich ehrlich gesagt zum Nachdenken gebracht. Ich habe vor ein paar Stunden aus unserem Junkie herausbekommen, dass er Tätowierwerkzeug und Farben an Mengers Verein verkauft hat. Außerdem will er genauso ein Ritual wie du gesehen haben. Täuschend echt. Einem Mädchen wurde ein Pflock ins Herz getrieben. Daher hat er sich bei dir im Leichenschauhaus umgesehen. Er wollte sichergehen, dass das Mädchen noch lebt, und war froh, dass er sie nicht in euren Kühlfächern gefunden hat. Und dann ist da noch die beste Freundin von Hannah Taubert, die sich morgen mit diesem sogenannten Tobi verabredet hat. Unser IT-Mann hat immer noch nichts herausgefunden. Deshalb hielt ich es für das Beste, doch hierherzukommen.«

»Ich bin mir auch nicht sicher, wer unser Täter ist. Der weiße Lieferwagen ist verschwunden. Ich wollte mir die Übungsräume im Obergeschoss ansehen«, erklärte Julia und zog Florian mit sich. Doch dieser rührte sich nicht von der Stelle.

»Du weißt, dass ich ohne richterlichen Beschluss nicht einfach in dieses Haus eindringen kann.«

»Das sollst du ja auch gar nicht«, erwiderte sie und deutete auf ein robustes Rankgitter, das an der Hauswand empor zu einem Balkon führte. »Mitten in der Villa befindet sich ein großer Saal. Der Zugang zum Zuschauerraum und dem Opferstein liegt im Untergeschoss, die Übungsräume mindestens zwei Etagen darüber. Wenn ich richtig liege, sollten wir von diesem Balkon aus einen Blick hineinwerfen können.« Julia erinnerte sich an das Licht, das für einen Moment durch die offene Tür gefallen war. Sie war der Meinung, dass es Tageslicht gewesen war. Also musste es ein Fenster geben. Der Balkon schien genau an der richtigen Stelle zu liegen.

Ohne eine Antwort von Florian abzuwarten, kletterte sie das Rankgitter hinauf. Der Balkon war riesig. Er zog sich über zehn Meter und mehrere Fenster hinweg.

»Praktisch«, flüsterte Florian, der soeben über das Geländer kletterte.

Julia näherte sich vorsichtig dem ersten Fenster. Drinnen brannte Licht. Sie hielt die Luft an und spähte hinein. Auf dem Boden lagen ein paar Yogamatten. Ein schlichter Schrank befand sich neben der Tür, und an der Decke baumelte nicht einmal eine Lampe, sondern lediglich eine Glühbirne. Die Innenausstattung hatte überhaupt nichts mit der ansonsten prachtvollen Villa zu tun.

»Sieht fast aus wie eine Kerkerzelle«, witzelte Florian.

Julia schlich zum nächsten Fenster, dem zweiten von insgesamt vier doppelflügeligen, weißen Sprossenfenstern. Dieser Raum war dunkel. Sie presste die Nasenspitze gegen das Glas, um etwas zu sehen. Sie erkannte lediglich ein paar Konturen. Vielleicht stand dort ein Bett oder ein flacher Tisch. Florian stieß ihr in die Seite und bedeutete ihr, zum nächsten Fenster zu gehen. Dort bot sich dasselbe Bild. Erst durch das letzte Fenster drang wieder Licht. Julia blickte hindurch und hielt augenblicklich die Luft an. Dort saß Dr. Menger. In der Hand hielt er ein Tätowierwerkzeug, das über den flachen Bauch eines blonden Mädchens glitt.

»Ist das seine Tochter?«, fragte Florian.

Julia schüttelte den Kopf. »Nein, die war dunkelhaarig. Diese Frau habe ich noch nie gesehen. Scheint auch schon älter zu sein.« Julia schätzte die Frau auf Anfang dreißig. Sie lag entspannt auf einer schmalen Liege und lächelte, während Menger ihren Bauch bearbeitete. Es schien nicht besonders schmerzhaft zu sein. Irgendwie war Julia enttäuscht. Sie hatte gehofft, auf brauchbare Informationen zu stoßen. Was sie vorfanden, sah harmlos aus. Frustriert ließ sie sich gegen die Hauswand sinken.

»Vielleicht hast du doch recht und es ist Wengler«, seufzte sie und blickte Florian an, der im Schummerlicht der Straßenlaternen ganz anders aussah.

»Wenn du möchtest, kannst du gleich morgen früh das Verhör beobachten.« Florian reichte ihr die Hand und zog sie auf die Füße. »Lass uns verschwinden.«

Sie nahmen denselben Weg zurück, den sie gekommen waren.

»Wollen wir noch kurz nach dem Lieferwagen schauen?«, fragte Julia, aber Florian wollte das nicht.

»Wir brauchen erst einen Durchsuchungsbeschluss. Lass uns gehen, bevor wir entdeckt werden.«

Julia fügte sich. Sie bewegten sich auf die Bäume zu und marschierten am Rand der Wiese in Richtung ihres Wagens. Es war eine sternenklare Nacht mit milder Sommerluft und dem Duft frisch gemähten Rasens.

»Verflixt«, fluchte Florian plötzlich. Julia sah, dass er mit einem Fuß in der Erde steckte. Der Boden hatte unter seinem Gewicht nachgegeben. Florian zerrte an seinem Bein. Julia half ihm, sich zu befreien.

»Was ist das für ein Loch?«, fragte sie und leuchtete mit der Taschenlampe ihres Handys hinein.

»Sieht aus wie ein Lüftungsrohr«, murmelte Florian.

Julia tastete das Rohr ab. Es befand sich dort, wo die Wiese anfing. Ihr Blick suchte die Umgebung ab. Hinter ein paar Bäumen stieß sie auf einen Holzverschlag.

»Was ist das?«, flüsterte sie aufgeregt.

»Lass mal sehen.« Florian schob sich an ihr vorbei und untersuchte den schiefen Schuppen.

»Hier geht eine Treppe nach unten«, sagte er und leuchtete mit seiner Taschenlampe auf feuchte Betonstufen, die in die Tiefe führten.

»Was soll das sein, eine alte Brunnenanlage?« Julia deutete auf ein paar Wasserleitungen, die an der Wand entlangführten. Florian zuckte mit den Achseln. »Pst«, sagte er unvermittelt und blieb stehen. »Hast du das gehört?«

Julia nickte. Ja, sie hatte ein Wimmern gehört oder ein Stöhnen. Vielleicht war es auch der Laut eines Tieres gewesen. Ein Schauer lief über ihre Haut. Florian zögerte nicht lange. Er nahm die letzten Treppenstufen. Sie gelangten in einen völlig verdreckten Betonflur, durch den etliche Wasserrohre verliefen. Aus einigen tropfte es unaufhörlich. Rechts befand sich eine Stahltür. Sie war offen. In dem Raum war nichts als nackter Beton. In der hinteren Wand gab es eine weitere Stahltür. Julia sperrte die Ohren auf. Sie wollte dieses Geräusch noch einmal hören. Doch es kam nicht wieder. Florian machte sich an der zweiten Stahltür zu schaffen. Diese war verschlossen.

»Das haben wir gleich«, flüsterte er und holte einen Dietrich aus der Tasche.

»Es riecht schrecklich«, stellte Julia fest. In der Luft lag ein Gemisch aus Blut und Exkrementen.

Florian öffnete das Schloss in weniger als dreißig Sekunden. Er stieß die Tür auf und der Gestank haute Julia beinahe um. Es war ekelerregend. Florian schaltete das Licht an. Ein Eimer voller Exkremente und Urin quoll beinahe über. Fette Fliegen surrten herum. Doch es wurde noch schlimmer. Mitten im Raum lag eine Matratze. Sie maß vielleicht ein mal zwei Meter. Darauf lag ein Mädchenkörper. Braune Locken flossen auf die dreckige Matratze, die nicht einmal mit einem Laken bezogen war. Der schlanke Körper lag vollkommen reglos da. Die dünnen Arme waren rechts und links ausgestreckt, in der linken Ellenbeuge steckte eine Kanüle. Ein durchsichtiger Plastikschlauch führte zu einem Ständer, an dem ein Beutel hing, aus dem eine Flüssigkeit in den Schlauch tropfte. Julia erfasste das Etikett auf dem Beutel mit einem Blick und zog die Kanüle aus dem Arm des Mädchens.

»Sie lebt«, stellte sie fest. Der Puls des Mädchens raste. »Wir müssen sie sofort ins Krankenhaus schaffen. Sie hat einen anaphylaktischen Schock. Der Mistkerl hat sie mit *Pavulon* ruhiggestellt.« Pavulon war ein muskellähmendes Mittel, das häufig bei Vollnarkosen eingesetzt wurde. Es sollte die Muskelaktivitäten während einer Behandlung unterbinden. Das Schmerzempfinden wurde durch das Mittel nicht beeinträchtigt. Der Täter war entweder unfähig oder ein Sadist. Eine allergische Reaktion auf dieses Mittel kam relativ selten vor, konnte aber tödlich sein. Das Mädchen hatte offenbar heftig reagiert. Sie brauchte sofort Blutdruck und Kreislauf stabilisierende Medikamente.

Florian hatte seine Waffe gezogen und durchsuchte systematisch den Raum. Eine weitere Tür führte in eine heruntergekommene Toilette. Das Waschbecken war mit Blut verschmiert. Tätowierwerkzeug und Farbe lagen daneben. Dreckige Tücher, weitere Flaschen voll mit Medikamenten und Desinfektionsmittel vollendeten das Bild des Grauens.

»Wir brauchen Verstärkung«, erklärte Florian. Er verständigte die Kollegen und half Julia, das bewusstlose Mädchen hochzuhieven.

»Ich glaube, wir haben Hannah Taubert gefunden.«

47

Kurze Zeit darauf wurde die Nacht zum Tag. Auf Mengers Grundstück tummelten sich Polizisten und Mitarbeiter der Spurensicherung, die mit ihren Taschenlampen und aufgestellten Scheinwerfern die Dunkelheit verdrängten. Es war so hell, dass selbst die Sterne vom Himmel verschwunden waren. Hannah Taubert war vom Notarzt direkt auf die Intensivstation des nächstgelegenen Krankenhauses eingewiesen worden. Sie hatten sie anhand der Vermisstenfotos identifiziert. Ihre Überlebenschancen standen nicht gut.

Florian vernahm mit etlichen Kollegen Dr. Menger, seine Tochter und ein paar Hausangestellte, die in Bedienstetenzimmern wohnten. Julia sah sich derweil in der Villa um. Anna Schubert von der Spurensicherung durchsuchte mit ihrem Team die Kellerräume, in denen sie Hannah Taubert gefunden hatten. Der Keller gehörte zum hauseigenen Pumpwerk, das den Teich und die Bewässerungsanlage des Gartens versorgte. Früher erfolgte auch die Wasserversorgung des Hauses über diese Anlage, aber wegen der schlechten Qualität des Grundwassers hatten bereits die Vorbesitzer des Anwesens die Trinkwasserversorgung in die Hände der Stadtwerke gegeben.

Julia war jedenfalls zurück ins Haus gegangen, weil sie Anna Schubert nicht im Weg stehen wollte. Sie musterte das Wohnzimmer, das luxuriös, aber gleichzeitig auch sehr behaglich eingerichtet war. Eine Couch mit weichen Kissen lud zum Sich-Ausstrecken ein. Ein Ohrensessel mit einem runden Lederhocker für die Füße diente als Platz für gemütliche Lesestunden. Eine üppig ausgestattete Bar sorgte für das leibliche Wohl und zahlreiche Fotos, die an den Wänden und auf den Kommoden und Regalen verteilt waren, verliehen dem Raum eine persönliche Note. Dieses Wohnzimmer mit den vielen Fotografien gehörte in die Kategorie heile Familienwelt. Die Aufnahmen zeugten von guten Zeiten. Menger war beinahe auf jedem Bild mit seiner Exfrau, die seit fünf Jahren in Mexiko lebte, und den beiden Kindern zu sehen. Die meisten Bilder zeigten die Familie unter strahlend blauem Himmel, abwechselnd am Strand und vor irgendwelchen Maya-Tempeln. Die Mengers hatten offenkundig viel Zeit in Mexiko verbracht. Das war ja auch kein Wunder, denn Menger erforschte die Maya-Kultur seit Jahrzehnten, war bei etlichen Ausgrabungen aktiv und kannte jeden Tempel wie seine Westentasche. Das hatte Julia bereits auf der Ausstellung erfahren. Julia begutachtete die Fotos und wurde fast ein wenig neidisch. Sie dachte an Michael und die fröhliche Familie, die sie einmal waren. Auch sie waren oft in den Urlaub gefahren. Zwar nicht gleich bis nach Mexiko, aber immerhin hatte es jedes Jahr für zwei Wochen Nordseeurlaub gereicht. Im Winter reisten sie nach Österreich in die Berge. Julia erinnerte sich gerne an diese Zeit, die ihr heute wie ein anderes Leben vorkam. Die Mitglieder ihrer Familie waren innerlich – jedes auf seine Weise – mit Michael gestorben. Sein Tod hatte sie von Grund auf verändert. Am meisten litt sicherlich ihre Mutter. Schaudernd erinnerte sie sich an Michaels letzten Geburtstag und daran, wie ihre Mutter krampfhaft an ihm festhielt. Sie würde nie im Leben über dieses Unglück hinwegkommen.

Julia wandte den Blick von den Fotos ab. Das Glück, das dort zu sehen war, konnte sie plötzlich nicht mehr ertragen. Sie sah auf die Uhr und wunderte sich, dass Florian mit seinen Befragungen immer noch nicht fertig war. Sie beschloss, hinaus in den Garten zu gehen und mit Anna Schubert zu sprechen. Diesmal verzichtete sie darauf, unauffällig zwischen den Bäumen hindurchzulaufen, sondern ging schnurstracks über die hell beleuchtete Wiese. Über dem Lüftungsschacht, in den Florian eingebrochen war, lag ein Gitter. Zusätzlich war die Stelle provisorisch eingezäunt. Die Mitarbeiter der Spurensicherung waren damit beschäftigt, die unmittelbare Umgebung des Holzverschlages zu untersuchen.

»Wir sollten lieber absperren und morgen früh weitermachen. Womöglich übersehen wir bei diesem Kunstlicht etwas«, sagte ein junger Mann, der vollkommen weiß gekleidet war und sich mit einem Pinsel an den Türklinken zu schaffen machte.

»Ist gut, aber lass uns noch den Test mit UV-Licht machen«, erwiderte sein Kollege. Mit ultraviolettem Licht konnte man chemisch aufbereitete Blutspuren oder auch andere biologische Stoffe wie Speichel und Sperma sichtbar machen.

Julia schlüpfte an den beiden Männern vorbei und betrat den Schuppen. Sie stieg die Treppe hinab und fand Anna Schubert dort, wo sie zuvor das bewusstlose Mädchen aufgefunden hatten. Die Leiterin der Spurensicherung war dabei, Kleidungsstücke auf dem Boden auszubrciten. Als sie Julia bemerkte, unterbrach sie ihre Tätigkeit.

»Wir haben endlich die Kleidung der Mädchen gefunden. Sie lag in der Wäschetruhe dort hinten. Unglaublich, dass der Täter für so etwas Nerven hatte. Als wenn er die Sachen demnächst waschen wollte …« Sie schüttelte den Kopf und deutete auf ein Paar hellblaue Jeans. »Die Hose hier gehörte Sandra Polkert. Der Ausweis steckte noch in der Tasche. Ihr Mörder hat sie nackt ins Moor gebracht. Leider weiß ich im Augenblick nicht, welches Oberteil dazugehört. Aber das finde ich im Labor heraus.«

»Wessen Portemonnaie ist das?«, fragte Julia, deren Augen an einer rosafarbenen Lederbörse hängen blieben.

»Das befand sich in der Jackentasche von Janina Schuchardt.« Anna Schubert hielt mit den behandschuhten Fingern ein Handy in die Luft. »Und das hier gehört Hannah Taubert. Ich habe einfach mal ihren Geburtstag als Code eingegeben und konnte das Handy entsperren. Ihr WhatsApp-Profil ist vollständig mit Bild und Namen abgespeichert. Hinzu kommen die Telefonnummern der Eltern und ihrer beiden Freunde, die gestern bei Florian Kessler waren.«

Julias Augen wanderten über die bunten Kleidungsstücke. Eine tiefe Falte zeigte sich auf ihrer Stirn. Sie zählte drei Hosen und einen Rock. Zwei Hosen hatte Anna Schubert den beiden ermordeten Mädchen Janina Schuchardt und Sandra Polkert zugeordnet. Den Rock hatte Hannah Taubert getragen.

»Zu wem gehört die dritte Hose?«

»In der habe ich nichts gefunden. Wahrscheinlich zu der Toten, die wir auf dem Baum entdeckt haben«, erwiderte Schubert, während sie ein T-Shirt in eine Plastiktüte stopfte.

»Aber die Kleidung von Melissa Hornberg lag doch im Mülleimer auf dem kleinen Parkplatz des Naturschutzgebietes«, gab Julia zu bedenken.

Anna Schubert schaute Julia an, als wäre sie vom Donner getroffen worden.

»Du meine Güte, du hast vollkommen recht. Daran hatte ich gar nicht gedacht. Das heißt ja …« Sie sprach nicht weiter, sondern blickte Julia aus weit aufgerissenen Augen an.

»Irgendwo da draußen ist noch ein Mädchen«, vollendete Julia den Satz, bei dem sich ihr Herz zusammenkrampfte.

»Wir müssen auf der Stelle Florian unterrichten. Ich …« Weiter kam Anna Schubert nicht, denn im Türrahmen erschien die bullige Gestalt eines Polizisten. Er musterte die beiden Frauen rasch.

»Tut mir leid, aber Sie müssen den Raum verlassen. Florian Kessler möchte sich mit dem Verdächtigen umsehen.«

»Ist schon gut, Mark. Die beiden können bleiben. Schließt du bitte die Tür und sorgst dafür, dass wir ungestört sind?« Florian kam mit Dr. Menger herein, dessen Hände auf dem Rücken mit Handschellen gefesselt waren.

»Wenn ich vorstellen darf.« Florians Stimme klang unnatürlich höflich. Julia kannte ihn gut genug, um zu wissen, dass die Vernehmung nicht gut lief. Sie konnte sich in etwa ausmalen, dass Menger schwer zu knacken war. Bestimmt gab er seine Verbrechen nicht freiwillig preis. Florian stand kurz vor dem Explodieren. »Dr.

Schwarz kennen Sie ja bereits, und das ist Anna Schubert, Leiterin der Spurensicherung.«

Dr. Menger nickte Julia zu. Seine Miene war verschlossen, die Körperhaltung aufrecht und voller Selbstbewusstsein.

»Sie kennen diese Räumlichkeiten?«, hob Florian an.

»Ja, das ist die alte Wasserversorgung des Hauses. Der Betrieb dient seit einigen Jahren nur noch der Bewässerung der Grünanlagen und des Ententeiches am Ende des Parks. Warum führen Sie mich hierher? Hier gibt es nichts zu sehen. Ich habe mit diesen Mädchen nichts zu tun. Diese Anschuldigungen sind absurd.« Mengers Stimme klang selbstsicher.

»Nun, Anna, wenn du so gut wärst und alles kurz so herrichten könntest, wie es vorgefunden wurde?«

Anna arrangierte mit flinken Bewegungen die Gegenstände genau so, wie sie vor kurzer Zeit verteilt waren. Auch der durchsichtige Beutel, aus dem das muskellähmende Mittel in Hannah Tauberts Vene geflossen war, hing wieder an dem Ständer. Nur das schwer verletzte Mädchen fehlte selbstverständlich in dem grauenvollen Szenario.

»Wann waren Sie zuletzt in diesem Keller?«, wollte Florian von Menger wissen.

Etwas in dessen Gesicht veränderte sich. Sein Blick haftete auf der Matratze. In seinen Augen flackerte es eigenartig. Es war seltsam. Plötzlich fiel seine Maskerade zusammen. Mengers Haut wurde fahl wie Asche, sein Rücken krümmte sich mit einem Mal. Er wirkte wie um zehn Zentimeter geschrumpft.

»Ich gebe es zu. Ich habe diese Mädchen hier unten festgehalten und getötet. Lassen Sie mich mit meinem Anwalt sprechen, und ich liefere Ihnen so schnell wie möglich mein vollständiges Geständnis.«

48

Julia stand alleine in dem kahlen Kellerverlies. Florian hatte Menger mit seinem Anwalt telefonieren lassen und ihn in Untersuchungshaft gesteckt. Anna Schubert befasste sich mit dem weißen Lieferwagen, den sie in der Garage der Villa aufgespürt hatten. Die Existenz eines weiteren Opfers hatte Menger weder zugegeben noch abgestritten. Das war merkwürdig und außerdem ging Julia irgendwie alles zu schnell. Sie traute Menger die Taten zwar auf alle Fälle zu. Er war kalt, berechnend und ein fanatischer Verehrer der Maya-Kultur. Sie konnte sich lebhaft vorstellen, dass er nach echten Opfern gierte, die er seinen Göttern zum Fraß vorwerfen konnte. Doch dieses plötzliche Geständnis war für ihr Empfinden einfach zu mühelos gekommen. Noch fünf Minuten vorher hatte Menger jeglichen Kontakt zu den Mädchen ausgeschlossen, und dann gab er ohne Vorwarnung die Morde an den Mädchen zu. Dafür würde er für den Rest seines Lebens ins Gefängnis wandern. Es wäre von jetzt auf gleich aus mit dem Maya-Kult, seinem Status und seiner Familie. Er müsste alles, was ihm lieb und teuer war, aufgeben.

Sie starrte auf die fleckige Matratze. Zwei Buchstaben fielen ihr ins Auge. *AM* war auf den rechten oberen Rand geprägt. M stand sicher für Menger. Aber wofür stand das A? Menger hieß Ludwig mit Vornamen, seine Tochter Rosalie.

»Julia, bist du noch hier?«

Florians Stimme hallte durch den Keller. Als er Julia erblickte, strahlte er sie an. »Zeit, Feierabend zu machen. Du hast heute wirklich Großartiges geleistet. Vielleicht hast du Lust, zur Kripo zu wechseln. Meier würde dich ganz sicher mit Kusshand einstellen. Ohne dich würde ich jetzt meine Zeit mit Mario Wengler und seiner Tochter verschwenden.«

»Mit seiner Tochter?«, fragte Julia ungläubig.

»Ja, er hat mit seiner unehelichen Tochter gezeltet. Das junge Ding ist gar nicht seine Freundin, sondern seine leibliche Tochter. Die Vaterschaft hat er offiziell nie anerkannt, daher konnten wir es nicht wissen. Das Kind ist während einer außerehelichen Affäre entstanden. Die Mutter hatte seit Jahren keinen Kontakt mehr zu Wengler und wollte das auch nicht. Die Tochter hat trotzdem herausgefunden, wer ihr Vater ist, und vor ein paar Monaten Kontakt mit ihm aufgenommen. Das Mädchen wollte auf keinen Fall, dass die Mutter etwas erfährt, und hat sich deshalb ausgeschwiegen. Erst als die Beamten sie mit den Morden an den Mädchen konfrontiert haben, ist sie mit der Sprache herausgerückt.«

»Dann hat Wengler also nichts mit unserem Fall zu tun«, schlussfolgerte Julia.

Florian nickte. »Komm, ich fahr dich nach Hause. Ein Kollege bringt deinen Wagen morgen vorbei.«

Julia zögerte.

»Was ist? Bist du nicht froh, dass wir den Mistkerl endlich haben?«

In Julia arbeitete es. Ihre Gedanken kreisten unaufhörlich um die Initialen, die sie auf der Matratze entdeckt hatte. Mit einem Mal kamen ihr die Familienfotos von Menger in den Sinn.

»Wie heißt der Sohn von Dr. Menger?«

»Andreas, warum?« Florian hatte die Augenbrauen hochgezogen.

Julia deutete mit dem Finger auf die Matratze. »Dann ist das die Matratze von Andreas Menger. Wo steckt er denn eigentlich? Habt ihr ihn auch befragt?«

Florian schüttelte den Kopf. »Nein. Ich weiß nicht einmal, ob er hier überhaupt noch wohnt. Der ist doch längst erwachsen.«

In diesem Augenblick klingelte Florians Handy.

»Kessler«, meldete er sich und hörte schweigend der Frauenstimme zu, die aufgeregt aus dem Lautsprecher tönte. Nach einer Weile legte er auf und warf Julia einen durchdringenden Blick zu.

»Kein einziger Fingerabdruck in diesem Pumpenkeller stammt von Dr. Menger. Anna hat Abdrücke der Mädchen identifiziert und dazu weitere, die mit jenem identisch sind, den wir auf Mario Wenglers Schrottwagen gefunden haben. Sie hat versucht, herauszubekommen, von wem diese Abdrücke stammen, und sie mit allen anderen Abdrücken der Villa verglichen. Eine Häufung dieses Fingerabdrucks gab es in einem Zimmer neben dem von Dr. Mengers Tochter …«, berichtete Florian.

»Und es ist Andreas Mengers Zimmer und es sind seine Fingerabdrücke«, vollendete Julia Florians Satz. Es lief ihr eiskalt den Rücken hinunter, als sie die Nachricht begriff. Plötzlich setzte sich alles zu einem neuen Bild zusammen. Julia verstand, warum Dr. Menger auf einmal so geständig war. Er wollte seinen Sohn schützen und an seiner Stelle die Schuld auf sich nehmen. Der Mörder lief immer noch frei herum. Sie blickte Florian entsetzt an. »Und da draußen ist vermutlich ein weiteres Mädchen. Wir haben vorhin die Kleidung in diesem Loch gefunden.«

49

»Verdammt noch einmal, Menger, sagen Sie uns, wo Ihr Sohn steckt, oder wollen Sie für den Tod eines weiteren Mädchens verantwortlich sein?«

Florians Stimme schwankte unkontrolliert. So aufgebracht hatte Julia ihn selten erlebt. Sie konnte es nachvollziehen. Auch ihre Nerven lagen blank. Da draußen war irgendwo ein junges Mädchen. Hilflos, unter Drogen gesetzt und zusammen mit einem Serienmörder, der wahrscheinlich gerade dabei war, sie zu töten. Die Zeit lief ihnen davon, und Menger schwieg. Er beharrte weiterhin darauf, der Täter zu sein, konnte jedoch kein einziges Detail zum Hergang der Taten liefern. Der Mann war ein Fiesling, ein widerlicher Schaumschläger, aber – was in diesem Fall mehr als bedauerlich war, denn es bedeutete, dass die Bedrohung fortbestand – der Mann war kein Mörder. Er war ein Vater, der verzweifelt seinen Sohn schützen wollte. Einen Mann, Ende zwanzig, der bereits seit Langem wegen seiner psychischen Probleme in Behandlung war. Andreas Menger litt unter einer Form der Schizophrenie, die mit starkem Realitätsverlust einherging. Die Krankheit verlief in Schüben. Es gab Zeiten, da konnte Andreas Menger uneingeschränkt am normalen Leben teilnehmen. Er hatte sogar sein Germanistikstudium abgeschlossen und als freier Journalist für eine bekannte Zeitung gearbeitet. Doch sobald ein

Schub einsetzte, verlor er die Kontrolle. Er konnte nicht mehr zwischen Fantasie und Realität unterscheiden, litt unter Verfolgungswahn und glaubte dann, dass er die Götter beschwichtigen musste. In diesen Phasen zog er sich vollkommen zurück, isolierte sich von der Außenwelt, vernachlässigte die Hygiene und hielt sich mit Vorliebe in den Kellern der Villa auf. Die Ärzte hatten Andreas' Eltern geraten, das zuzulassen. Er brauchte in den Rückzugsphasen Ruhe und Geborgenheit. Wenn er diese in den dunklen Räumlichkeiten fand, war das okay. Außerdem klangen die Krankheitsschübe bei Andreas meist innerhalb weniger Wochen wieder aus. Die Symptome bildeten sich zurück und er wirkte danach wie ein völlig gesunder junger Mann. Offenbar hatte keiner der Ärzte und auch nicht seine Familie Andreas' Neigung zur Gewalt bemerkt. Er galt als friedfertiger und kooperativer Patient, der selbst in akuten Krankheitsphasen gut zu steuern war. Gewaltbereitschaft hatte ihm zuvor niemand attestiert. Außerdem verstand er sich hervorragend mit seinem Vater. Es gab keine Maya-Zeremonie, die ohne ihn stattfand. Er assistierte Dr. Menger mit viel Freude und Engagement. In der Maya-Kultur schien er Halt zu finden. Sein Vater hoffte, dass er langfristig in Zusammenarbeit mit den Ärzten vielleicht sogar vollständig genesen würde.

»Wir wissen, dass Sie unschuldig sind, Dr. Menger. Dieses Theater können Sie sich sparen. Ich weiß nicht, wozu Ihr Anwalt Ihnen geraten hat, aber Sie schützen Ihren Sohn am besten, indem Sie uns helfen, einen weiteren Mord zu verhindern.«

Florians Stimme riss Julia aus ihren Gedanken. Sie beobachtete das Verhör durch den Einwegspiegel des

Vernehmungsraumes. Es war mitten in der Nacht. Die Uhr zeigte halb vier. Julia spürte nicht den geringsten Anflug von Müdigkeit. Sie wollte dieses Mädchen retten. Um Hannah Taubert stand es schlecht. Sie hatte das Bewusstsein bisher nicht wiedererlangt und die Ärzte rechneten mit dem Schlimmsten. Wütend krallte Julia die Hände um den Gürtel ihrer Hose. Sie hätte Menger am liebsten geschüttelt, damit er endlich mit der Sprache herausrückte. Doch der Mann ließ sich von Florians Ansprache nicht beeindrucken. Seine Miene blieb ausdruckslos. Sein Anwalt hatte ihn offensichtlich instruiert, zu schweigen.

Julia sah den Zorn in Florians Augen funkeln. Sie wäre ihm am liebsten zur Seite gesprungen. Doch die Sache war aussichtslos. Menger blieb eiskalt. Egal, wie sehr Florian ihn in die Mangel nahm. Nach dreißig weiteren Minuten gab Florian auf und verließ seine Position. Julia fing ihn draußen im Flur ab.

»Ich muss in mein Büro. Mir ist etwas Wichtiges eingefallen«, erklärte Florian.

Julia folgte ihm. Ein Polizeibeamter hielt vor der Tür des Vernehmungsraumes die Stellung. Als sie in Florians Büro ankamen, ging dieser sofort zu seinem Schreibtisch und breitete die Karte des Naturschutzgebietes aus.

»Du erinnerst dich doch an die vier Elemente des Lebens, oder?«

Julia nickte. Sie wusste nicht sofort, worauf Florian hinauswollte.

»Das Element Feuer fehlt noch. Hier ist eine Tankstelle eingezeichnet.«

Julia zog die Augenbrauen zusammen. Vor ihrem geistigen Auge entstand das Bild von Kukulkan, der gefiederten Schlange, die gleichzeitig für den Gott der vier Elemente stand. Bisher hatten sie jedem der toten Mädchen ein Element zuordnen können. Melissa Hornberg, das Mädchen auf der Birke, repräsentierte die Luft; Sandra Polkert, die Moorleiche, sollte offenbar das Wasser verkörpern; und Janina Schuchardt, deren Leiche sie auf der Blumenwiese gefunden hatten, versinnbildlichte die Erde.

»Du könntest mit der Tankstelle recht haben. Allerdings, wenn man die Beschreibung von Kukulkan wörtlich nimmt, dann wird das Element Feuer durch eine Eidechse dargestellt und diese Tiere halten sich bevorzugt in Heideflächen auf.« Sie tippte mit dem Finger auf ein kleines Gebiet schräg unter dem Tankstellensymbol, auf dem in roten Buchstaben *Heide* geschrieben stand. Florian nickte.

»Wenn du dieser Verrückte wärst und noch ein Mädchen hättest, was würdest du jetzt tun?«, fragte er Julia und bedachte sie mit einem merkwürdigen Blick.

»Ich würde versuchen, die Götter zufriedenzustellen, indem ich das Mädchen auf der Stelle opfere.« Sie blickte Florian an und korrigierte sich. »Vielleicht nicht direkt auf der Stelle, sondern am besten dort, wo ich eigentlich Hannah Taubert vorgesehen hatte.«

Nun wusste Julia, worauf Florian hinauswollte und warum er das Verhör von Dr. Menger abgebrochen hatte. Der Täter würde sein Werk so schnell wie möglich vollenden wollen. Das Element Feuer fehlte in seinem Bild.

»Lass uns aufbrechen. Sofort.«

50

Sie waren augenblicklich losgestürmt. Verstärkung war unterwegs. Es ging um jede Sekunde. Andreas Menger würde zu Ende bringen, was er begonnen hatte. Florian war mit dem Dienstwagen beinahe durch die Nacht geflogen. Es war fast fünf Uhr. Die Morgendämmerung kündigte sich bereits an. Ein heller Streifen am Horizont verdrängte das Dunkel. Hoffentlich kamen sie nicht zu spät. Sie machten auf dem kleinen Parkplatz halt. Die Strecke bis zur Heidelandschaft betrug etwa einen Kilometer. Sie rannten mit Taschenlampen durch die Dämmerung. Das Licht flackerte über den Boden. Julia konnte kaum etwas sehen. Der unebene Boden machte ihr zu schaffen. Sie erblickte ein Erdloch, konnte jedoch nicht rechtzeitig ausweichen und trat mit vollem Gewicht hinein. Sofort breitete sich ein stechender Schmerz in ihrem Knöchel aus. Sie fluchte und biss die Zähne zusammen. Sie konnte immer noch laufen, das sprach für eine lediglich geringfügige Verletzung. Zügig erreichten sie das Heidegebiet. Sie hatten beschlossen, die Beschreibung des Gottes Kukulkan wörtlich zu nehmen und deshalb mit der Suche in der Heidelandschaft zu beginnen. Die Tankstelle wollten sie sich anschließend vornehmen.

Florian blieb stehen und schaltete die Taschenlampe aus. Julia tat es ihm gleich. Florian ließ die Umgebung auf sich wirken.

»Wo bist du, Ungeheuer?«, flüsterte er in das Morgengrauen hinein und ergriff Julias Hand. Dann zog er sie ein paar Schritte mit sich.

»Lass uns zu der Stelle gehen, die ich in der Karte markiert habe.«

Julia rief sich die Karte des Naturschutzgebietes ins Gedächtnis. Florian hatte ein Kreuz in der Mitte einer Heidelandschaft eingezeichnet. Es war ganz einfach gewesen. Er hatte die bisherigen Fundorte der Leichen mit Linien verbunden. Es war ein rechter Winkel mit zwei gleich langen Seiten entstanden. Er brauchte nur noch zwei weitere Striche hinzuzufügen und erhielt ein Quadrat. Die neue Ecke war der vierte Punkt, an dem sie das Mädchen vermuteten. Sie spürte ihren Herzschlag. Er hämmerte wie die Motoren eines Frachtschiffes. Das Adrenalin überschwemmte sie nahezu. Ihre Wahrnehmung war wegen des Halbdunkels besonders geschärft. Inzwischen waren ihre Augen so geübt, dass sie die Konturen der Sträucher und den schmalen Pfad, dem sie folgten, mühelos erkennen konnte. Ihre Ohren lauschten auf jedes Geräusch. Doch die Landschaft war still, die meisten Tiere schliefen. Es war unheimlich, wie die trügerische Ruhe vor dem Sturm. Sie lief hinter Florian her und behielt dabei das Gelände im Blick. Ihre Augen wanderten systematisch hin und her, bereit, jede noch so kleine Bewegung zu erfassen. Als sie die mutmaßliche Stelle erreichten, blieben sie atemlos stehen. Wo war Andreas Menger?

Ein Geräusch erschreckte Julia. Da war ein Knacken gewesen, das sich wie das Zerbrechen eines trockenen Astes unter festen Schuhen angehört hatte. Automatisch waren beide in die Hocke gegangen und lauschten. Florian pirschte langsam in die Richtung, aus der das Geräusch gekommen war. Julia kroch auf allen vieren hinterher. Steine und trockene Grashalme stachen ihr in die Handflächen. Jede Bewegung schmerzte. Ihr Knöchel brannte. Ein unmenschlicher Schrei durchdrang die zur Neige gehende Nacht, und Julia blieb fast das Herz stehen. Über ihrem Kopf flatterte es wild. Panik überkam sie. Sie wollte schreien, doch Florian hatte ihr gerade noch rechtzeitig die Hand auf den Mund gelegt.

»Schon gut. Wir haben nur ein paar Vögel aufgescheucht.«

Sie beruhigte sich langsam. Immer noch flimmerten grelle Blitze vor ihren Augen. Sie atmete tief durch. Florian nahm die Hand von ihrem Mund und zeigte mit dem Finger nach vorne. Erneut spürte Julia eine Panikwelle. Da war jemand. Ein Mann. Andreas Menger.

Er rührte sich nicht, stand einfach nur da. Julia fragte sich, wie er so plötzlich auftauchen konnte oder ob sie ihn schlicht übersehen hatten. Seine Gestalt war hünenhaft. Er war groß und breitschultrig. Sein Schatten hob sich scharf umrissen von dem heller werdenden Himmel ab. Florian schien die Situation unter Kontrolle zu haben und kroch weiter. Julia folgte ihm lautlos. Der Abstand zwischen ihnen vergrößerte sich zusehends. Sie fragte sich, was Florian vorhatte. An seiner Stelle hätte sie vermutlich längst die Waffe gezogen und Andreas Menger zum Aufgeben aufgerufen. Doch die Lage war unübersichtlich. Sie konnten kein Opfer sehen. Wenn sie es retten wollten, blieb ihnen nichts anderes übrig, als die Lage zu sondieren.

Julia bemühte sich, aufzuholen. Ihre Augen durchdrangen die Morgendämmerung auf der Suche nach dem

Mädchen. Florian war noch zehn Meter von Andreas Menger entfernt, der nach wie vor reglos mit dem Rücken zu ihnen stand. Julia vermutete, dass er betete oder meditierte. Seine Körperhaltung erschien extrem aufrecht, und sie konnte seine Hände nicht sehen, weil er sie wahrscheinlich vor der Brust gefaltet hatte. Von einem Mädchen war weit und breit nichts zu sehen. Sie sah, wie Florian sich geräuschlos aufrichtete und die Waffe zog. Ganz langsam hob er den Arm und zielte auf Mengers Hinterkopf.

»Keine Bewegung«, rief er. Seine Worte zerrissen die Stille. Andreas Menger zuckte, blieb jedoch aufrecht stehen.

»Wo ist das Mädchen?«, fragte Florian und näherte sich Menger weiter.

»Welches Mädchen? Ich habe doch gesehen, wie Sie mir meine Itzanami weggenommen haben.« Mengers Stimme war leise. Sie klang traurig, beinahe weinerlich.

»Wir haben in Ihrem schäbigen Versteck die Kleidung von vier Personen gefunden. Wo also ist das fünfte Mädchen?«

»Wovon sprechen Sie? Von der Wechselkleidung, die ich für Itzanami besorgt habe? Sie hat das Medikament nicht gut vertragen. Sollte ich sie etwa in vollgekotzten Klamotten liegen lassen?« Menger schüttelte verächtlich den Kopf. »Es gibt kein fünftes Mädchen. Ja, es hätten insgesamt zehn Frauen werden sollen. Die Zehn steht für Anfang und Ende aller Zahlen. Sie ist das Zeichen für Vollkommenheit und Vollendung. Die perfekte Zahl, um die Götter zu besänftigen. Aber ich habe versagt.«

Noch bevor Julia darüber nachdenken konnte, drehte sich Menger blitzartig herum und schlug Florian die

Waffe aus der Hand. Er verpasste Florian auch noch einen Fausthieb, durch den dieser sofort zu Boden ging, und stürzte sich auf die Waffe. Für den Bruchteil einer Sekunde fürchtete Julia, Florian wäre ohnmächtig, doch der berappelte sich unerwartet und ging auf Menger los. Die beiden rollten durch das hohe Gras. Julia konnte die Faustschläge hören, die auf Fleisch und Knochen trafen. Ein durchdringender Aufschrei ließ ihr das Blut in den Adern gefrieren. Sie sprang auf und wollte Florian zu Hilfe eilen, aber in dem Knäuel aus zwei kämpfenden Männern konnte sie ihn nicht sicher ausmachen. Irgendwo musste auch noch die Waffe sein. Sie hob den Fuß zum Tritt, doch sie zögerte, weil sie Florian nicht treffen wollte. Dann entdeckte sie die Pistole, die in den ersten Sonnenstrahlen aufblitzte. Sie sprang darauf zu. Doch in diesem Moment löste sich Menger aus dem Knäuel und schlug ihr mit voller Wucht ins Gesicht. Vor Julias Blickfeld tanzten grelle Lichter. Benommen ging sie auf die Knie. Blind tastete sie nach der Waffe, doch Menger war schneller. Verzweifelt warf sich Julia mit ihrem ganzen Gewicht auf seinen Arm, doch sie landete auf dem Boden. Menger kam auf die Füße, mit der Waffe in der Hand, und zielte. Vor Julia lief alles in Zeitlupe ab. Sie dachte an Michael und daran, dass sie ihn gleich wiedersehen würde. Angst durchströmte sie. Die Panik machte sie bewegungsunfähig. Auch Florian bewegte sich nicht. In seinen Augen sah sie, dass sie verloren hatten. Ihr wurde klar, wie viel er ihr bedeutete. Dann blickte sie in die Mündung der Pistole, aus der sich jederzeit der todbringende Schuss lösen würde. Sie sah ihrem Ende entgegen. Es zog sich unendlich hin. Sie sah Menger in die Augen. Verwirrt stellte sie fest, dass er weinte. Er öffnete den Mund und Julia zuckte zusammen. Jetzt war es so weit, ihr Ende nahte. Sie konnte den nahenden Tod spüren. Entsetzt wartete sie darauf, dass er abdrückte. Doch Menger drehte die Waffe herum und schob sie sich in den Mund. Erstaunt riss Julia die Augen auf. Sie registrierte, wie Florian aufsprang und sich auf Menger stürzte. Er riss ihn zu Boden. Ein Schuss krachte. Beide Männer blieben regungslos liegen. Die Angst krallte sich in Julias Herz. Als Menger einen barbarischen Schrei ausstieß, während Florian stumm dalag, wollte ihr das Herz stehen bleiben. Mengers Stimme klang halb menschlich, halb tierisch, wie in grenzenloser Verzweiflung, die sich ihren Weg nach draußen bahnte. Und dann hörte sie Florian, der sich plötzlich aufrappelte, Menger die Hände blitzschnell auf den Rücken drehte und die Handschellen um seine Gelenke zuschnappen ließ.

»Warum lasst ihr mich nicht sterben?«, brüllte Menger. »Warum?«

Florian sagte nichts. Schweigend zog er seinen Gefangenen auf die Beine. Julia erhob sich und sah zu der Stelle, auf die Menger vorher geblickt haben musste. Eine Spanplatte lag dort, die mit Maya-Symbolen verziert war. Ein Blatt Papier befand sich darauf. Es wurde von einem Küchenmesser gehalten, dessen scharfe Klinge das Blatt in der Mitte durchbohrte. Julia zog das Messer heraus und las die Zeilen, die Menger zu Papier gebracht hatte. Sie begriff, weshalb er an diesen Ort gekommen war.

»Er wollte sich das Leben nehmen.« Mehr brachte sie nicht heraus. Ihre Kehle war wie zugeschnürt und ihre Zunge so trocken, als wäre sie Tage durch die Wüste geirrt. Sie gab Florian das Papier, das offensichtlich ein

Abschiedsbrief war. Sie hätten ihm Hannah Taubert, das letzte Mädchen, gestohlen und Menger hatte sich an ihrer Stelle opfern wollen. Nach seinem Maya-Kalender war spätestens heute Nacht das nächste Blutopfer fällig. Da Itzanami, wie er Hannah Taubert anscheinend nannte, nicht mehr da war und er so schnell keinen Ersatz beschaffen konnte, blieb ihm nichts anderes übrig, als sich selbst zu töten. Ansonsten würde ihn der Zorn der Götter ereilen und ihn auf ewig in der Unterwelt schmoren lassen. Der Text war erstaunlich poetisch formuliert. Er stand mit jedem Wort im Widerspruch zu den Grausamkeiten, die er seinen unschuldigen Opfern angetan hatte. Angewidert betrachtete Julia den Mann, der immer noch jammerte und Florian anflehte, ihn sterben zu lassen.

»Bitte gebt mir das Messer«, winselte er. Als Florian nicht reagierte, wiederholte er seine Frage. »Warum lasst ihr mich nicht sterben?«

Diesmal antwortete Florian. Seine Worte gingen Julia durch Mark und Bein, denn allem, was er sagte, konnte sie nur aus vollstem Herzen zustimmen.

»Weil Sie büßen müssen für das, was Sie getan haben, und weil wir den Eltern der toten Mädchen Genugtuung verschaffen wollen. Sie sollen sehen, dass es auf dieser Welt Gerechtigkeit gibt, der sich niemand entziehen kann.«

Andreas Menger starrte Florian entgeistert an. Aus seinem Blick sprach die nackte Angst. Er wird nie wieder freikommen, fuhr es Julia durch den Kopf. Selbst wenn er als schuldunfähig angesehen wurde, würde er nach der Untersuchungshaft in Sicherheitsverwahrung kommen. Er würde sein ganzes Leben in Gewahrsam verbringen und anschließend vielleicht in der von ihm so gefürchteten Hölle landen.

Julia konnte die Sirenen der Polizeifahrzeuge hören. Ihr allerletzter Gedanke, bevor der Trubel sie überrollen würde, galt Hannah Taubert, dem Mädchen, das mit dem Tod rang. Hoffentlich würde Hannah überleben.

Epilog

Hannah war in tiefer Dunkelheit gefangen. Es war kalt, fürchterlich kalt, und es roch muffig. Feuchtigkeit kroch an ihrer unterkühlten Haut hoch und machte ihre Lage noch unerträglicher. Sie hatte Hunger und Durst. Ihre Lippen waren aufgesprungen, doch ihr fehlte die Kraft, darüber zu lecken und sie zu befeuchten. Überhaupt besaß sie keine Energie mehr. Sie hatte Schwierigkeiten, zu atmen, und selbst ihre Erinnerungen konnte sie nicht mehr festhalten. Die Bilder schwirrten chaotisch durch ihren Geist, und sie war nicht in der Lage, diese in einen zeitlichen Zusammenhang zu bringen. Sie wusste noch, wie Lucas sie zu Hause abgesetzt hatte. Es war kurz vor neun gewesen, und sie hatte nicht viel Zeit, wenn sie rechtzeitig zu ihrem Date mit Tobi kommen wollte. Eigentlich hatte sie gar keine Lust mehr, sich mit ihm zu treffen. Lucas war an diesem Abend so unglaublich charmant gewesen, dass sie sich Hals über Kopf in ihn verliebt hatte. Beinahe hätte sie ihn im Auto geküsst. Es hatte nicht viel gefehlt. Sein Gesicht war ganz nah gekommen. Sie hatte seinen männlichen Duft in der Nase gespürt wie ein Kribbeln, von dem man nicht genug bekommen konnte. Er berauschte sie mit seiner Nähe. Sie verspürte eine Erregung, die sie noch nicht kannte. Die Luft um sie herum knisterte. Aber dann hatte sie sich im letzten Moment zur Seite gewandt und Lucas'

Lippen landeten auf ihrer Wange. Die Berührung war elektrisierend. Sie sprang aus dem Wagen und schwebte regelrecht zur Haustür. Sie warf ihm einen Luftkuss zu, bevor sie vorsichtig die Tür öffnete und sich lautlos ins Haus schlich. Sie wusste, dass ihre Eltern wach waren und vor dem Fernseher saßen. Durch den Türspion beobachtete sie, wie Lucas davonbrauste. Anschließend schlich sie unbemerkt wieder hinaus und schwang sich auf ihr Fahrrad. Sie fuhr zum Phönix, zu der Bar, in der sie mit Tobi verabredet war. Sie fühlte sich völlig verunsichert, kam sich vor wie eine Betrügerin. Dabei war sie ja noch gar nicht mit Lucas zusammen. Sie fragte sich, ab wann man eigentlich mit jemandem zusammen war. Nach dem ersten Kuss? So richtig wusste sie es nicht. Mehrfach fuhr sie langsamer und überlegte, umzudrehen. Lucas wäre sicherlich von ihr enttäuscht. Andererseits musste er es ja nicht unbedingt herausfinden. Nur Mia wusste von ihrem Date mit Tobi, und die würde hundertprozentig dichthalten. Außerdem war sie neugierig auf Tobi. Immerhin hatte sie auch für ihn heftige Gefühle. Die waren im Laufe der letzten Stunden zwar abgeflacht, aber wer wusste schon, ob sie sich nicht wiederbeleben ließen?

Mit aller Kraft trat sie in die Pedalen und traf gerade rechtzeitig im Phönix ein. Die Bar war überfüllt mit jungen Menschen, und Hannah beglückwünschte sich in diesem Augenblick zu ihrer Idee, sich am hintersten Platz an der Bar zu verabreden. Es wäre ohne konkreten Treffpunkt so gut wie unmöglich gewesen, Tobi in der Menschenmenge ausfindig zu machen. Zügig kämpfte sie sich durch die Massen und gelangte zum vereinbarten Treffpunkt. Doch Tobi war gar nicht da. Ein fremder Mann saß auf dem Hocker. Das verwunderte Hannah nicht besonders, denn die Bar war so voll, dass der Stuhl zwangsläufig besetzt sein musste. Sie sondierte die Umgebung, suchte nach blonden Haaren. Tobi hielt sich bestimmt in der Nähe auf. Allerdings konnte sie ihn nirgends entdecken. Vielleicht war er auf die Toilette gegangen. Sie wartete nervös mehrere Minuten ab. Dann zog sie ihr Handy aus der Tasche und überprüfte es auf Nachrichten. Nichts.

»Bist du auch versetzt worden?«, fragte sie plötzlich der Mann, der ihren Barhocker besetzt hatte. Er hielt ihr einen Cocktail hin und zwinkerte ihr aufmunternd zu. Hannah spürte, wie sie rot wurde. Es war ihr total peinlich.

»Stoß mit mir an, dann geht es dir gleich besser«, sagte der Fremde und drückte ihr den Cocktail in die Hand.

Hannah musterte den Mann, der für ihre Begriffe viel zu alt war. Schätzungsweise ging er auf die dreißig zu. Aber er hatte ein nettes Lächeln, und so nahm sie einen kräftigen Schluck von dem Cocktail. Der Mann stellte sich als Andreas vor. Hannah mochte den Namen nicht besonders. Sie beschloss, den Cocktail zu trinken und anschließend wieder nach Hause zu fahren. Tobi war immer noch nicht zu sehen. Wahrscheinlich hatte er sie tatsächlich versetzt. Andreas prostete ihr zu, und sie schlürfte an dem sahnigen Getränk, das echt himmlisch schmeckte.

Der sahnige Geschmack war das Letzte, an das sie sich erinnern konnte. Das Nächste, was kam, war dieses dunkle Loch. Andreas war noch ein paarmal aufgetaucht, aber sie konnte nicht ausmachen, ob sie halluzinierte oder er wirklich da war. Er machte ihr jedenfalls Angst.

Sein Gesicht war plötzlich überhaupt nicht mehr freundlich und er fuchtelte mit einem komischen Ding vor ihrem Gesicht herum. Außerdem spürte sie eine Nadel, die in ihrer Ellenbeuge steckte. Aber sie hatte keine Kraft. Weder um sich aufzurichten noch um die Kanüle zu entfernen. Sie war gefangen in einem Loch aus grauem Beton mit einem Fremden, der ständig komische Lieder brummte, deren Sprache sie nicht verstand. Sie konnte den Wahnsinn in seinen Augen glänzen sehen und wünschte sich nichts sehnlicher, als endlich aufzuwachen. Ein Schleier hatte sich über ihr Bewusstsein gelegt, den sie einfach nicht abnehmen konnte. Hannah spürte, wie sie immer schwächer wurde. Das Leben schien aus ihr herausgesaugt zu werden. Sie konnte es nicht länger halten. Zwar griff sie danach, denn sie wollte nicht sterben. Aber es entglitt ihr mit jeder Sekunde mehr. Sie hörte den Mann schimpfen, weil sie wach bleiben sollte. Doch sie konnte nicht mehr. Immer wieder verschluckte sie die Dunkelheit.

Ganz entfernt konnte sie spüren, dass sich etwas veränderte. Vielleicht war es die Kälte, die plötzlich verschwunden war. Oder die Hand, die sie auf ihrer spürte. Eine große, warme Hand. Und da waren Worte, die an ihr Ohr drangen. Sie wusste, dass sich die Worte wiederholten. Sie hatte sie schon mehrfach gehört, aber Hannah konnte sie einfach nicht verstehen. Irgendetwas in ihr sagte, dass sie aufwachen musste. Immer noch spürte sie die Nadel in ihrer Vene. Aber der Durst war weg, ebenso der Hunger. Die Hand drückte fester zu. Sie kam Hannah irgendwie bekannt vor. Es war eine starke Hand. Eine Hand, die sie schon mehrfach sicher gehalten hatte. Eine Hand, die sie in die Luft katapultiert und sicher wieder aufgefangen hatte. Eine Hand, der sie vertraute. Plötzlich schwamm eine Erinnerung durch ihren wirren Geist nach oben. Sie konnte sie ganz klar erkennen. Sie tanzte. Sie machte jeden Schritt richtig. Starke Hände legten sich um ihre Taille und sie sah Lucas' lächelndes Gesicht. War das der Tod? So musste es sein, dachte sie. Mit dem letzten Atemzug sah man die Menschen, die man liebte. Die einem alles bedeuteten. Sie lächelte. So war es also, zu sterben. Sie spürte keinen Schmerz mehr, auch keine Angst. Stattdessen umfing sie das Glück. Ein Lächeln, eine starke Hand und ein merkwürdiges Piepen.

Schlagartig öffnete Hannah die Augen. Wo war sie? Ein Stöhnen löste sich aus ihrer Kehle. Es hörte sich fremd an. Das Piepen wurde schneller. Die Hand umklammerte sie fester. Das Gesicht über ihr gehörte immer noch zu Lucas. Aber er lächelte nicht. Er sah sie sorgenvoll an. Eine Tür wurde aufgerissen und ein Mann in weißem Kittel stürmte herein. Er warf einen kritischen Blick auf die Apparatur, die weiterhin hektisch piepte, und drückte einen Knopf. Das Piepen verstummte.

»Herzlich willkommen zurück, Frau Taubert«, sagte der Mann lächelnd. Dann wandte er sich an Lucas. »Wären Sie so freundlich, für einen kurzen Moment mit rauszukommen?« Die beiden verließen das Zimmer. Verwirrt dachte sie über die Worte des Arztes nach. Was hatte er gemeint?

Die Tür öffnete sich erneut und Lucas kam zurück. Ohne den Arzt. Lucas' Miene hatte sich verändert. Die Sorgenfalte auf seiner Stirn war verschwunden. Ein Lächeln umspielte seine Lippen. Er kam zu ihr und legte seine große, warme Hand auf ihren Arm. Seine Berührung wirkte so beruhigend und vertraut. Immer noch benommen blickte Hannah ihn an und fragte sich, ob sie halluzinierte oder vielleicht doch schon tot war. Erst der nächste Satz von Lucas holte sie zurück in die Realität. Er gab ihr die Kraft, sich ein wenig aufzurichten und das Leben zu spüren, das durch ihre Adern pulsierte.

»Hannah, mein Schatz. Der Arzt hat mir gerade versichert, dass du das Schlimmste überstanden hast und wieder vollkommen gesund wirst.« In Lucas' Augen standen Tränen. Vorsichtig schlang er die Arme um sie. »Ich hätte es nicht überlebt, wenn dir etwas passiert wäre. Ich bin so glücklich, dich wiederzuhaben.«

ENDE

Nachwort der Autorin

Liebe Leserin, lieber Leser,

ich möchte mich ganz herzlich dafür bedanken, dass Sie meinen Roman gelesen haben. Ich hoffe, Ihnen hat die Lektüre gefallen und Sie hatten ein spannendes Leseerlebnis.

Ich war, als ich für dieses Buch recherchiert habe, übrigens sehr überrascht, wie viele Moorlandschaften es in der Kölner Umgebung gibt. Es handelt sich meist um sogenannte »Restmoore«. Zu nennen sind hier beispielsweise der Worringer Bruch, das Further Moor, das Naturschutzgebiet »Thielenbruch und der Turner Wald« sowie der etwas weiter entferntere Naturpark »Hohes Venn«. Im erstgenannten Moor ist vor ein paar Jahren tatsächlich die Leiche einer jungen Frau gefunden worden. Der Fall konnte nie aufgeklärt werden.

Meine Moorlandschaft im Thriller ist fiktiv und eine Mischung aus den Moorflächen, die ich rund um Köln besucht habe.

Die Figuren im Buch sind im Übrigen alle frei erfunden. Ich möchte nicht ausschließen, dass der eine oder andere Charakter Ähnlichkeiten mit heute lebenden Personen hat. Dies ist jedoch keinesfalls beabsichtigt.

Wenn Sie an weiteren Informationen über mich und meine Bücher interessiert sind, besuchen Sie doch einmal meine Homepage unter

www.catherine-shepherd.com

und melden sich dort für den Newsletter an. Mit dem Newsletter erhalten Sie alle Neuigkeiten über anstehende Buchprojekte, Veranstaltungen und Gewinnspiele.

Facebook-Mitglieder sind herzlich willkommen, durch Klicken des Gefällt-mir-Buttons Fan zu werden:

https://www.facebook.com/catherine.shepherd.zons/

Auf *Twitter* finden Sie mich unter **www.twitter.com/shepherd_tweets** und bei Instagram unter **autorin_catherine_shepherd**. Natürlich freue ich mich auch über Ihr Feedback zum Buch an meine E-Mail-Adresse:

kontakt@catherine-shepherd.com

Zum Abschluss habe ich noch eine persönliche Bitte an Sie. Wenn Ihnen dieses Buch gefallen hat, würde ich mich über eine kurze Rezension freuen. Keine Sorge, Sie brauchen hier keine »Romane« zu schreiben. Einige wenige Sätze reichen völlig aus.

Sollten Sie bei *Leserkanone*, *LovelyBooks* oder *Goodreads* aktiv sein, ist natürlich auch dort ein kleines Feedback sehr willkommen. Ich bedanke mich recht herzlich und hoffe, dass Sie auch meine anderen Romane lesen werden.

Ihre Catherine Shepherd

Danksagung

An dieser Stelle möchte ich mich ganz besonders bei meinem Ehemann Felix und meinen Eltern für die immerwährende Geduld und Unterstützung bedanken. Gleiches gilt für Franziska Gräfe und Gisa Marehn, die meinem Buch mit vielen guten Ideen den richtigen Schliff verliehen haben und für all die anderen fleißigen Helfer, die an diesem Buch mitgewirkt haben.

KAFEL
VERLAG
ZONS-KRIMI
DER
PUZZLEMÖRDER
VON ZONS
CATHERINE SHEPHERD

Der Puzzlemörder von Zons. Thriller
Catherine Shepherd, Kafel Verlag 2012

»Der Puzzlemörder von Zons« ist der erste Roman von Catherine Shepherd, der direkt nach seiner Veröffentlichung die Nr. 1 der deutschen Amazon Bestsellerliste erreichte. Der Thriller gehört zu den E-Book-Bestsellern des Jahres 2012 bei Amazon. Auch die Taschenbuchausgabe schaffte es im lokalen Buchhandel an die Spitze der Bestsellerliste.

Die Westdeutsche Zeitung schrieb über ihren Roman:

»Der Mörder Dietrich Hellenbroich erinnert in seiner schaurigen Sammelwut an den Grenouille, die Hauptfigur aus Patrick Süskinds Bestseller ‚Das Parfum'. Die den Roman durchziehende Symbolik wiederum ähnelt den Dan Brown-Bestsellern.«

Zum Inhalt:

Eine Begegnung von Vergangenheit und Gegenwart, die Sie nicht vergessen werden ...

Zons 1495: Eine junge Frau wird geschändet und verstümmelt aufgefunden. Offensichtlich war sie Opfer des Rituals eines perversen Mörders geworden. Eigentlich ist das kleine mittelalterliche Städtchen Zons, das damals wie heute genau zwischen Düsseldorf und Köln am

Rhein liegt, immer besonders friedlich gewesen. Doch seitdem der Kölner Erzbischof Friedrich von Saarwerden dem Städtchen die Zollrechte verliehen hatte, tauchte immer mehr kriminelles Gesindel auf. Bastian Mühlenberg von der Zonser Stadtwache ist geschockt von der Brutalität des Mörders und verfolgt seine Spur – nicht ahnend, dass auch er bereits in den Fokus des Puzzlemörders geraten ist ...

Gegenwart: Die Journalismus-Studentin Emily kann ihr Glück kaum fassen! Sie darf eine ganze Artikelserie über die historischen Zonser Morde schreiben. Doch mit Beginn ihrer Reportage scheint der mittelalterliche Puzzlemörder von Zons wieder lebendig zu werden, als eine brutal zugerichtete Frauenleiche in Zons aufgefunden wird. Kriminalkommissar Oliver Bergmann nimmt die Ermittlungen auf. Erst viel zu spät erkennt er den Zusammenhang zur Vergangenheit. Verzweifelt versucht er die Puzzleteile des Mörders zusammenzufügen, doch der Täter ist immer einen Schritt voraus ...

»Der Autorin Catherine Shepherd gelingt es in ihrem Thriller meisterhaft, die Begegnung zwischen Historie und Gegenwart zu inszenieren. Ein packendes Werk, von der ersten bis zur letzten Minute!«

CATHERINE
SHEPHERD
ZONS-THRILLER
ERNTE
ZEIT
KAFEL VERLAG

Erntezeit. Thriller

Catherine Shepherd, Kafel Verlag 2013

Der packende Nachfolger von Catherine Shepherd´s Bestseller »Der Puzzlemörder von Zons«:

Zons 1496: Während Bastian Mühlenberg von der Zonser Stadtwache auf der Spur eines uralten Schatzes ist, den der Erzbischof von Saarwerden bei Errichtung der Stadtmauern tief unter der Erde von Zons verborgen hat, treibt ein brutaler Mörder mit einer goldenen Sichel sein blutiges Spiel mit seinen Opfern. Scheinbar wahllos verschwinden »unbescholtene« Bürger und alles, was von ihnen übrig bleibt, sind ihre toten Zungen, die sichtbaren Zeichen ihrer Sünden. Drei silberne Schlüssel, behütet von Pfarrer Johannes und der St.-Sebastianus-Schützenbruderschaft, führen Bastian in ein verschlungenes Labyrinth unterhalb von Zons, wo ein düsteres Geheimnis auf ihn wartet ...

Gegenwart: Ein menschlicher Fußknochen wird in den Rheinauen von Zons gefunden. Kommissar Oliver Bergmann kann zunächst keine Leiche finden. Doch dann überschlagen sich die Ereignisse. Oliver verfängt sich in einem schier undurchdringbaren Netz aus Verdächtigen und Vermissten. Die nagelneue Salzsäureanlage im Chemiepark Dormagen gerät ebenso in sein Visier wie geldsüchtige Banker, eine goldene Mordwaffe und Gandhis »sieben Todsünden der Moderne«. Als die Journalismus-Studentin Emily und ihre beste Freundin Anna in ernsthafter Gefahr schweben, erkennt Oliver verzweifelt, dass ihm nicht mehr viel Zeit bleibt ...

»In ihrem zweiten Roman lässt Autorin Catherine Shepherd erneut Vergangenheit und Gegenwart zu einem atemberaubenden Thriller verschmelzen. Wem der »Puzzlemörder von Zons« gefallen hat, wird die neue Geschichte nicht mehr aus der Hand legen können. Shepherd führt Sie auf eine unglaublich spannende Reise!«

KAFEL
VERLAG
ZONS-KRIMI
KALTER
ZWILLING
CATHERINE SHEPHERD

Kalter Zwilling. Thriller

Catherine Shepherd, Kafel Verlag 2013

Der dritte Thriller von Catherine Shepherd führt Sie in die Tiefen menschlicher Abgründe. Eine weitere Begegnung von Vergangenheit und Gegenwart, die Sie nicht vergessen werden ...

Zons 1496: Ein schrecklicher Fluch beendet Elisas junges Leben, noch bevor sie ihre neugeborenen Zwillingssöhne in den Armen halten kann. Bastian Mühlenberg von der Zonser Stadtwache ahnt zunächst nichts vom düsteren Familiengeheimnis, das auf den Brüdern lastet. Als der Schmied mit gefälschten Goldgulden zerstückelt vor der Stadtmauer gefunden und das friedliche Städtchen von einer neuen Mordserie erschüttert wird, nimmt Bastian Mühlenberg die Spur des Mörders auf. Stück für Stück wird er in eine unheilvolle Verschwörung hineingezogen, die das Leben seiner Familie bedroht ...

Gegenwart: Der grausame Mord an einer Prostituierten führt Kommissar Oliver Bergmann zu seinem dritten großen Fall nach Zons. Offensichtlich ist der Mörder ein kaltblütiger Psychopath, der ein perverses Machtspiel mit seinen Opfern treibt. Währenddessen schreibt Journalismus-Studentin Emily mit Hilfe von Professor Morgenstern, dem Leiter einer psychiatrischen Klinik vor den Toren von Zons, eine Reportage über die menschlichen Abgründe psychopathischer Persönlichkeiten. Als ein Universitätsprofessor aus Köln, keine dreißig Kilometer von Zons entfernt, auf martialische Weise ermordet wird, meint Oliver Bergmann ein Muster aus der Vergangenheit zu erkennen. Ein über fünfhundert Jahre alter Fluch scheint zu neuem Leben erwacht ...

»Kalter Zwilling ist der dritte Zons-Krimi von Catherine Shepherd, der in atemberaubendem Tempo Vergangenheit und Gegenwart zu einer einzigen packenden Geschichte verschmelzen lässt. Fesselnd bis zur letzten Seite!«

CATHERINE SHEPHERD
KAFEL VERLAG
AUF DEN FLÜGELN DER ANGST
THRILLER

Auf den Flügeln der Angst. Thriller

Catherine Shepherd, Kafel Verlag 2014

Der vierte Thriller von Catherine Shepherd führt Sie auf einen trügerischen Pfad, auf dem nichts so ist, wie es scheint. Eine weitere Begegnung von Vergangenheit und Gegenwart, die Sie nicht mehr loslassen wird ...

Zons 1497: Bastian Mühlenberg von der Zonser Stadtwache steht vor einem Rätsel. Am Morgen nach dem Geburtstagsfest von Pfarrer Johannes schwimmt eine tote Frau im Burggraben. Vom Täter fehlt jede Spur. Als kurz darauf vor den Stadttoren von Zons ein Bote brutal ermordet wird, beginnt eine atemlose Jagd. Bastian entdeckt ein Geheimnis hinter den Steinen der Stadtmauer. Eine geheimnisvolle dunkle Flüssigkeit führt ihn auf eine gefährliche Reise, denn auch der Mörder ist auf der Jagd nach dem teuflischen Elixier ...

Gegenwart: Die alleinerziehende junge Mutter Saskia nimmt an einer klinischen Studie teil. Doch statt der erhofften Befreiung von ihren Ängsten fühlt sie sich von Tag zu Tag schlechter und kann am Ende nicht mehr zwischen Wahn und Wirklichkeit unterscheiden. Während Saskia von unerklärlichen, grausamen Bildern verfolgt wird, ermittelt Kommissar Oliver Bergmann in einer neuen Mordserie. Ein Stadtrat wird in seiner Zonser Wohnung ertränkt, wenig später führt ein Anruf die Polizei zu einer weiteren Leiche. Die einzige Verbindung zwischen den Opfern ist eine seltene Droge in ihrem

Blut. Obwohl alles auf ein männliches Täterprofil hindeutet, hat Oliver starke Zweifel. Erst im letzten Moment erkennt er den wahren Zusammenhang, der ihn zurück ins Mittelalter führt ...

»**Auf den Flügeln der Angst**« ist das neue spannende Werk von Catherine Shepherd, das den Leser bis zur letzten Seite in seinen Bann zieht.

CATHERINE
SHEPHERD
ZONS-THRILLER
TIEFSCHWARZE
MELODIE
KAFELVERLAG

Tiefschwarze Melodie. Thriller

Catherine Shepherd, Kafel Verlag 2015

Mit ihrem fünften Roman lässt Catherine Shepherd Sie in die düstere Dimension der Musik eintauchen. Halten Sie sich fest, denn dieser Thriller wird Sie nicht wieder loslassen.

Zons 1497: Eine junge Novizin wird gekreuzigt in der Kirche aufgefunden. Stadtsoldat Bastian Mühlenberg entdeckt eine Rose ohne Blütenblätter bei der Leiche des Mädchens. Noch bevor er ihrem Mörder auf die Spur kommt, muss eine weitere Frau ihr Leben lassen. Wieder schmückt ein Pflanzensymbol den Körper der Toten. Bastian steht vor einem Rätsel. Bei seiner Jagd nach dem raffinierten Frauenmörder stößt er auf ein grausames Geheimnis, das von einer tiefschwarzen Melodie wachgerufen wird ...

Gegenwart: Oliver Bergmann ermittelt in einem neuen Fall. Eine Frau wurde ans Bett gefesselt und brutal erstochen. In der Hand hält sie einen Notenzettel mit einer mittelalterlichen Melodie und zwei beunruhigenden Worten: »Fortsetzung folgt«. Der Kölner Musikprofessor Engelbert findet heraus, dass der Notenzettel nur ein kleines Stück der gesamten Komposition beinhaltet. Doch bevor die Ermittlungen richtig anlaufen, wird bereits eine zweite Frau ermordet - und wenn der Professor recht behält, war das noch lange nicht das letzte Opfer. Ein Wettlauf gegen die Zeit beginnt ...

»Tiefschwarze Melodie« ist ein temporeicher Thriller mit Spannung von der ersten bis zur letzten Seite.

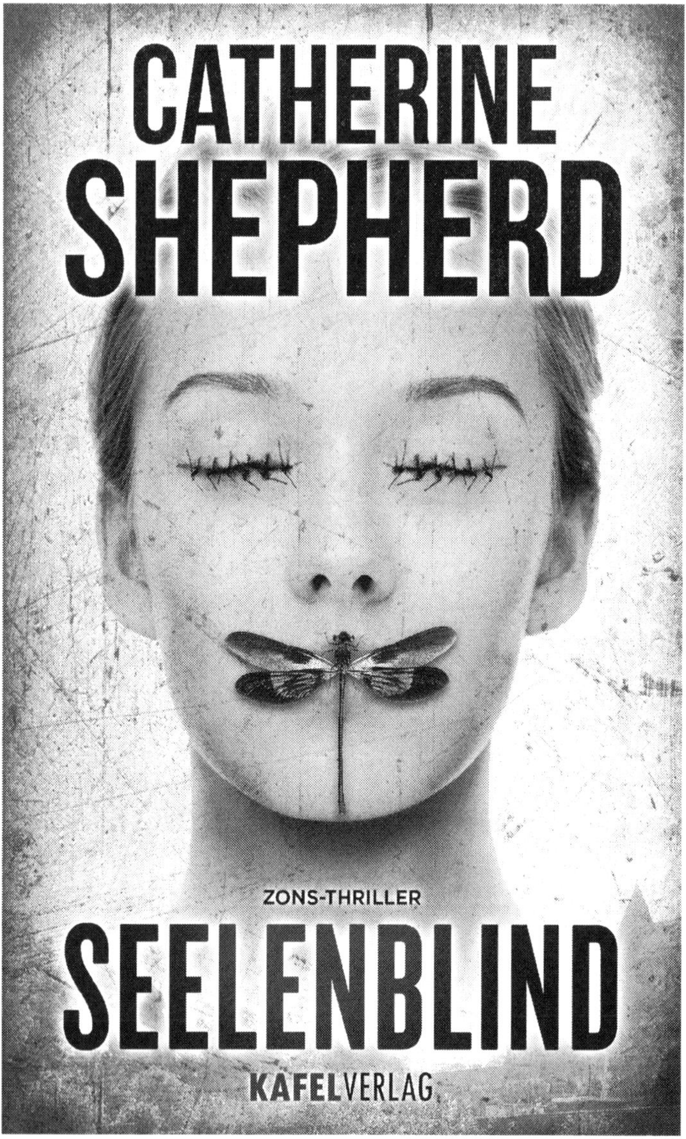
CATHERINE
SHEPHERD
ZONS-THRILLER
SEELENBLIND
KAFELVERLAG

Seelenblind. Thriller

Catherine Shepherd, Kafel Verlag 2016

»Er glaubt, du hast ihn gesehen und jetzt ist er hinter dir her ...« Catherine Shepherds neuer Thriller erlaubt Ihnen keine Atempause.

Gegenwart: Als Michelle in einem finsteren Loch aufwacht, liegen zwei Frauen neben ihr. Wie durch ein Wunder entkommt sie der Hölle ihres Entführers. Sie ist verletzt, doch obwohl die Ärzte ihr vollständige Genesung versichern, stimmt etwas ganz und gar nicht. Kommissar Oliver Bergmann benötigt ihre Zeugenaussage, weil sie die Einzige ist, die den skrupellosen Serientäter zu Gesicht bekommen hat. Aber der treibt längst sein grausames Katz- und Mausspiel. Wird Bergmann die Verbindung zur Vergangenheit entdecken und ihn rechtzeitig stoppen können?

Zons 1497: Eine Frau wird erdrosselt vor den Toren der Stadt aufgefunden. Die Bewohner des kleinen Städtchens Zons sind verstört, denn selten hat jemand ein derart grauenhaft zugerichtetes Opfer gesehen. Der Mörder hat der Toten bei lebendigem Leib die Augen zugenäht. Stadtsoldat Bastian Mühlenberg hat keine andere Spur außer einem geheimnisvollen Zwirn. Als auf der Jagd nach dem Serienmörder auch noch sein Freund Wernhart lebensgefährlich verletzt wird, ist Bastian ganz auf sich alleine gestellt ...

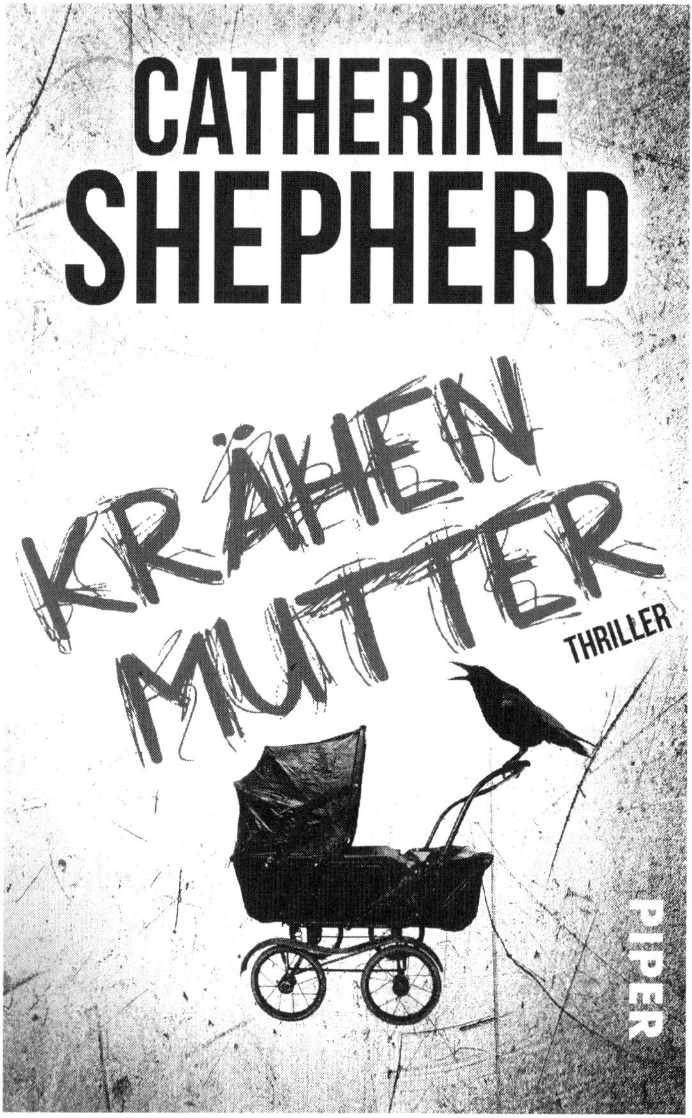
CATHERINE
SHEPHERD
KRÄHEN
MUTTER
THRILLER
PIPER

Krähenmutter. Thriller

Catherine Shepherd, Piper Verlag 2016

»Das Böse lauert immer hinter einer freundlichen Maske.«

LKA-Ermittlerin Laura Kern steht vor einem Rätsel. Ein Kind wurde am helllichten Tag aus einem Supermarkt entführt, doch es gibt keine Lösegeldforderung. Auch die Eltern schweigen sich aus – stecken sie womöglich mit den Tätern unter einer Decke? Laura und ihr Partner Max kämpfen sich durch einen Strudel widersprüchlicher Zeugenaussagen, während ihnen das Innenministerium im Nacken sitzt. Doch dann verschwindet der Vater des Kindes. Und dem LKA läuft die Zeit davon ...

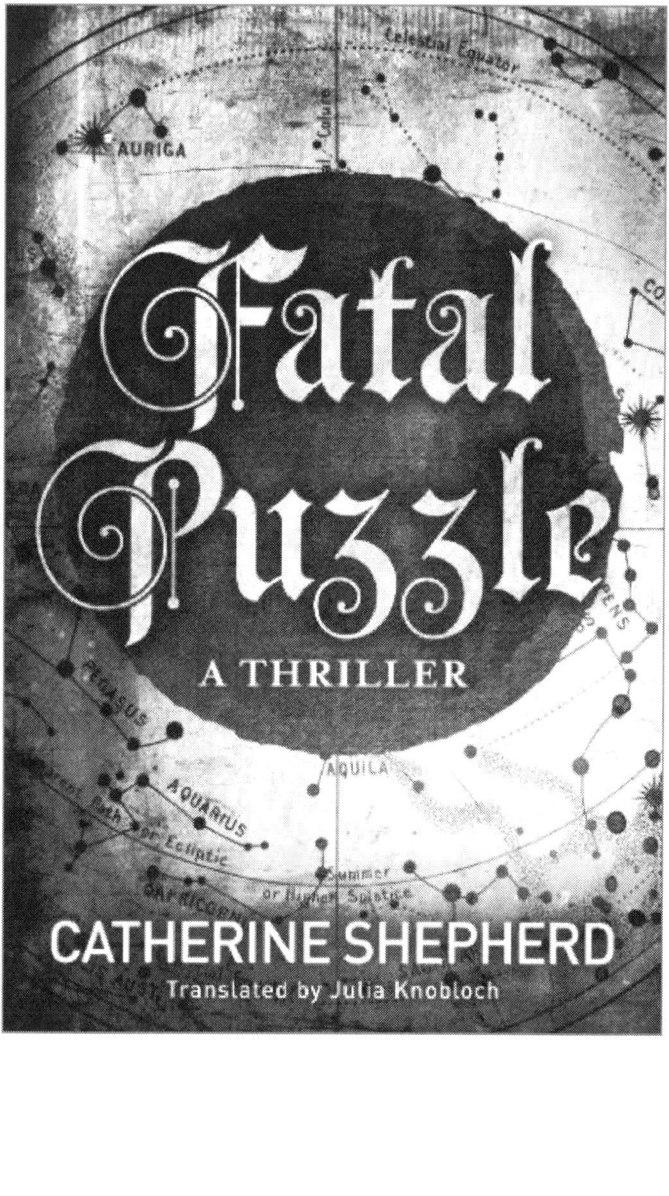
Fatal Puzzle
A THRILLER
CATHERINE SHEPHERD
Translated by Julia Knobloch

Fatal Puzzle (Zons Crime Book 1)

Catherine Shepherd, Amazon Crossing 2015

Deutscher Originaltitel: Der Puzzlemörder von Zons

1495: In the peaceful medieval city of Zons, on the banks of the Rhine, a young woman is found hanging from a parapet, assaulted and mutilated. A month later, another maiden falls prey. Bastian Mühlenberg, head of the City Guard, is determined to decipher the murderer's gruesome code, unaware that he and the woman he loves are in the killer's sights. With the help of an old psychic, a priest, and the stars above, Mühlenberg must solve the "fatal puzzle" before it's too late.

Present day: Journalist Emily Richter is thrilled when she's assigned a series of articles about the historic Zons killings. However, right before her stories are to be published, a young woman's body is found hanging from a city tower - grossly maimed and wearing a linen gown, like her medieval predecessors. Detective Oliver Bergmann leads the investigation, tapping the knowledge of the attractive young journalist. Working together - and using Mühlenberg's old notes - they race to stay one step ahead of the copycat killer.

From the Editor

Care to visit an idyllic medieval town along the Rhine? Notice the trapezoidal shape created by the towers at each corner; feel the history breathing through the walls. Fatal Puzzle both inspired me to visit Zons, one of the few villages of its kind left in Europe, and made me terrified of its dangers. Thanks to Catherine Shepherd's wildly successful Zons series, the town has blossomed into its full tourism potential - the author even helps craft tours of the towers linked to the plot of the book.

Reading the story, you feel walled in from the start. A longtime resident of Zons, Catherine understands the power of her setting: you can sense the claustrophobia of small-town living in her sentences. Journalist Emily Richter is investigating the murder of a young woman and happens upon notes in the city archive that seem eerily familiar. In 1495, precocious city clerk Bastian Mühlenberg traced a series of bodies discovered in the town's towers in a similar race against time.

Can Emily piece together the killer's reasoning before he takes another victim? A strange energy permeates the village - these towers are crime scenes for a reason - and Emily must work fast to understand the occult link between the murders and the walls themselves.

Fatal Puzzle drives you forward to unlock the mystery, throwing your inner sleuth off course and sending you back to the map to seek out the pattern. What creepy force inhabits these towers?

Gabriella Page-Fort, Editor

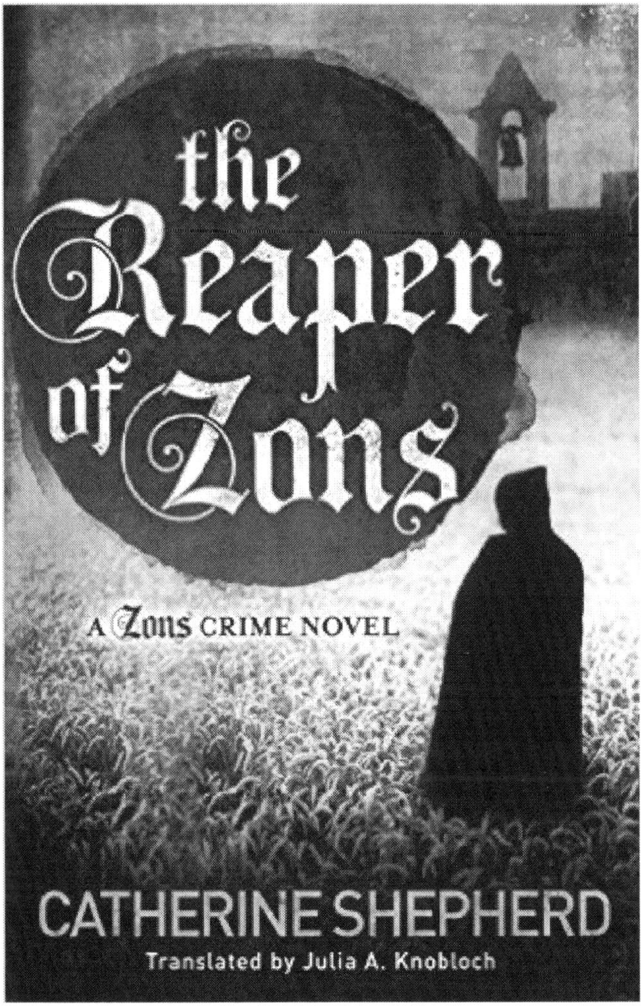
the Reaper of Zons
A Zons CRIME NOVEL
CATHERINE SHEPHERD
Translated by Julia A. Knobloch

The Reaper of Zons (Zons Crime Book 2)

Catherine Shepherd, Amazon Crossing 2016

Deutscher Originaltitel: Erntezeit

Year 1495: In the medieval city of Zons, head of the City Guard, Bastian Mühlenberg, wonders how a place so idyllic could produce yet another vicious serial killer. From the shocking state of each new victim's body, Mühlenberg determines the latest madman's weapon of choice is a golden sickle. The hunt for the killer leads him into an underground maze in search of a treasure chest that his old friend Father Johannes guards the keys to. Can Mühlenberg beat the next swing of the sickle?

Present day: The last time he worked a serial killer case, Zons detective Oliver Bergmann found assistance—and love—in the form of journalist Emily Richter. Together they had solved a fatal puzzle by scouring Bastian Mühlenberg's centuries-old notes, but apparently there's more than one murderous history buff in Zons. When Emily's best friend becomes a target, they must find what escaped their careful eyes in the last investigation—before the current killer fulfills his ghastly plan.

Über die Autorin

Die Autorin Catherine Shepherd (Künstlername) lebt mit ihrer Familie in Zons und wurde 1972 geboren. Nach Abschluss des Abiturs begann sie ein wirtschaftswissenschaftliches Studium und im Anschluss hieran arbeitete sie jahrelang bei einer großen deutschen Bank. Bereits in der Grundschule fing sie an, eigene Texte zu verfassen, und hat sich nun wieder auf ihre Leidenschaft besonnen.

Ihren ersten Bestseller-Thriller veröffentlichte sie im April 2012. Als E-Book erreichte »Der Puzzlemörder von Zons« schon nach kurzer Zeit die Nr. 1 der deutschen Amazon-Bestsellerliste. Ihr zweiter Kriminalroman »Erntezeit« (»Der Sichelmörder von Zons«) folgte im März 2013. Beide Bücher gehörten zu den Jahresbestsellern 2012 und 2013. Am 01.12.2013 erschien ihr drittes Buch mit dem Titel »Kalter Zwilling«. Der Thriller erreichte ebenfalls die Nr. 1 der Kindle Charts und gewann Platz Nr. 2 des Indie-Autoren-Preises 2014 auf der Leipziger Buchmesse. Im August 2014 folgte der 4. Thriller »Auf den Flügeln der Angst« und Band 5 »Tiefschwarze Melodie« (Jahresbestseller 2015) am 01.05.2015. Im April 2016 wurde Band 6 »Seelenblind« veröffentlicht.

Im November 2015 erschien der erste Band einer neuen Reihe um die Berliner Spezialermittlerin Laura Kern. Der Titel »Krähenmutter« war wochenlang Nr. 1 der Kindle-Bestseller-Charts und ist seit Herbst 2016 über den Piper Verlag erhältlich.

Mehr Informationen über Catherine Shepherd und ihre Romane finden sich auf ihrer Website:

www.catherine-shepherd.com

28549210R00202

Printed in Poland
by Amazon Fulfillment
Poland Sp. z o.o., Wrocław